講談社文庫

瓦礫の中のレストラン

江上 剛

講談社

目次

瓦礫の中のレストラン

第一章　終戦

1

丑松《うしまつ》は、終戦になっても呉《くれ》の鎮守府《ちんじゅふ》で戦時中と同じ暮らしを続けていた。玉音放送はほんの少ししか聴いていない。軍港を守る山の砲台にいた。あの日は敵機の来襲もなく、のんびりとしていた。空は青く、澄み切っている。なにやら下が騒がしくなった。多くの兵隊が広場に集まってきている。何かを放送している。掠《かす》れた声が聞こえてくる。調子はずれの声だ。まさか天皇の声だとは思わなかった。そんな声を聞いたことがないからだ。意味は分からない。

「戦争が終ったぞ」誰かが言った。

終った？　終ったとはどういうことだ。急に頭が混乱した。

「戦争をしなくていいということだ。負けたのだ……」

負けた。日本が負けた。やっと理解できた。喧嘩《けんか》をして、殴られ、蹴られ、もうあかんと降参したのだ。それが、戦争が終ったという意味だ。山を下りた。泣いている者、喚《わめ》いている者、呆然《ぼうぜん》としている者、さまざまだった。悲しみより虚脱感を感じた。力が抜け、ほっとため息をついた。これで家に帰ることができると思うと、嬉しくなって、つい笑みがこぼれた。しかしいつになっても除隊命令が出ない。どうしたのだろうか。軍隊の上層部が敗戦で混乱しているのだろうか。

十月になって人事課に呼び出され、除隊命令を受けた。終戦から二ヵ月が経っていた。すぐに荷物をまとめた。それでも不安でしかたがなかった。除隊を取り消され、終ったはずの戦争に行けと命令されそうな気がしていた。荷物を詰めたリュックを背負い呉鎮守府の門を出た。一分、一秒でも早くこの場を離れたい。とにかく早く逃げたい。何度も後ろを振り返った。そのたびに確実に呉鎮守府の門が遠ざかっていく。

「ほんまにえらいとこやった」

生きてあの門を出てこられるとは思ってもいなかった。丑松は、立ち止まり、門に向かって手を合わせた。

＊

丑松は志願兵だった。大正十五年生まれの丑松は、十八歳になって悶々としていた。丑松の村は丹波《たんば》にあった。丹波は兵庫県と京都府にまたがっているが、丑松が生まれたのは兵庫県の側だ。四方を山に囲まれ、人々は少ない耕地で米や野菜を作り暮らしていた。貧しい村だった。村の青年のほとんどは兵隊にとられていた。丑松も早く戦争に行き、お国のために戦いたいと真剣に願っていた。

父母と二人の弟と住んでいた。丑松は長男だった。尋常高等小学校を出てから田畑に行くのはもちろんだが、庄屋の家の肥汲《こえく》みをして、十銭ほどの駄賃を貰ったり、山で薪《まき》を採り、町へ売りにいったりと、毎日、骨がきしむほどよく働いていた。それは丑松が働かなければ、家計が苦しかったからだ。父親は少し農業をする程度でたいした仕事もせず、昼間から酒を呑んでぶらぶらしていた。一家は若い丑松が支えなければならなかった。父親は清一《せいいち》と言ったが、若い頃、朝鮮に渡ったことだけが自慢の男だった。朝鮮で一旗揚げようと思っていたらしい。しかしものの数ヵ月で帰ってきた。それからは先祖が残した財産を売っては、酒に換えていた。

出征したもう一つの理由は、丑松はその名前のとおり牛のように体も大きく、またよく食うからだった。自分の食い扶持《ぶち》は自分の稼ぎで賄《まかな》わなければならない。丑松が村人を驚かせたエピソードがある。ある日、田を耕す鋤《すき》を引いていた黒牛が、スズメバチにでも刺されたのか突然暴れ出した。黒牛は田にいた村人を蹴散らし、道路に飛び出した。そこに子供が遊んでいた。あわや子供が黒牛に突き飛ばされると、皆が目を覆った。その時、丑松が現われ、黒牛の前に立ち、両手を大きく広げた。「キミコ！」と黒牛の名前を呼んだ。その声は山に木霊《こだま》するかと思うほどの大音声《だいおんじょう》。黒牛は角を地面に向け、鼻息荒く小石を吹き飛ばしたが、丑松が頭に手を添えると、大人しくなった。

「キミコ、腹が減ったのか？」

丑松が優しく声をかけると、黒牛がモーッと嬉しそうに鳴いた。村人が集まってきて「丑松はすごいもんじゃのう」と言い、黒牛に飼い葉をたっぷりと与えた。

「食うもんもやらんで働かせるから、キミコが怒ったんやろ」

「丑松は村中の牛をてなずけとるんか。こいつがキミコという名前とは知らんかったわ」

村人が黒牛を撫《な》でながら言った。

「俺が、勝手に名づけて、可愛がっているだけや」

丑松は豪快に笑った。そして黒牛の飼い主から、お礼にともち米を一俵もらった。後日、丑松は、このもち米をついて作った餅《もち》を何十個も食べ、いくつもの餅箱を空にした。村人から度胸や力も牛並みだが、食うのは牛以上だと笑われた。丹波では、ゆったりと寛《くつろ》ぐ大きな牛の姿をかたどった置物を飾っている家庭が多い。丑松はその置物の牛のようだと言われていた。

「ワシ、志願するわ」夕飯の席で丑松は清一に言った。清一は、赤ら顔で酒臭い息を撒《ま》き散らしながら「そうか」とだけ答えた。母親は、富江《とみえ》というが、近在の農家の娘で、おとなしく我慢強いのだけが取り得の女性だった。

「お前、長男やど……」

「大丈夫や。ワシも十八になった。もう十分、お国のために働ける」

丑松は、麦や芋《いも》の蔓《つる》が入ったメシを腹に詰め込んだ。丑松が軍隊に志願しようと思ったのは、お国のために役立とうと思ったことはもちろんだが、腹が減って仕方がないからだ。丑松の村は山間の地にあり、田は少なく、あまり米が穫《と》れない。その少ない米も軍に供出するため、麦と芋の蔓が主食になっていた。これではたまらん。軍隊に行けば、白いメシを腹いっぱい食べることができる。

「兄ちゃん、兵隊にいくんか」弟、清太《せいた》が嬉しそうに言った。清太は丑松と四歳離れていた。勉強ができると評判だった。

「海軍か、陸軍か」いちばん下の弟、剛三《ごうぞう》が訊《き》いた。剛三は丑松と六歳離れている。元気がよく、すばしっこい性格だ。

「それはまだ決めとらん。やっぱり陸軍かな」

「海軍がええ。弥一《やいち》叔父さんが潜水艦に乗っとられる。世話になったらええ。メシも陸軍より多いそうや」清一が湯呑み茶碗の酒を空にして、富江に差し出した。

「もうやめとき」富江が拒否した。清一は不機嫌な顔で湯呑み茶碗をちゃぶ台に置いた。

「海軍か……」丑松は、清一の言ったメシの一言で海軍に志願することを決めた。目の前に真白な米のメシが浮かんだ。

「兄ちゃんは泳ぎができるから、海軍がええ」

清太が言った。丑松は川で泳ぎを習ったので泳ぎには自信があった。

「無理せんといてな。長男やから」富江が悲しそうな目で丑松を見つめた。

「美味《うま》いもん、たらふく食って無事帰ってきたらええ。ワシもお前がおらんようになったら、少しは畑仕事もするさかいな」清一がいつもの難しい顔ではなく、わずかに微笑《ほほえ》んだ。

丑松は役場で志願の手続きをした。ほどなく広島の大竹《おおたけ》海兵団への入隊が決まった。昭和十九年の四月末のことだ。佐伯郡《さえきぐん》大竹町（現大竹市）は広島県の西端、山口県に接する位置にある。町の東部は瀬戸内海に面しており、そこに海兵団があった。丑松は汽車に乗ったことがない。村から最も近い谷川《たにかわ》駅は、十キロメートルほど離れた町にある。そこまで歩かねばならない。丑松は、当座の下着や着替えと富江の作ってくれたおはぎを五つ、風呂敷に包んで背中にしょった。

「しっかりな」清一と富江が家の玄関で丑松を見送った。清一も珍しく酒を呑んでいない。二人の弟は富江のそばで所在なげに立っていた。誰も駅までは行かない。村人の見送りもない。そもそも最近は、あまりに多くの若者が戦地に駆り出され、出征が日常的な風景となっていたので以前のように駅まで小旗を振って、ぞろぞろと行列するようなことはなくなっていた。寂しいといえば、寂しい。それも時節だと丑松は深刻に考えなかった。それよりも初めて汽車に乗り、見知らぬ土地に行き、そしてたらふく白いメシを食う。そのことを思うと気持ちはいくぶんか晴れた。

「行って来るよ」丑松は、清一と富江に軽く頭を下げた。

「体に気をつけてな」

清一が言った。声がかすかに震えているような気がするのは、丑松の思い違いだろうか。

「無理するんじゃないよ」富江が言った。目が潤《うる》んでいる。

「兄ちゃん、手柄たててや」清太が言った。

「土産《みやげ》、たのんだで」剛三が言った。

「あほ！　兄ちゃん、旅行に行くんとちゃうぞ」清太が剛三の頭を叩いた。

「まっとれ、帰るのが許されたら土産、持って帰ってくるさかいな」

丑松はべそをかいている剛三の頭を撫でると、「ほな、行くわ」と駅に向かって歩き出した。死ぬのが恐いとかいう気持ちはない。それよりも長男なのに両親を置いて出てきたことが今頃になって悔《く》やまれる。

ようやく駅に着いた。谷川という名のとおり山に挟まれている。渓谷を汽車の線路が走る。大阪から京都の福知山まで行っている福知山線が通っている。これで大阪まで出て、東海道本線、山陽本線で大竹まで行く。結構な長旅だ。陸橋を渡ってホームで待っていると若い男が階段を下りてくる。男が顔を上げた。暗い顔だ。

「おい、丑松、どこへ行くんだ」

中道茂一《なかみちもいち》だ。隣村の同窓生だ。何かと競い合い、喧嘩もよくするが、不思議と気が合った。

小学校へ通っているときのことだ。下級生を引き連れて、学校への一番乗りを競っていた。抜かれてたまるかと丑松は先頭で茂一としのぎを削っていた。肩を突き合っている間はよかったが、そのうち体ごとぶつけ合うようになった。「なんや！　丑松！」「痛いやないか！　茂一！」やがて喧嘩になった。こうなると学校へ行くのはやめだ。その場で殴りあった。下級生が泣き出したが、喧嘩は終らない。両グループとも、学校に大幅に遅刻し、校長にひどく叱《しか》られた。「茂一のせいだ！」「あほ丑松が悪い！」と校長の前で性懲《しょうこ》りも無く言い争う。校長が拳《こぶし》を固め、二人の頭に、思いっきり拳骨を食らわせた。茂一は、校長の剣幕がよほど怖かったのか、泣き出した。丑松は、もう喧嘩しませんと謝った。

茂一も丑松と同じように体が大きかったが、どちらかというと茂一の方が、気が弱いところがあった。それに不器用だった。学校の校庭で軍事教練があり、木で作られた銃を担いで整列していた時のことだ。茂一が、ふとした拍子に銃を落とした。すると教官が「天皇陛下！」と叫び、直立不動になったかと思うと、「銃を落とすとは、なにごとだ！」と顔を怒りで真っ赤にして怒鳴った。その怒声に他の生徒はビクリと体を固くした。茂一は、慌てて銃を拾い上げ、肩に担ぎ、気をつけの体勢になったが、また失敗した。銃身を下に逆さに担いでしまったのだ。「ばかもん！」と教官の拳が茂一の顔を打った。茂一の体が吹っ飛んだ。その時、また銃を落としてしまった。「天皇陛下！」と教官は再び直立不動になり、「天皇陛下から頂いた銃は体が倒れても守るんだ」と倒れた茂一に殴りかかろうとした。

丑松は、とっさに茂一の側《そば》に駆け寄った。「許してやってください。わざとやないですから」「どけ！　きさま！　どけ！」教官の長靴《ちようか》が丑松の顔に向かって伸びた。丑松は、なんとその教官の足を摑《つか》んでしまったのだ。教官は、あっと叫び、バランスを失い、地面にどうと倒れ、したたかに腰を打ち、痛さで顔を歪《ゆが》めた。

「天皇陛下！」と丑松は直立し、「天皇陛下から頂いた大切な教官殿の制服が土で汚れたであります」と叫んだ。銃を落とすのも、制服を汚すのも偶然であり、防ぐことができないではないかという皮肉を込めたつもりだった。周囲を囲んだ生徒から、くすくすと笑いがこぼれた。

「きさま、そこに立て！」教官は、息を荒く吐きながら、丑松に迫り、拳を振り上げた。丑松は、直立し、教官を睨《にら》んだ。火花が飛び、目の前が急に暗くなった。

気がつくと、目の前に茂一の顔があった。「死んだのか？」「大丈夫だ」「茂一、その顔はどうした？」茂一は、目の周りが赤黒くなり、唇が二倍くらいに腫《は》れあがっている。一目《ひとめ》では茂一とわからないほど顔が変形している。「丑松、お前ももっとおかしな顔をしとるんやで」丑松はにんまりと笑った。手で触った。ひりひりする。「あははは」と丑松は声に出して笑った。茂一が不思議そうな顔をしている。頭がおかしくなったのかと思っているのかもしれない。「どないしたん？　急に笑ったりして……」「あの教官のひっくり返った姿がおかしかったんや」丑松は、また笑った。涙が滲《にじ》んできた。茂一もつられて徐々に声を大きくして笑い始めた。空は燃えるような夕焼けだった。

「広島の大竹というところの海兵団に入ることになったんや。田舎にいてもしょうがないからな」

「大竹海兵団か？」と茂一は顔をほころばせ、「ワシも一緒や」と言った。暗い表情を吹き飛ばすような笑みを浮かべた。

「茂一といっしょなんか」丑松は驚いた。

「嫌《いや》か？」

「嫌やないけど、しょうないな。あんまり下手うつなよ」

丑松は、顔をしかめた。教官に殴られたときのことを思い出したのだ。

「大丈夫や。軍人は要領を本分にすべし、や」茂一が薄笑いを浮かべた。

「その自信が怖いがな」

「そう言うなや。ワシは丑松と一緒で、心強いわ。志願せえ、言われていやいやしたんやけどな。大竹まで仲ように行こうやないか」

「軍隊まで一緒やとは、茂一とは腐れ縁やな」

「アホ言うな。何が腐っとるねん。赤い糸で結ばれとるんやで」

「気持ちの悪いことを言うな。男と女みたいやないか」丑松は苦笑した。

汽車が来た。丑松が乗り込み、茂一も続いた。混んではいなかった。窓側に座った。前に座った茂一が、盛んに話しかけてくるが、丑松は答えなかった。窓の外の景色を見納めのように眺めていると、急に睡魔に襲われ、たちまち眠ってしまった。大阪から東海道本線に乗り換え、大竹に向かう。茂一が「海や、海や」と声を上げた。瀬戸内海だ。こんなに広い海を見るのは初めてだ。丑松は窓を開けた。涼しい風と一緒に魚の匂いがする。これが潮の匂いと言うものか。

「海は広いな、大きいな。月が昇るし、日が沈む……」

茂一が唱歌をうたいだした。丑松も興奮していた。海は鏡のように凪《な》いではいたが、風が吹くたびに水面に細かい波が立ち、日の光を反射してきらきらと輝いていた。竹皮の中のおはぎは、いつのまにか一つだけになっていた。丑松は、それを手に取り、一口で食べた。もう富江のことや清一のことを思い出して、寂しがってはいけないという決意を込めた。

2

丑松は荷物を背負いなおし、再び呉駅に向かって歩き始めた。一歩踏み出すたびに入団当時の記憶が蘇《よみがえ》ってくる。

＊

「ケツを見せろ！」濃い眉を吊り上げて上官が怒鳴る。丑松は、素裸の体の陰部に手を当てて隠していた。

「ケツですか？」目をむいた。

「早くしろ！」

「は、はい」

丑松は自分の後ろに並んでいる茂一をちらりと見た。細かく体を震わせ、唇が青ざめている。入団手続きをしてからというもの、ずっと丑松から離れようとしない。田舎を出てくるまでは強気だったのだが、早くも弱い面を見せ始めたのか。丑松は上官に背中を向けた。

「それではケツが見えんではないか。四つん這《ば》いになるんだ」

丑松は言われるままに膝と、両手をついた。顔が真っ赤になるほど恥ずかしい。上官は、ビニール手袋をつけた指を丑松の肛門に差し込んだ。

「うっ」思わず身をよじる。上官は、構わず肛門の中を指でこね、覗きこんだ。指を抜くと、睾丸《こうがん》を片手で握った。丑松の息が詰まった。

「よし、正面を向け」丑松は、ふうとため息をつき、上官に向いた。

「手を下ろせ」陰部を隠していた手を体側につけた。

上官は、体を前かがみにすると、陰部のサヤの部分を手で握った。丑松が、あっと声を洩《も》らす間もなく、上官の手が勢いよく動いた。鋭い痛みが走った。覗き込むとサヤの先端の皮がむけ、桜色の亀頭がむき出しになっていた。

「臭《くさ》いぞ。よく洗っておけ。梅毒、淋病、なし!」上官は大声で言った。

「次!」上官が茂一を呼んだ。素裸で上官の前に立っている。今にも泣き出しそうだ。

「ありがとうございました」大声で叫ぶと、丑松は服を畳んだ場所へと駆け寄った。所属は第三十六分隊第四教班になった。茂一も同じ班だ。人数は十八名。この仲間で三ヵ月間、訓練を受ける。丑松は教官の前に並んだ時から、まずいところに来てしまったと後悔した。肛門に指を突っ込まれたり、睾丸を握られたりしたことは、検査だから仕方がない。しかし軍服などの支給品を見た時、それがあまりにもひどかったのだ。海兵服、即《すなわ》ちセーラー服は糊の利いた新品を想像していたのだが、洗濯はされていたもののかなり傷《いた》んでいた。寸法が合わない。少し窮屈だ。制服の寸法が合わないと上官に告げた。

「きさま！　畏《おそ》れおおくも畏《かしこ》くも天皇陛下！」と上官は気をつけをし、「天皇陛下から下げ賜《たまわ》った制服の丈が合わぬというのか。きさまの体を制服に合わせるのが当然だ。陛下の制服がお前に合うか！」

殴られるかと思って、歯を食いしばったが、怒鳴られただけで済んだ。仕方が無い。制服に体を合わせざるをえない。寝るのは吊床《つりどこ》というハンモックだが、そこにある毛布も相当に使い込まれ、汚れていた。この戦争は負ける、ふと思った。このことは思うことも、口に出すこともいけないことだが、物資がこれほど不足していることからつい連想してしまったのだ。物資がなくて、大和魂だけでアメリカに勝てるわけがない。

「きさまらは、今から、帝国海軍軍人として……」

教官が丑松の前を何度も往復する。目の吊り上がった、神経質そうな顔の男だ。名前は保阪満《ほさかみつる》。位《くらい》は二等兵曹《へいそう》だ。

「気をつけ！」保阪が声を張り上げた。丑松は顎《あご》を引き、背筋を伸ばして直立した。

「歯を食いしばれ！」丑松は体を固くした。列の右方向から、くぐもった音が聞こえ、誰かが二、三歩、たたらを踏んだ。

「何やっているんだ！　それでも帝国軍人か！」

「申し訳ありません」

「もう一回行くぞ」肉を打つ鈍い音。音の方向に顔を動かして、何が起きているか確認したいのだが、それは災いが自分に降りかかる予感がして、やめた。ビンタという より拳骨で殴られているようだ。順番はすぐに来る。保阪が目の前に立った。

「若いのを殴ると、手が痛いなぁ」口元を歪め、薄笑いを浮かべている。

「行くぞ」保阪の声と同時に、丑松は奥歯にぐいっと力を込めた。

左の頬にとてつもない衝撃が来た。頭蓋骨の中で脳が揺れる。口の中の歯が全て吹っ飛んでしまったのではないかと思った。瞬間は、痛みは感じない。しかし直《す》ぐに熱くなり、痛くなり、頬が腫れ、膨らんでいくのを実感する。辛うじて体を支えた。たたらを踏むことはなかった。

「あ、ありがとうございました」

丑松は、はっきりと、大きな声を出したつもりだが、頬が腫れて、うまく言えない。舌で殴られたあたりを探ってみる。幸い歯は折れていないようだ。保阪が部屋からいなくなった。鏡がないので自分がどんな顔になっているのか分からない。そっと手を当ててみる。熱い。腫れているのが分かる。

「丑松……」消え入るような声は茂一だった。顔が崩れ、本人かどうかはっきり分からない。左の瞼《まぶた》が腫れ、目を覆ってしまっている。頬は、口の中に何かを含んでいるかのように、ぷっくりと腫れ、赤い。何度か殴られたのだろう。

「茂一か。誰か分からへんぞ」

「お前こそ」

「俺も酷《ひど》い顔か？」

「ああ、もう嫌になったな」茂一は周りを警戒しながら小声で言った。

「ああ、入団そうそう、これじゃなぁ」丑松から見て保阪は明らかに殴るのを楽しんでいた。自分自身の鬱憤《うっぷん》を晴らす材料に鉄拳制裁をつかっているのだ。理不尽さに怒りを覚えた。これが軍隊だと言うなら、軍隊とは異常な世界だ。

吊床に体を横たえた。このハンモック状の寝床は、中に藁《わら》布団と毛布が三枚入っている。なんとなく不安定でなかなか寝付けない。

「おい、寝たか？」丑松は小さな声で茂一に言った。

「ほっぺたが、熱を持って、痛くて寝られへん」茂一が返事をした。

丑松も頬を触った。茂一と違って一回しか殴られなかったので腫れは引いているようだ。こんなことが毎日続くのかと思うと嫌になる。丑松は毛布を顔まで被った。目を閉じた。瞼の奥に母の富江の顔が見えた。泣いているようだ。

「総員、起こし、十五分前」スピーカーの声が兵舎中に響く。電灯が一斉に点《つ》く。明るくなり、丑松はむりやり目を開かされた。いつの間にか眠ってしまったようだが、早《は》や起こされてしまった。

「茂一、茂一」丑松は茂一を呼んだ。

「なんや？」眠そうに目を擦《こす》って茂一が体を半分起こす。

「十五分前や、起きなあかんぞ」丑松は囁《ささや》く。茂一は、はっという顔になり飛び起きた。

「総員、起こし、五分前」丑松は吊床の中で獲物を狙う獣のように息をこらした。

「総員、起こし、総員吊床おさめ」スピーカーの音が兵舎内に響く。轟音だ。

丑松は吊床から飛び降りる。あらかじめ畳んでおいた藁布団や毛布を中に包むように吊床を括《くく》る。中の毛布が飛び出そうとするのを押さえ込み、まるく固く縛《しば》る。人間を長い綱で巻いたようになる。この吊床は船が沈んだ時、浮き袋の役割も果たす。巻き終わったら、通路上部にある格納庫にしまう。重くて足下がふらつく。隣を見る。

もう格納し終わり、制服を着ている者がいる。焦《あせ》ってくる。これは競争なのだ。遅れをとるとどんな罰が待っているか分からない。

「あっ」悲鳴が上がった。茂一だ。格納しようと吊床を持ち上げた途端に綱が緩み、中味が飛び出してしまった。青ざめ、焦っている。丑松は迷った。手伝ってやるべきか、どうか。そんなことをすれば整列に遅れてしまう。茂一は、慌てふためきながら毛布や布団を丸めて吊床に押し込んでいる。ていねいに畳まなければ、絶対に収まらない。焦れば焦るほど、慌てれば慌てるほど時間がかかる。他の者たちは次々と通路に整列し始めた。心配そうに横目で茂一を見ている者もいる。

「茂一、さっさと着替えろ。俺が畳んでやる」丑松は茂一を無理やりどかせて、吊床を畳み始めた。

「すまん」茂一は急いで服を着た。

整列した者たちの前に保阪が現れた。各班の教班係というリーダーが整列完了を報告に走る。

「おい、まだかよ」班のメンバーが丑松に苛立《いらだ》った口調で言う。腹が立つが無理もない。ビリになれば、酷い罰が待っているに違いない。丑松は、黙々と吊床を丸め、綱を縛った。やっと畳むことができ、格納庫にしまう。丑松と茂一は急いで隊列に加わり、気をつけの姿勢を取った。

「第四班、整列完了」教班係が叫ぶ。

「遅い！」保阪が怒鳴る。部屋の窓ガラスが響くほどの声だ。思わず首を竦《すく》める。

「他の班は食事に行って、よし！　四班は吊床おろせ！」

もう一度吊床を張りなおすのだ。ああ、と力が抜けてしまいそうになるが、連帯責任だ。第四班全員が、保阪の号令で動き出す。すばやく梯子《はしご》を上り、格納庫から吊床を取り出す。重い吊床を投げる。丸太を二階から放り投げているようなものでこれに当たると大怪我をしてしまう。

「悪いな」茂一が半べその顔で言う。

「謝るくらいならごちゃごちゃ言わず動け」

丑松は、茂一を叱り、下ろされた吊床の綱を緩める。格納庫から全て吊床を取り出し終えると、梯子の上から班員が飛び降りる。狭い通路に上手く着地できるか、このときばかりはいつもはらはらする。今度は交代で丑松ともう一人が梯子を上がり、全員の吊床を受け取ってはその鉄の輪をビーム（梁《はり》）にひっかけていく。

「吊床おさめ！」全員の吊床を設置し終えたかと思うと、保阪はまたそれを畳めと命じた。班員の誰もが汗だくで、荒い息を吐きながら目を血走らせている。ふたたびビームから吊床を外し、おのおのが畳む。もう誰も口を利かない。保阪は腕時計を見ている。畳み終えた者が次々と整列する。今度は茂一も上手くいったようだ。丑松の隣に並んだ。やっと朝飯にありつくことができる。そう思うと急に腹が減ってきた。

「総員、吊床を担ぎ、兵舎外周、三周」

保阪が叫ぶ。笑っている。この保阪は新兵を苛《いじ》めるのが楽しくて仕方がないのだろう。憎しみがこみ上げてくるが、ぐっと抑える。とにかく早く飯にありつきたい。ただでさえ牛のように食べる丑松だ。飯を取り上げられることに何よりも怒りを覚える。

丑松は吊床を担いだ。全員が隊列を乱さないように走り始める。赤レンガ造りの古い兵舎の周りを走る。保阪が兵舎入り口のところで直心棒《じきしんぼう》という太い樫《かし》の棒を持って立っている。あの棒で尻や腰を殴り、根性を叩き込むつもりなのだ。走りだすと丑松の担いでいる吊床がたわみ始めた。慌てたので綱の縛り方が緩かったのだ。たわむと吊床が体を押し潰《つぶ》すように重くなる。酔っ払って全身の力が抜けた人間を肩に担いでいるようなものだ。走りながら、バランスを失う。倒れてしまいそうだ。他の連中は、自分のことに精一杯だ。少しでも速く走ろうと必死になっている。

「丑松、大丈夫か」茂一が声をかけてきた。

「ああ、なんとかする。先に行け」

「分かった。悪いな」茂一は、保阪の苛めの原因を作ったのが自分だと深く悔やんでいる顔をしている。やっと一周目を終えた。保阪の前で他の者たちが整列している。

丑松は最後だった。吊床を縛った綱はほどけなかったものの相当に緩んでいた。後から締め直さねばならない。丑松が隊列に加わったところで、教班係が「整列完了」を報告した。

「遅い奴がいるなぁ」直心棒をぶらぶらさせながら保阪が丑松の前に立った。

「おい、きさま」

「はい、私でありますか」丑松は身構えた。何が始まるのか見当はついている。

「海軍根性を入れ直してやるから、ありがたく思え」

「はい、ありがとうございます」

「一歩、前へ出ろ」丑松は、保阪の言うままに前に出た。

「歯を食いしばれ！」保阪が言った。丑松は足を肩幅に開き、両手を高く掲げ、尻を突き出すように前かがみになった。歯を食いしばった。

「行くぞ！」保阪が直心棒を振りかぶった。丑松は目を閉じた。耳の向こうで、直心棒が風を切る音がする。その瞬間に鈍い音がして尻に激痛が走った。ドスッ、ウウッ。ドスッ、ウウッ。尻から下が自分のものではない感覚だ。下半身がばらばらにされたように痛みで痺《しび》れる。眩暈《めまい》がする。

「ありがとうございました」丑松は、辛うじて口にした。列に戻ろうとして、よろけそうになった。ここでよろけてはまた殴られてしまう。必死で耐えた。結局、その日は朝飯にありつけなかった。しかし直心棒による根性鍛えなおしという名の苛めは毎日、毎晩つづいた。

3

丑松は駅まで歩いた。背負った毛布が重い。服は海軍の軍服のままだ。かなり傷んでいる。腰にぶらぶらと動くものがある。丑松はそれを手に取った。薬籠《やくろう》のお守りだ。

「おい、茂一、やっと帰れるぞ」丑松は呟《つぶや》いた。薬籠を振ると、コロンという音がした。中に入っている茂一の骨だ。茂一は、故郷に帰ることなく死んでしまった。

＊

「尻は痛いし、腹も減ったなぁ」茂一が力のない声で言った。体調が悪そうだ。

連日、直心棒で殴打されるせいだ。昨夜も相当、直心棒を食らった。ビームに上げていた机と椅子を置き、そこに座って食事当番が運んでくる朝飯を待っていた。四人の食事当番が、食器と食料の入った缶を運んでくる。全員で机に食器を並べ、そこに汁とご飯をよそう。おかずは一品。焼き魚だ。

保阪にだけは緊張して配る。沢庵《たくあん》を三切れ、皿に盛ったりすると、「きさま！　俺に腹を切れというのか」と大声で叫び、熱い味噌汁をかけられてしまう。三切れは「身切れ」と言って忌避《きひ》していたのだ。

「配食、よろしい」保阪の声がかかった。全員、一斉に箸を持ち、飯に食らいつく。味わっている暇はない。遅いと、また直心棒の攻撃に晒《さら》されてしまう。軍隊に行けば、白い飯を腹いっぱい食べることができるというのは全くの嘘だった。汁は薄く、飯もおかゆに近いほど水で増量してあった。これなら田舎にいたほうがましだ。腹が立ったが、我慢するしかない。丑松はそれらを口の中に放り込み、飲み込むようにして食べた。

「ぐほっ」隣で茂一がご飯を吐いた。喉に詰めてしまったのかもしれない。

「全員、食事、やめい！」保阪の号令が飛んだ。

丑松は箸を止めた。まだ米が少し残っている。見るだけで腹がクークーと悲しそうに鳴く。保阪が茂一のところへ飛んできた。茂一は、青ざめた顔で保阪を見上げた。

「立て！」保阪が命じた。茂一は立った。丑松や他の班員も全員が立ち上がった。

「天皇陛下！」と保阪は気をつけの姿勢になり、「天皇陛下から頂いた米を吐き出すとは何事だ。食え！」と怒鳴った。

茂一の顔が歪んだ。躊躇《ちゅうちょ》している。机の上を汚したどろどろの液体。米と味噌汁と魚だとは分かっているが、漂ってくる胃液のすえた臭《にお》いをかぐと、隣で立っている丑松でさええずきそうになる。茂一、食え。食わないと何をされるか分からないぞ。丑松は声にならない声で言った。茂一が顔を黄土色のどろどろの液体に近づけた。丑松は固唾《かたず》を呑んでその様子を見ていた。茂一は口を開けた。途端に、「うっ」とうめいたかと思うと、また吐いた。もう透明な液体しか出てこない。

「この野郎!」保阪は叫ぶやいなや、茂一の顔を拳で殴った。ぐしゃっと鈍い音がした。机に血しぶきが飛んだ。茂一の口が切れ、真っ赤な血が溢《あふ》れている。それでも保阪は殴るのをやめない。何度も何度も茂一の顔を殴った。茂一の膝が折れた。まっすぐ下に崩れ、床に膝をつくと、そのままどうと仰向けに倒れた。気を失ってしまっている。

「部屋へ運んでおけ」保阪は、興奮した息を吐きながら命じた。

丑松は茂一に駆け寄った。しかし他の誰も動かない。朝食がまだ済んでいないのと、下手に動くと茂一に同情的だと見られて、殴られるのではないかと警戒しているのだ。

「茂一、しっかりしろ」丑松は声をかけた。田舎にいたときは、あれほど威勢がよかったのに軍隊での茂一は無能としか言いようがない。要領を本分とすべしなどと言っていたのはだれだ。何をやっても上手くいかないではないか。上手くやろうとすればするほど空回りしてしまっている。海兵団に入って、もうすぐ三ヵ月が過ぎる。訓練期間が終る。この後、それぞれ所属が決まり、新兵として戦地に行かねばならない。もうそんな時期なのに茂一は保阪に苛められてばかりいる。相性というものか。

丑松は茂一を背負った時、子供の頃、学校の裏山が夕日に染まっていたのを思い出した。軍事教練で、教官に逆らい、丑松はこっぴどく殴られ、気を失ってしまった。気がつくと、運動場に残されていた。茂一が目に入った。

「茂一……」

「気がついたか」茂一が、丑松の腕を摑んだ。丑松は、その腕を支えにして、ようやく体を起こした。二人で支えあい、よろよろと歩いた。なぜか可笑《おか》しかった。教官が、何か言うたびに「天皇陛下！」と叫ぶからか。殴ってもなかなか倒れない丑松に、教官が怯《おび》えた顔をしたからか。そうではない。丑松は、茂一と肩を抱き合って歩いていること、それだけがなんだか楽しくて、可笑しくなったのだ。きゅうり畑があった。

「食うか？」丑松が訊くと、茂一は「もちろんや」と答えた。二人で畑に入り、形の良いきゅうりを二、三本もぎ取った。がぶっと齧《かじ》る。青臭い味が口中に広がった。噛むたびに、とろみがある濃厚な水分が喉を湿らす。

「美味いなぁ」丑松は思わず洩らす。

「ほんまやなぁ」茂一が目を閉じ、うっとりとした顔で「ワシは、偉くなって白い飯を腹いっぱいくうんや」と言った。

「偉くなるってなにになるんや」丑松が訊いた。

「社長や、それも食堂の社長や。食堂っていうのは、白い飯ばっかりやない、食いもんがいっぱいあるんやろ」

「そらあるやろな。食堂やから」

丑松の目いっぱいに茂一の嬉しそうな顔が広がった。茂一の体の重さに体がふらつく。丑松、お前は牛と言われた男だ。茂一ぐらい支えられないでは情けないぞ。自らを鼓舞する。

「頑張れ。食堂の社長になるんやろ。こんなくらいで音《ね》を上げたらあかんで」丑松は小声で言った。

「ああ。食堂か、ええなぁ。白い飯、腹いっぱい食いたいな」

茂一が答えた。気がついたようだ。茂一の心も田舎に飛んでいるのだろう。

「茂一、夕焼けが見えるやろ。学校の裏山が、真っ赤やで」

「見える、見える、真っ赤や。きれいやなぁ」

肩の上の茂一の顔を見ると、固く閉じられた目がうっすらと涙で光っていた。

「誰か手伝え。吊床に寝かせろ」保阪がいらいらした調子で言った。早く片付けろということだ。この号令で全員がやっと金縛りが解けたように動き出した。足を持つ者、腰を抱える者、吊床を張る者いろいろで、茂一は吊床に寝かされた。朝食が終わり、「課業始め、五分前！」と保阪が号令を発した。丑松らは茂一を残して、兵舎前に整列し、練兵場に向かって早足で行進した。辛い訓練の一日が始まった。

隣に寝ている茂一が動いている。茂一は一日中、吊床の中だった。特別待遇だと丑松は少し羨《うらや》ましく思った。さすがの保阪も制裁の度が過ぎたと思ったのか、眠ったまま起きてこようとしない茂一に何も言わなかった。厠《かわや》にでも行くのだろうか。そう思いつつ丑松は再び眠りについた。

「みんな起きろ！　大変だ。死んでいるぞ」

誰かが大声で叫んでいる。まだ起床の号令はかかっていない。丑松も目を覚ました。その時、目に飛び込んできたのはビームに綱を渡し、それで首を括った茂一の姿だった。

「茂一！」丑松は叫んだ。

「教班長を呼んで来い！」

「奴をおろせ！」命令が飛び交い、それにしたがって行動した。

丑松は、茂一の体を抱えた。体はまだ固くなっていない。なんとなくぬくもりがあるようにさえ思える。死んでからまだ時間が経っていないのだろう。血の流れる音が聞こえるかと耳を澄ましたが、何も聞こえない。死に顔は意外なほど穏やかだ。苦しんだ様子はない。ただし保阪に殴られた口や目の周りの痕が黒く変色し、そこだけが痛々しい。他の者が首から綱を解く。何人かが下から両手を差し出している。彼らに茂一の遺体を渡す。そして遺体は通路に横たえられた。泣いた。丑松は泣いた。どうしようもなく涙が溢れてくる。何も言わなくなった茂一の顔に丑松の涙が落ちた。

「茂一！　茂一！」肩を摑み、激しく揺すってみるが、茂一は答えない。

「白い飯、まだ、腹いっぱい食べとらへんど！　眠っとらんと、起きろや！」

丑松は、涙を流し、鼻水を啜《すす》り上げ、大声で叫んだ。周囲の仲間もすすり泣いた。

「海行《ゆ》かば、水漬《みづ》く屍《かばね》、山行かば、草生《くさむ》す屍……」誰かが鼻声で歌いだした。

「許せねえ」保阪の顔が浮かんだ。殺したのはあいつだ。あいつが茂一を目の敵《かたき》にして、集中的に苛めた。茂一は、もう限界だったのだ。

「どうした？」保阪がやって来た。

茂一を囲んでいた人垣が割れた。そこを保阪が歩いて、中に入った。丑松は保阪を睨みつけていた。これが軍隊でなければ飛び掛っていたところだ。

「死にました」誰かが言った。

「軍医殿のところに運べ。病死だ」保阪は表情を変えなかった。啜り泣きが聞こえる。丑松ではない。茂一の死を他人ごととは思えない者が丑松以外にもいるのだ。

「早くしろ。朝の教練が始まるぞ」保阪は言った。感情を交えず、事務的な口調だ。

「自殺です。病死ではありません」丑松は口に出してしまった。

うん？　小首を傾げて、保阪が丑松を見ている。何か不思議な生き物を見つけたような表情だ。上官の言うことに反抗するのは天皇陛下に反抗することと同じだ。軍人は礼儀を正《ただ》しくすべし。凡《およそ》軍人には上元帥より下一卒に至るまで其間に官職の階級ありて統属するのみならず同列同級とても停年に新旧あれば新任の者は旧任のものに服従すべきものぞ。下級のものは上官の命を承ること実は直に朕が命を承る義なりと心得よ。……丑松の頭の中に、軍人勅諭《ちょくゆ》の言葉が嵐のように渦巻く。

「名誉の戦死だ。分かったな。以上だ。直ぐに処理にかかれ」保阪は踵《きびす》を返した。

丑松の体が自動的に動く。涙は出ない。茂一の遺体を軍医のところに運ぶ作業にとりかかった。茂一の死は病死として処理され、遺体はその日のうちに荼毘《だび》に付された。

数日後、母親が遺骨を引き取りに来た。丑松は、母親が待つ控え室の入り口に立った。茂一の遺骨を入れた白い布に包まれた遺骨箱を両手に抱えている。戸を開けて、まず何を言おうか。遠路、お疲れ様です。久しぶりです……。どんな顔で茂一の骨を渡せというのか。丑松は、気持ちの整理がつかないまま、戸を開けた。母親が顔を上げた。目が潤んでいる。泣いていたのだろうか。頬の肉が落ち、やつれている。小柄な体が、一層、縮んだように見える。

「おばちゃん……」丑松は、子供の頃に返ったような声で呼びかけた。よく茂一と遊んでいるときに芋をふかしてくれたことを思い出した。

「丑松さん……」母親が腰を上げた。視線は、丑松が抱える遺骨箱に据えられている。

「申し訳ありません！」丑松は、張り裂けんばかりに言った。喉から声を絞り出した。頭を下げると、涙が滴《したた》り落ち、遺骨箱を包んだ布にしみていく。

「それが……、茂一か」母親がすがるような目つきで訊く。

「はい……」丑松は、大きな体を折り曲げ、遺骨箱を両手に持ち、真っ直ぐに母親に差し出した。

「茂一、茂一」母親は、遺骨箱を丑松の手から激しく奪い取り、胸に抱えるとその場に膝をついた。

「おばちゃん」と丑松は、母親の下に駆け寄り、体を支えた。

「茂一、お国のために、ようがんばった。名誉なことや」

母親は声を振り絞った。

名誉な死ではない、苛め殺されたのだと丑松は喉まで出かかったが、ぐっと飲み込んだ。

「茂一は、皆さんに可愛がってもろうて、ほんまに幸せです。丑松さん、おおきにな」

母親は頭を下げた。

「茂一は、みんなに好かれてました。こないな姿に……。みんな悲しんでます」

「茂一、家に帰ろな」と母親は遺骨箱に頬ずりをし、立ち上がろうとして、よろめいた。

「しっかりして、おばちゃん」

丑松は、母親を抱きかかえた。母親は、腕の中で「うっ、うっ」と呻《うめ》くように泣いた。しばらくして母親は、厳しい顔で丑松を見つめた。腕の中にしっかりと遺骨箱を抱いている。

「丑松さん、茂一の分まで武功を立ててください。茂一は、いつも丑松さんのことを話しておりました。ええ男や、ワシの親友やと言うていました。こうやってあんたから遺骨を渡してもらって、ほんまに嬉しく思います。富江さんを泣かさんようにな……」

母親は小さな体を精一杯折り曲げた。もう言葉を繋《つな》ぐことができなくなったのか、また「うっ」と小さく呻いた。丑松は「はい」と答え、敬礼をした。涙が流れてきた。

「おばちゃん、頼みがあるんやけど」

「なんや？　なんでも言うて」

「茂一の骨をお守りに譲って欲しいねん」

丑松の言葉に、母親は一瞬、驚いたが、すぐに気を取り直して「ええで。茂一も喜ぶやろ」と白い布を解き始めた。茂一は、お前とは、赤い糸で結ばれていると、丑松に言った。骨でも構わない、茂一と一緒にいたいと思ったのだ。丑松は、ものすごい後悔の念に襲われていた。赤い糸で結ばれた茂一をどうして守ってやれなかったのか。保阪の鉄拳を、丑松が代わりに受けてやればよかったではないか。もっと援《たす》けてやれば、茂一が失敗することも無かったのではないか。考えれば考えるほど、頭がおかしくなりそうだった。母親は、一片の骨を骨壺《こつつぼ》から取り出し、丑松に渡した。

「なあ、茂一、丑松ちゃんをしっかり守ったげてくれよ」母親は骨に語りかけた。

「大切にします。お守りにして、ずっと茂一と一緒にいます。ありがとうございました」

丑松は、骨を小さな薬籠に入れた。生きて帰るぞ。丑松は心に決めた。武功など立てなくてもいい。こんな理不尽なことが長く続くはずがない。茂一のためにもどんな辱《はずかし》めを受けようとも生きることが大事だ。生きることに優先するものはない。茂一はそのことを教えるために死んだのだ……。

「おばちゃん、家に帰られたら、白い飯を供《そな》えてやってください。腹が減っていると思いますから」

丑松は無理に笑みを作った。母親は、小さく頷《うなず》いた。丑松は母親が見えなくなるまで敬礼の姿勢を崩さなかった。

4

ホームは兵隊でごった返していた。列車を待つ間も注意をしていないと線路に突き落とされかねない。多くの者が抱えきれないほどの荷物を持っていた。どこでどうやって手に入れたのか知らないが、毛布を抱え、食料などをぎっしりと詰めたリュックを背負っていた。敗戦で誰もが浅ましくなっていた。国のために働き、命まで落としそうになったのに感謝の一言もない。それならばと軍の食料などを郷里の土産に持ち帰っているのだ。丑松は身軽だった。できるだけ軍隊の臭いを消し去りたかった。リュックの中も隊で使っていた日用品が少し入っているだけだった。

保阪がいた。両手に抱えきれないほどの荷物を持っている。背中にもはち切れんばかりに膨らんだリュックを背負っていた。保阪は、茂一が死んだ後、どこかに転属になった。戦地に行ったのかどうかは分からないが、無事、生きているところを見れば、呉近辺の隊にいたのだろう。カランと腰の辺《あた》りで音がした。茂一の骨をいれた薬籠だ。そうか、茂一、やっぱり保阪には挨拶せんといかんな。よう世話になったさかいな。

「保阪教班長、お久しぶりです。覚えておいででしょうか。大竹海兵団でお世話になった岡本《おかもと》丑松です」

丑松は人ごみを掻《か》き分け、保阪に近づいて声をかけた。わからないようだ。首を傾げている。無理もない。彼にとって丑松は、毎年送り込まれてくる有象《うぞう》無象《むぞう》の新兵の一人だったのだ。

「岡本……丑松？」

「はい」丑松はにこやかに笑みを浮かべた。

「ああ、思い出したよ。懐《なつ》かしいね。生きていたか。よかった、よかった」

保阪は大げさに喜びを表した。本当は覚えていないに違いない。しかし話を合わせた方が得策だと思ったのだろう。

「荷物、お持ちしましょうか？　重そうですが……」

保阪は、警戒心を露《あらわ》にし、丑松をじっと見つめた。こいつ、俺が荷物を盗むと心配しているな。軍隊で苛められた兵隊が上官を襲う事件が頻発していた。怪我をさせたり、荷物を奪ったりするのだ。

「大丈夫だよ。これくらいは軽いものだ」

「いや、でも相当重そうですよ。よろしいですか」

「気持ちだけで十分だ。遠慮しておくよ」保阪はあくまで固辞した。表情に不安が過《よ》ぎっている。

「海兵団の後、どうしたのだね」

保阪は訊いた。話をすることで何か思い出すことがあると思っているのだろう。

「海兵団を卒業しました後は……」丑松は話し始めた。

*

丑松は、海兵団卒業時、多くの者が実戦部隊に配属になるにもかかわらず大竹から山口の大島に行った。三ヵ月の砲術訓練を命じられたのだ。卒業時に新兵は配属の希望を聞かれるのだが、丑松は他の者のように血気に逸《はや》って直ぐに前線に赴く部隊への希望は出さなかった。少しでも教育訓練がある部隊を選択した。それが砲術学校だった。丑松は、日本が戦争に負けると予感していた。動物的な勘ではなく、むしろリアリストとしての醒《さ》めた目を持っていた。食料、物資、上官たちのいらいらした態度などから、この考えは確信に近いものがあった。それに茂一の死が影響していた。どんなことがあっても生きて帰る。それが茂一への約束だ。茂一を虫けらのように殺した軍隊に崇高な価値を見出すことはできない。

生き残るためには、たとえ三ヵ月でも実戦に出ない部隊がいい。それが丑松の考えだった。その三ヵ月の訓練はたったの一ヵ月で終わりになった。怠《なま》けたのだ。訓練を受け、いい成績を取る者は三ヵ月を満たさずに実戦に駆り出される。そこで丑松はわざと間違え、失敗した。鉄拳制裁を何度も受けた。耐えた。敵の弾に当たって死ぬ確率より、鉄拳制裁で死ぬ確率の方が格段に低い。そう思うと耐えることができた。

ある日、落第を言い渡された。砲術学校から放逐されたのだ。呉鎮守府内の補充部隊に配属になった。そこには全く統制がなかった。言わば無所属の兵隊たちのたまり場だった。乗船した船を撃沈されて生き残った者、所属していた部隊の大半が戦死し、新たな部隊への配属が決まっていない者など、仕事にあぶれた者たちの部隊だ。毎日、前線に行く募集がある。駆逐艦某に乗務希望の者などというように最前線で兵が欠員となれば補充部隊に募集がかかる。船が沈められた者は、すぐにでも新しい船に乗って味方の仇《かたき》を討ちたいと希望する。しかし丑松はどんな募集があっても見て見ぬ振りをしていた。

天国だな……。丑松は思った。仕事も命令もない。訓練も鉄拳も直心棒もない。しかし三度の飯はある。お預けになることもない。三千人近くの兵隊が補充部隊にいたが、知っている者は誰もいないということがさらに気楽だった。風呂に入ると、裸では誰が上か分からない。丑松が湯船に浸《つ》かっていると、若い男が敬礼をしてきた。丑松を上官と勘違いしたのだ。丑松は、適当に頭を下げた。更衣室にその若い男がいた。服を着ている。階級章が見えた。上等兵ではないか。丑松は慌てて着替えて外に飛び出した。

「早く国のために役に立ちたいな」募集の看板を見ていると、だれ彼となく声をかけてくる。丑松は、全くそのとおりだと頷きつつも一度も応募をしなかった。

三ヵ月が過ぎた。さすがにのんびりとした補充兵暮らしもいたたまれなくなってきた。周りがいつまで無駄飯を食っているのだという顔をしているのではないかと気になってきた。

「何かいい募集はないかな」

丑松は掲示を見ていた。前線にだけは行かない。それ以外なら多少の苦労は厭《いと》わない。

「大入《だいにゆう》遠距離魚雷発射場？」丑松は呟いた。魚雷発射場なら落第したとはいえ砲術に近いものがある。希望が通るかもしれない。

「新型魚雷の発射試験場が大津島《おおつしま》にできたらしい。前から魚雷の発射試験場やったのを改築したそうや。それで大入でも色々と試験をするそうや」隣で同じ募集を見ていた者が言った。同じ二等水兵だ。

「俺は菅原公平《すがわらこうへい》」

男は挨拶した。丸顔の人なつっこい雰囲気の男だ。大阪出身だと言う。丑松も名乗った。

「新型か。なんか面白そうやな」

「俺は応募するつもりや。岡本はどうする？」

丑松は菅原と一緒に応募した。二十名の募集だった。二人とも採用された。大入遠距離魚雷発射場は呉軍港の東に位置し、瀬戸内海に面した阿賀《あが》湾にあった。新型魚雷は、「回天《かいてん》」と言った。人間が魚雷に乗り、敵艦に体当たりする兵器だ。この訓練場は徳山の大津島にある。大入では爆薬搭載前の回天を使い、発動機などの調子を点検していた。試作の回天がスタートする。丑松たちはボートで回天を追いかける。海からわずかに湧き上がるあぶくを目印にしてボートを操る。注意深く見ていないと見失ってしまう。航行試験が終ると、回天を回収するのが丑松たちの役割だ。あまり気分のいいものではなかった。使命感に燃えているとは言うものの回天には自分と同じような年齢の若者が多く乗っているからだ。回天には丑松のような学校をまともに出ていない兵隊は乗ることができない。主に海軍兵学校を卒業した少尉などが乗る。丑松はここでも日本の敗戦を確信した。優秀な若者を平気で殺す兵器を作る国が勝つはずがない。それは憎しみにも似た確信だった。

菅原とは気があった。彼は大阪の食堂でコック見習いをやっていた。主人と折り合いが悪くなって店を飛び出し、海軍に入った。掃海艇に乗り、湾内の機雷を除去する際、菅原は丑松にコロッケやカツレツなどの作り方を説明する。涎《よだれ》が出そうになる話は、それだけで腹が一杯になった。阿賀湾から呉湾まで行き、機雷の掃海業務を行なう。

「こんなところまでアメ公の機雷が沈んでいるようではもう終りやな」

菅原は誰もいないところで丑松に言った。

「ああ、難しいやろ」丑松も同意した。

機雷を落とすだけではない。頻繁に敵機が来襲し、呉や大入は空襲にさらされていた。ある時、グラマンが一機飛んできた。悠々と空を旋回している。砲台にいた丑松は機関砲を構えた。撃ち落とすつもりだった。

「やめろよ」菅原が止めた。

「何でや。生意気やないか」

「アホ、一機だけと思うな。いっぱいおるはずや。それに撃ったら、この場所がばれてしまうやろ。爆弾一発、落とされたらしまいや」

情けない戦いだ。しかし生きるためには仕方がない。どんな辱めも死ぬことに比べれば、なんでもないことだ。グラマンが飛び去った。静かな空が戻った。突然、空が光り、地響きが起きた。

「あれはなんや」

空が一瞬、真っ赤に染まったかと思うと黒い雲がむくむくと空を覆い始めた。北西の方向だ。

「広島の方や」

「石油タンクでも爆破されたんやろか」

それが原子爆弾だとは夢にも思わなかった。昭和二十年八月六日午前八時十五分のことだった。

第二章　悶々と

1

「ものすごい煙やったです。教班長もごらんになりましたか」

丑松は、あの黒い雲を見たときの震えを再び感じた。保阪は、荷物を大事に抱え、明らかにいらついていた。汽車が一向に来ないからだ。また丑松に偶然出会い、話しかけられ、付き合っていることを面倒に感じているようだ。

「すぐに部隊に集められました。広島が大変なことになっているから、行けいうんですわ」

丑松は、保阪の気持ちには斟酌《しんしゃく》せず話し続けた。

「いつものとおり船に乗せられましてね、広島に向かいました」

大入から船で渡るとき、嫌な空気が流れてくるような気がしてならなかった。

「それでどうだったのだ？」保阪は義務のように質問を発した。

「地獄言うんでしょうか。なんと言ったらいいんですか。何にもないんですよ。見渡す限り、一切合切、なんにもない。あんなに賑《にぎ》やかだった広島の町が、完全に潰れて、いたるところが瓦礫《がれき》の山……。その瓦礫の中に、材木か、コンクリートかと思ってよく見ると、黒焦げになって人が死んでいるじゃないですか。炭《すみ》になっても、苦しそうな顔がそのままです。耳を澄ますと、死体の山からうめき声が聞こえます。生きているのに、捨てられたのかもしれません」

被爆地に立ったとき、丑松は何も見えなくなった。目がおかしくなったと思った。景色は映っているのだが、それに感情というものが乗っていかないのだ。目がガラス玉になったようなもので、景色は映るが、それに対して怒りも悲しみも、ましてや美しい、汚い、恐ろしい、そんなありとあらゆる感情が消えていた。死体や瓦礫を一ヵ所に片付けるように命令された。丑松は、ロボットになったように遺体を抱えては指定された場所に運んだ。まだ温かい死体もあった。

えいっと死体を抱え上げたら、カチンと何かが落ちた。見ると、煙草を吸うパイプだった。

「パイプ？　こういう奴か？」保阪は手でパイプの吸い口を咥《くわ》える仕草をしてみせた。

「煙草を詰めるところが、こう」と丑松は両手を合わせて丸を作った。

「団子のようになっておりました。材質は分かりません。しかし茜《あかね》色と言いますか、赤銅色と言いますか、非常に上品なものでした」

「お前が、抱えた死体の持ち物だったのか？」

「そうやったと思います。なにやら偉い先生が書斎で煙草をくゆらすようなパイプでした。顔も服装も判別不能の死体でしたが、一旦、その場に下ろしまして、パイプを手に握らせてやりました。指も溶けたようになって、炭色の死体に、妙にパイプだけが生々しくて……。私が手を合わせたら、そいつの指がパイプを握り締めたように見えました」丑松の話に保阪は神妙に頷いた。

「周りに人が集まってくるんですわ。顔の皮が、べろんと剝《む》け、赤い肉が膨れ上がって、それはそれは痛々しいものです。水くれ言うたり、兵隊さん、助かりますか言うたり、顔の半分が溶けて、無《の》うなっているんですが、声だけは出せるんですね。助かりますかって言われても、こっちは命令で死体や瓦礫を片付けに来ているだけやからですね。どないしようもなかったです」

「大変やったのぉ」

「しばらく作業していましたが、大入《だいにゅう》に戻るように命令が出まして、それでまた船に乗り込んで帰りました。あんなにたくさんの死体を見たのは初めてでした。船に乗ったとたんに、震えが来て、えらいこっちゃ、えらいこっちゃと思いました」

丑松は目を閉じた。まだ顔の溶けた死体が目に焼きついている。

「おお、汽車がきたなぁ」

遠くに汽笛の音が聞こえた。保阪がほっとしたような笑顔を見せた。ホームは兵隊で溢れている。人を押しのけてでも乗り込まねばならない。それなのに荷物が多い。保阪は、抱えていた荷物を担ぎなおした。丑松は身軽だ。荷物はほんの少しの身の回りのものだけだ。保阪は兵曹だから、部隊の外に下宿していた。そこに石鹸や毛布や缶詰などを隠していたのだろう。戦争が終ったら、物を持っているものがいちばん強い。だから保阪たち下士官連中は、丑松のような身分の低い兵隊に命令して、自分の住まいに物資を隠匿《いんとく》していたのだ。

「ずるい奴や」

保阪の後ろ姿を見ていたら、自分の腰にこつこつと固いものが当たる音がする。腰につけた薬籠だ。

「茂一……」

保阪に苛め殺された茂一が怒っている。自分は、こんな惨《みじ》めな骨になって郷里へ帰る。それなのに保阪は、缶詰や石鹸などの土産がたっぷりだ。茂一は激しく怒っている。この小さな薬籠の中で騒いでいる。保阪を許すな……。

「保阪教班長」丑松は呼びかけた。

「なんだ？　もう汽車が来るぞ」保阪は振り向き、不機嫌な顔をした。

「終戦の際、天皇陛下のお言葉はどこでお聞きになりましたか」

「そんなこと忘れたよ。兵舎にいたんじゃないかな」

保阪は薄く笑った。彼にとって戦争は、早くも遠い過去のことなのだ。

「私は、軍港を守る山の砲台におりました。なにやら人が集まってきて、よく意味が聞き取れないラジオ放送が聞こえてきました。同僚に、なんやと聞いても、首を振るだけでした。そのうちもっと大勢の人が集まるのが見えてきました。口々に戦争が終ったというではないですか。びっくりしました」丑松は驚いた真似をした。

保阪が露骨にいらつきはじめている。周りでは誰から汽車に乗るか、順番を争っている。

「放心したようになっていましたら、上官がやってきて、書類を焼くのを手伝えと言われました。すぐに米軍がやってきて、われわれを逮捕するから、軍の書類をそのままにしておいてはまずいという判断だったのでしょう」

「もう終ったことだ」

「そうでしょうか？　慌てて書類を焼いたり、倉庫に入っていた食料などを奪ったり。戦争ってなんやったのですか。こんな戦争に意味があったんですか」腰につけた薬籠が暴れ出す。

「さあ、汽車が来た。俺は行くぞ。家族が待っている」

保阪は、一つの荷物を背負い、他の荷物を両手に提げると、汽車に乗ろうと、足を踏み出した。丑松は、腰から薬籠を外し、「待てよ、こいつに謝っていけ」と保阪の鼻先に突きつけた。

「何をするんだ！　どけろ」保阪は、驚いた顔で、薬籠を払い除けようとした。

「教班長、中道茂一を覚えておられんのですか」

「そんな男、覚えておらん」

「この薬籠の中に、その茂一の骨がはいっているんです。あんたが殺したんや」

丑松は、強く薬籠を保阪の顔に押し付けた。

「やめろ！　やめんかい！」

「謝らんかい！　これに謝れ！　人殺し野郎！」

「なんという口の利き方だ。それでも帝国海軍か！」

保阪が丑松の手を思いっきり払った。その瞬間に丑松の手が、保阪の頬を叩いた。鈍い音がした。保阪が目を丸くして、痛そうに顔を歪めた。

「何しやがるんだ」

保阪が怯えた目で言い、逃げようとする。保阪は汽車に向かって走り出した。誰もがわれ先に乗り込もうとしている。

「待て」と丑松は、保阪の肩を摑み、「お前ら、敵が来たらすぐに逃げ出すような戦争をしやがって。俺は、田舎にいても食えなくて、軍隊に入った。茂一も一緒や。軍隊に入れば、メシが食えると思っていた。ところが食えんかった。こんな戦争になんの意味があったんや。戦争が終ったら、教班長、あんたは軍の食料を盗んで、名誉のご帰還や。茂一は、メシも食えずに、あんたに殺され、こんな中に入っているんや」と大声で言い募《つの》った。

「ウオーッ」丑松は叫んだ。

保阪の腹に頭から突っ込んだ。不意をつかれた保阪はホームに尻を突き、横倒しに倒れこんだ。担いでいた荷物から缶詰がいくつもホームに転げ出した。丑松は、保阪に馬乗りになった。保阪は両手を伸ばして転がっていく缶詰を取ろうとした。ホームにいた兵隊たちが、それを我先に奪い取っていく。

「やめろ！　取るな！　俺の缶詰に手を出すな！」保阪はばたばたと足を動かした。

「茂一に謝るんだ」

「ああ、悪かった。悪かった。謝るから、早くどけ！　どいてくれ」

保阪が両手で丑松を押しのけようとした。丑松は、その手を払いのけ、顔面を思いっきり殴りつけた。保阪の唇が切れ、血が飛んだ。兵士たちが遠巻きに二人を見ていたが、誰も止めに入らない。丑松は、また殴った。涙が溢れた。下らない戦争で、下らない奴に出会い、下らない死に方をした茂一の恨みは、こんなもので晴れるわけがない。丑松は、ひたすら殴り続けた。保阪は抵抗しなくなった。

「おい、もうええやろ。それ以上やったら、死んでしまうぞ」

丑松が振り上げた手を誰かが摑んだ。

「菅原やないか」一緒に兵隊として戦った菅原公平だった。

「丑松、もうやめとき。気ぃうしなっとるやんか」

菅原に言われて、組み敷いている保阪を見た。顔を腫らし、唇から血を流して、眠ったようになっている。

「息、しとるな」丑松は保阪の口に手をかざした。

「大丈夫、みたいや。かっとなった。俺に茂一の恨みが乗り移ったわ」丑松は保阪から体を離した。

「はようせんと、汽車が行くで」菅原が、丑松の手を引いた。

「こいつは？」丑松は保阪を指差した。

「ほっとけ、寝さしといたらええ。次の列車で、這ってでも帰りよるやろ」

丑松は、菅原に引っ張られるように列車に乗り込んだ。息が詰まる。すし詰め状態で、荷物を頭の上にかざしている者も多い。

「缶詰、拾っておいたで」

菅原が、ポケットから三個の缶詰を取り出し、丑松のリュックに入れた。

「これ、あいつのやけども、茂一さんの墓に供えたってくれるか？」菅原が微笑んだ。

「おおきに」丑松は、リュックを抱え、大きく頷いた。

2

「なんか食いもんないか？」丑松は、台所にいる母親の富江に言った。

「ちょうど黒豆を茹《ゆ》でたさかい、それでも食べとき」

富江は、熱気が立ち昇る籠《かご》を囲炉裏《いろり》の側に置いた。籠の中には、茹で上がった青い枝豆が山盛りになっていた。丹波の黒豆という大粒の大豆がある。これを地元では枝豆として青いうちに茹でて食べる。田のあぜ道で作っている黒豆を早めに収穫するのだが、これが地元民にとっての大変なご馳走だった。丑松は、黒豆の枝豆をつまみながら、帰宅した日のことを思い出していた。

丑松は、汽車を乗り継ぎ、加古川《かこがわ》線の船町口《ふなまちぐち》駅まで来た。汽車はここで終りだった。ここから自分の村まで、まだ二十キロメートルは歩かねばならない。しかし丑松は苦にならなかった。茂一と約束したとおり、生きてこの山野を見ることができたからだ。

原爆投下後の広島で瓦礫と死体の片付けを手伝わされた際、人はなぜかくも簡単に、また大量に殺されねばならないのか疑問に思った。周囲には、黒焦げになった死体が転がっていた。丑松は、まるで物でも扱うようにそれらを集めて、トラックに載せた。臭いも何もしない。乾いた炭でしかない死体だ。丑松は、涙も出なかった。淡々と命令された職務を果たしていただけだ。

しかし瓦礫を片付けた時、笑顔の少女が現れたのには度肝を抜かれた。火傷《やけど》も負わず、きれいな死に顔だった。最初、人形か何かかと思った。それが死んでしまった少女だと気づくのには、時間がかかった。彼女は、なぜか微笑んでいた。すぐそばに黒焦げになった大人の死体がある。男か女かはっきりしない。もしかしたら彼女の母親かもしれない。彼女は母親と楽しげに歩いていて、原爆に出遭った。微笑を凍結させたまま、死んでしまったのだ。丑松は、初めて泣いた。怒りが収まらない。勝手に戦争を始めて、勝手に彼女の命を奪い取って行った者たちに対する怒りだ。誰にぶつけていいのかわからなかったが、彼女の笑顔がいつまでも続くような世の中にしなくてはいけないと強く願った。

船町口駅を下りて、川沿いに歩く。多くの帰還兵が同じように歩いている。元気に喋りながら歩く者、黙々と歩く者、さまざまだ。しかし一様に、表情には明るさがあった。死線から生還できた喜びだ。どこまで行っても見慣れた景色だった。のんびりと農作業に励む姿が見えた。広島が焼かれ、呉の港に連日、グラマンが飛んでいたのは、あれはいったいどこの世界のことだったのだろうか。命の危機に怯えていたのが嘘のような景色だ。こんなことなら、軍隊になど行かねばよかったと後悔の念が湧き上がる。

「田舎でおとなしいにしとったら、死なんでよかったのになぁ」

丑松は茂一に話しかけた。カランと乾いた音がした。どんな返事だったのかは聞き取れなかった。ようやく村に入った。船町口の駅を下りてから四時間近く経っていた。細い道沿いに何軒かの家が点在している。時間が止まっていたのか、出征する前と同じだ。

「丑松さんか?」近所の人が聞いた。

「はい。帰ってきました」丑松は弾んだ声で答えた。

「無事でなによりやったね」

「ありがとうございます」

足が速くなる。家が見える。山の峠《とうげ》へと続く一本の道が続いている。その道沿いに丑松の家がある。茅葺《かやぶき》の屋根が見えた。さらに足が速まる。玄関を勢いよく開けた。

「ただいま帰りました！」

誰も返事をしない。家の中を抜けて庭に出てみる。丸い背中の小柄な女性が見えた。母の富江だ。手ぬぐいを帽子代わりに被《かぶ》り、桑の葉の手入れをしている。おカイコさまと呼んでいる蚕《かいこ》に食べさせる桑だ。女性の横に麦わら帽子を被った背の高い男が立っている。父の清一だ。富江と一緒に桑の葉の手入れをしている。

「帰ってきたよ」丑松は叫んだ。腰の辺りから力が抜けてきた。

清一と富江が同時に振り向いた。無言だ。丑松は、最後の力を振り絞るように歩いた。二人は、固まったように同じ姿勢で丑松を見つめている。ようやく二人の前に立った。丑松は、帽子を取り、リュックを下ろし、軍服の裾《すそ》を伸ばすように引いた。気をつけの姿勢になった。敬礼はしなかった。清一が、微笑みながら姿勢を正した。手にはまだ桑の葉を持ったままだ。富江は、桑の葉を地面に敷いた筵《むしろ》の上に置き、頭に被った手ぬぐいを脱いだ。

「帰ってきたよ」もう一度、丑松は言った。

「おお、ご苦労やったな」清一が言った。

「風呂、沸かそか？」富江が、急いで家に入ろうとする。丑松は、富江の腕を摑んだ。

れてきた。

丑松は、富江の目を見つめて、言葉が出なくなってしまった。富江の目にも涙が溢れてきた。

「よう、帰ってきたのぉ」富江が丑松の肩から腕、腰と触り始めた。体を確認しているのだ。

「ほんまに、よう帰ってきたのぉ」富江は、泣きながら同じ言葉を繰り返した。

「心配したぞ。戦争が終って、すぐに帰ってくるのかと思ったら、十月になっても、まだやからな。お前の同級生も続々と帰ってきよるわ」清一が麦わら帽子を取った。

「いろいろ後片付けがあってな。心配かけたな」

実際、戦争が終っても呉の海兵団の中は軍隊の秩序が保たれていたが、強制徴用してきた朝鮮人の一部は、戦勝国だと暴れ始めた。彼らは倉庫に入っている食料などを奪った。丑松は、何をすることもできず、それをじっと眺めていた。見知っている顔も多い。昨日まで、岡本サンと揉《も》み手で近づいてきた男も略奪の仲間に入っていた。彼は丑松を見て、唾《つば》を吐いた。彼を苛めたりした記憶はないのに。辛い気がした。しかし戦争に負けるというのは、こういうことだと丑松は思った。

十月除隊は決して遅くない。戦争が終わったからと言っても、勝手に帰郷するわけにはいかないのだ。丑松が比較的順調に除隊できたのは、身体検査を担当してくれた医師のお陰だった。柳原《やなぎはら》という医師だったが、丑松の出身地を聞いて、「隣村だ」と言った。「お前は長男か」と聞かれたので、丑松は「はい」と返事した。すると柳原は、診断書になにやら記述し始めた。

「お前の腹には寄生虫がおる」柳原が笑みをこぼした。

「寄生虫ですか？」丑松は、心配そうに訊いた。

「いっぱいおることにしておいた。そこでもう除隊させた方がいいとな。お母さんを早く喜ばせてやれ」柳原は言った。

丑松は、笑みを浮かべて、敬礼した。柳原の言うとおり、ほどなくして除隊になった。

「腹がへっとるやろ？」清一が言った。

「ああ、ぺこぺこや」

「富江、ご飯、炊いたれや。わしが風呂沸かすわ」

清一が母屋のほうに歩き始めた。丑松は、その後に従った。

「なんや、その音は？」

清一が振り返った。丑松は腰につけた薬籠を見た。茂一の骨が入っている。

「茂一や」丑松は薬籠を腰から外した。

「中道茂作《もさく》さんとこのか？」

「そうや」

「訓練中に亡くなったそうやな」丑松は頷いた。まさか自殺とは言えない。

「風呂が焚《た》ける前に茂一の家にお参りしてくるわ」

「それがええ」清一は言った。

丑松はリュックをぽんと叩いた。缶詰が入っている。

「親父、これ茂一のお供えに持って帰ってきた。一つやる」

丑松は、リュックから缶詰を一つ、差し出した。清一は、それを両手で押し頂き、「戦利品やな。鯨《くじら》か?」と顔を綻《ほころ》ばせ、「お前が、無事に帰ってきただけでも幸せやのに、こんな缶詰までもろうたら罰《ばち》が当たるのぉ」と少し涙ぐんだ。

「親孝行するからな」丑松は清一の手を強く握った。

3

丑松は、縁側でぼんやりと外を眺めていた。軍隊から戻ってきて勢いがあったのは、帰って来たその日だけだった。丑松は、茂一の位牌《いはい》の前に缶詰を供え、「戻ってきたぞ。茂一」と手を合わせた。茂一の母親がお茶を出して、そばに座った。

「よう、帰って来られたな」

茂一の母親と会うのは、彼女が骨を持ち帰るために大竹海兵団に来て以来だ。

「これが守ってくれたんやないかと思います」

丑松は、腰につけた薬籠を外《はず》して、彼女の前に置いた。

「それは茂一の骨やね」

「そうです。無理言うて頂きました。もう戦争も終ったですから、墓に戻してやってください。どこの骨か分かりませんが、あいつがないない言うて騒いどるかもしれません」

丑松は、仏壇を見上げた。

「もし、丑松さんが、嫌やなかったら、ずっとお守りにしといてください。茂一も、お墓でおるより、丑松さんと一緒におる方がええやろからね」と彼女は、仏壇を見て、「ええやろ？　茂一」と言った。

「ええんですか？　それならもらっておきます。大事にします」丑松は、薬籠を腰につけ直した。

「なあ、丑松さん、死んだときの様子を聞かせてくれへんかの」

彼女は申し訳なさそうな顔で訊いた。当然だ。あれほど丈夫だった男が、入隊してたった数ヵ月で死んだ。慌てて駆けつけたが、死に顔も見せてもらえず、遺骨だけを返された。彼女は、どれだけ茂一が死ぬ時の様子を聞きたいと願っていたことだろうか。しかしあの時、彼女は詳しく死因を訊かなかった。丑松も言わなかった。それは軍隊という空気が口止めをしていたと言ってもいい。丑松は、彼女の前に座り、緊張して答えた。まさか苛められて自殺したとは言えない。

「あれは水練の日のことやったです。あいにく天候が荒れ気味で、みんなこんな日に泳ぐのは嫌やなと言うてました。しかし茂一は元気でした。率先して海に入り……」

丑松は話し始めた。あらかじめ用意していた答えだった。丑松は続けた。仲間が急に痙攣《けいれん》を起こし、溺《おぼ》れそうになった。彼を助けようとした茂一は一緒に海底深く沈み、多くの水を飲んでしまい、その後、肺炎になり、死んでしまった……。

「それはとても勇気ある行動やったです。誰も自分の命を一番大事にしている中で、茂一だけは違いました。自分の命を顧みず援けたのです」

丑松は、彼女に話しているうちに瀬戸内海が目の前に広がった。大勢の水兵が泳いでいる。途中で止《や》めるわけにはいかない。何キロも延々と泳ぎ続ける。ボートから上官の檄《げき》が飛んでくる。お互いに声を掛け合い、腕を、足を動かし続ける……。彼女は、仏壇に向かって声を上げて泣いた。丑松が供えた缶詰を手に取ると、「おおきに、おおきに」と頬を擦《す》り寄せた。

「なあ、丑松さん」

「はい、なんですか」

「茂一は、こないになってしもうた」

母親は缶詰を睨んだ。缶詰にされたわけではない。帰って来たのは、これだけやと言いたいのだろう。丑松は、次の言葉を待った。

「茂一の分まで偉《えろ》うなって、アメリカをやっつけてな」母親は、缶詰を畳の上に置き、頭を下げた。

「分かりました。茂一の無念をはらしたる。そのつもりで頑張ります」丑松は唇を引き締めた。

「やるぞ、やるぞ」丑松は興奮して叫びながら、帰宅した。しかしどっと疲れが出た。冷たく気持ちの悪い汗が滲み出し、体ががたがたと震えてきた。

「母ちゃん、風邪、ひいたみたいや」

富江に告げると、母屋の縁側付近に布団を敷いた。もっと部屋の中に布団を敷け、と富江は言ったが、丑松はきかなかった。

「目が覚めた時、山が見えるさかいな」

丑松は眠った。気がついた。体がだるい。どれくらい眠ったのだろうか。数時間、ほどか。外は、明るく、山が鮮やかに眺められる。軍隊では、こんなにゆっくり寝させてもらえなかった、と丑松は布団の中で伸びをした。熱や冷や汗は、もうなかった。

「起きたか？」富江の声がした。

「起きたわ」

「飯にしよう。ぜんざいをこしらえたから」

「おお、ぜんざいか」丑松は、布団を撥《は》ねのけ、体を起こした。あちこちが痛い。

「どれくらい、寝とったんか？」

「さあな、丸一日やないか。あんまり寝るから、死んだかと心配したがな。もうすぐお父《とう》ちゃんも畑から帰って来るから」富江が鍋をかき混ぜている。

「丸一日！　昨日の昼に茂一のところに行って、それからずっとか」

「茂一さんはかわいそうなことをしたな。ええ子やったのにな」

「しょうないな。戦争やったからな」

富江が鍋を火から外し、炊事場の台に置いた。鍋からぜんざいの甘い香りが漂ってくる。ぜんざいに使う小豆は丑松の家で収穫したものだ。天日に干し、一粒一粒、大粒のものばかりを選《よ》り分ける。煮るとふっくらと大粒になる。丹波大納言《だいなごん》の名で、小豆では最高級とされている。丑松の家ではぜんざいを夕飯に食べることが多い。餅を入れれば、腹がいっぱいになるし、なによりも甘いぜんざいは百姓仕事に疲れた体を癒《いや》してくれる。

清一が帰ってきた。

「起きたか？」

「ああ、よう、寝た」

「清太や剛三は？」丑松は、弟たちの所在を訊いた。

「もうそろそろ帰って来るやろ。お前にいろいろ話を聞きたがっとったが、寝てしもたから、がっかりしておったぞ」富江が器や箸を食卓に並べ始めた。

「みんなで飯を食うのは久しぶりやな」

丑松は富江の背中を眺めていた。清一が、体を拭きながら、風呂から出てきた。

「田舎は、戦争前と後と何も変わっとらんように見えるやろ」清一が新しい服を着ながら言った。

「変わっとらんやろ？」丑松は訊きかえした。

「変わった。ぎすぎすした感じがなくなったわ。戦争前はお前みたいに軍隊に入らなあかんと騒ぐ奴がおる。またいつ徴兵されるやろとびくびくする奴もおる。暗い雰囲気やった。戦争が終って、もう命をとられる心配がないとなったら、みんなよう笑うようになったわ。戦争は、誰が始めて、誰が終えるんかはしらんが、やったらあかん。みんなが暗くなるだけや」

清一はしみじみと言った。食卓に清一が座った。富江が一升瓶に入った酒を持ってきた。清一は、湯飲み茶碗を手に取ると、それを富江に差し出した。富江は、酒を注いだ。毎晩、清一は一杯だけ飲む。それ以上飲むと、富江が怒る。

「酒も最後は飲めんようになった。戦争が、わしの楽しみを奪ってしまったんやな。この酒は、都会の人が、ここへ来て米や芋を買った代金の代わりに置いていったものや」

清一は、うまそうに目を細めて酒を飲んだ。

「ただいま」

弾んだ声が聞こえてきた。清太だ。続いて「ただいま」とややとんがった声がした。剛三だ。

「丑松兄ちゃん、起きたんか？」剛三が飛んできた。丑松に抱きつく。

「これこれ、やめんかい」丑松は笑いながら、剛三の腕を外そうとした。

「兵隊から戻ってきて、寝てばかりやんか。おもろい話を聞かせてえな」

「おもろいことなんかなんにもあらへん」丑松は怒ったように言った。剛三が黙り込んだ。

「丑松兄ちゃん、怖いな」剛三は丑松の首から腕を解《ほど》いた。

「軍隊は、おもろいとこやない。人が死んだり、殺されたりするとこや。現に茂一は死んだ。丑松は、疲れとる。清太も剛三も、あんまり話をせがんだらあかん」清一が言った。

「なんや、兄ちゃんが起きてきたら、いろいろ話を聞くのを楽しみにしとったのにな」

清太が不満そうに唇を尖《とが》らせた。富江がぜんざいをよそった。

「ぜんざい、ぜんざい」と清太と剛三がはしゃぐ。甘いものは久しぶりなのだろう。

「戦争が終ったから、少しずつやけど砂糖が手に入るようになったんや」

清一が酒を飲みながら、ぺろりと椀《わん》に入ったぜんざいを舐《な》めた。丑松は、椀のぜんざいを口に入れた。甘い。体の隅々まで甘味が染み渡る。これこそ戦争が終った味だ。そう思うと涙がこぼれてきた。鼻水が滴り落ちる。

「兄ちゃん、泣いとんのか」清太が訊く。

「ぜんざい、うまいな」丑松の顔は、涙でくしゃくしゃになっていた。

「そんなに泣いたら、せっかくのぜんざいがしょっぱくなるがな」

清一が笑って言った。富江も清太も剛三も釣られて笑った。笑い声に包まれると、丑松は、故郷に帰ってきたという実感が沸々《ふつふつ》とわいてきた。しかしその日の夜からまた丑松は寝込んでしまった。

4

「いつまでもぶらぶらしとったらあかんよ」

縁側に胡坐《あぐら》をかいた丑松を富江が叱った。とにかく何をしていいか、何をするべきかわからない。気力が湧いてこない。丑松は、日がな一日ぼんやりと山を眺めて過ごした。

「わかっとるよ」

富江になげやりに返事をしてみたものの、一向にやる気が起きない。長男だから、家を支えて働かねばならないことは十分理解している。しかしなんとも言えない虚脱感が丑松を苦しめていた。原因は、はっきりしている。お国のためと信じ込み、志願して海軍に行った。しかしそこはとても皇軍といえるところではなかった。それに失望し、生きて帰るぞと誓い、実際に生きて帰ってみると、なぜ生きて帰ってきたのか、その意味を見出せないのだ。あまりにも多くの人の死を見てきたせいかもしれない。自分が生き残り、茂一が死んだ。自分が生かされたのには、何か崇高な意味があるに違いない。しかしその意味が何もつかめない。生き残ったのがたんなる偶然、あるいは神の気紛《きまぐ》れであるとしたら、人間の努力や生きる営みなど、何の意味ももたないことになる。そんなバカなことはないだろう。

「何か仕事を見つけたらどうや？」

「どんな仕事があるねん？」

百姓仕事以外には、せいぜい町の映画館の掃除くらいだろう。高等小学校を出ただけで、特別な職業教育を受けていない丑松にいい収入になる仕事はなかった。

「井原《いばら》の大川醬油店《おおかわしょうゆ》で醬油樽を大阪に運ぶ仕事があるようやで」

井原は丑松の村から自転車で一時間ほど行く。近くに鉄道の駅もある町だった。大川醬油店は富江の実家の親戚だった。

「醬油樽を大阪へ運ぶんか？」

「多少は重いかも知れんが、体を動かせば、余計なことを考えんでもええ。お前は体もあるし、力もある。ぴったりな仕事や」

富江の言うとおりかもしれない。体を動かせば、このもやもやした気分が晴れるかもしれない。何かしなくてはならないが、他にたいした仕事があるとも思えない。

「やってみるかな」

「大川さんに口を利いてみるわな」富江は少し嬉しそうだ。

その日の夕飯の時、大川醬油店から丑松に明日から来て欲しいという返事が届いた。

「真面目にやれよ。親戚やし、しっかり働いてくれんと恥かくでな」

清一は、湯飲みに注いだ酒を飲みながら言った。

「なんにもせんと、ぶらぶらしているわけにはいかんからな。真面目にやるわ」

丑松は茶漬けにした飯をかきこんだ。

「ぶらぶらしておると、虫が食ってきて、ろくなことがない。面白いとか、格好がいいとかそういうことを言っていても始まらん。まずは動いてみることや。醤油の樽を運びながら、大阪でも見て来い」

清一はおおらかに言った。丑松は大阪にまだ行ったことがなかった。しかし大阪より遠い呉に行ったことを考えると、特に不安に思うことはなかった。

「大阪かぁ」丑松は、見知らぬ土地のことを思い、浮き立つ思いがした。

「なあ、父ちゃん、わしは長男やけど、この村におらんといかんかな」

丑松は思い切って訊いてみた。丑松の鬱屈の原因は、もう一つあった。それは何かやりたいことが見つかったら、思いっきりやってみたいということだった。捨てることになると思っていた命を拾ったわけだが、丑松の中に何かを成し遂げたいと願う気持ちが芽生えつつあった。偶然に生き残ったわけではない、意味があって生かされているのだと証明してみたかったのだ。

「出て行きたいのんか？」清一は、湯飲みを口に当てたまま、動きを止めた。

「うーん、よくわからんが、なんかうずうずするんや。戦争にも負けた。大勢が死んだ。せやけど自分は生き残った。なんかせなあかんとは思うけど、何をしたらええんかわからん。もし何かが見つかったらという話や」

「ええとも、悪いとも言えんな。長男のお前がおらんようになったら、この家は誰が守るんや」

「清太も剛三もおるやないか」

「二人ともまだ子供や。そんなもんに任せる約束はできん。長男が継ぐのが当然のことや」

「継がへんと言うとるんやない。継ぐかもしれへんけど、どないなるかわからんということや」

丑松は、富江が淹《い》れてくれた茶を飲んだ。

「ぐずぐず言わんと、とにかく目の前のことをやればええ。そのうち何か答えがでるやろ」

清一は、飲み終わった湯飲みの底を名残惜《なごり》しそうに指先でこすり、それをしゃぶった。丑松は黙って茶をすすった。とりあえず体を動かしてみようと思った。何も見つからなければ、その時は、その時だ。またそこで考えればいい。とにかく今は気力を取り戻すときだ。茂一が死に、カランと音を立てる骨になってしまった。自分は、肉体はあるが、このままでは冗談ではなく骨抜きになってしまう。それでは茂一に申し訳ない。醬油樽を大阪に運ぶ単純な力仕事だ。それでも何もしないよりましだ。家を継ぐかどうかは、なりゆきでどうにかなるだろう。あまり先のことを考えても仕方がない。なにせ神州不滅とか言っていた国が、たちまち滅びて、アメリカの奴隷になってしまう時代なのだ。何も信じられない。信じない。信じるのは自分の肉体と頭だけだ。

「父ちゃん、とりあえずやってみるわ」丑松は、明るく言った。

「それがええ、それがなによりや」清一は笑みを浮かべて、頷いた。

5

「それは何や。下ろせ」

警官はいかめしい顔で棚を指差した。腰の警棒を、もう一方の手でぶらぶらと揺すっている。

「芋です」丑松は答えた。

「芋か、それは?」

「醬油です」

「醤油？」兵隊服のままの男が醤油樽や芋の袋をもって汽車に乗っていることに警官は不審感を募らせていた。

「醤油をどうするのか」

「私は井原の大川醤油店の者です。大阪に運びます。芋も同じです」

丑松は、姿勢を正して答えた。周りの乗客が成り行きを見守っている。

「大川醤油店か？　送り状を見せろ」

警官が要求した。彼は、闇米の取締りをしている。統制品の米が積まれていれば、没収され、容赦《ようしゃ》なく窓から放り投げられる。先ほどから、汽車の車内では泣き声にも似た悲鳴が飛んでいた。見つかった闇米を、警官が窓から投げている。線路脇の土手には、捨てられた闇米を拾う業者があらかじめ待機している。彼らは、警官にいくらかの賄賂《わいろ》を渡し、汽車が決められた場所を通過する時、闇米を摘発してもらう。それが窓から投げ捨てられると、拾い集め、売りさばくのだ。このことは公然の秘密だ。だから摘発された者たちは、余計に大きな声で騒ぐ。しかし警官を非難することはない。公務執行妨害で逮捕されてしまうからだ。悔《くや》し紛《まぎ》れに、ただ悲鳴を上げるしかない。

じつは、丑松もひやひやしていた。芋の袋の中に米が入っているからだ。店主にこれも運べと言われた際、中に米が入っていることを告げられた。とにかく尼崎《あまがさき》まで運べという指示だった。警官は、兵隊服の丑松と、送り状を見比べている。

「海軍か?」

「そうであります」

「駅まではどうやってこれを運んだ?」

「自転車です」

丑松は、醬油の一斗《と》(約十八リットル)樽を二個とずだ袋に入った芋と米を荷台に積んで、谷川駅に向かった。自転車にチューブはあるものの、ゴムタイヤはついていない。パンクをすれば、鉄輪を漕《こ》ぐことになるから、注意して漕がなければならない。それにしてもとてつもなく重い。腰が抜けるほどだ。何とか汽車の時間までに駅までたどりついたが、もし乗り遅れればこのまま尼崎まで自転車で行くはめになっただろう。そうなると八十キロメートルほどの距離を漕ぐことになる。

「ほほう、自転車か。力があるな」

警官は感心したように微笑んだ。早くこの区間を通り過ぎないかと丑松は焦っていた。摘発区間が過ぎると、何事もなかったかのようになるからだ。この車輛に乗り合わせた他の闇米業者たちは警官の動きを、固唾を吞んで見守っている。空気は極度に緊張していた。

「醬油はいい。そのずだ袋を見させてもらうぞ。芋と偽って、米を運ぶ不逞《ふてい》の輩《やから》が多いからな」

警官はニヤニヤしながら、先の尖った点検棒を握り締めた。これを袋に突き刺して、米が入っていないか調べるのだ。あかんな……。丑松は覚悟した。よほど逆らわない限り逮捕はされないだろうが、米は没収されてしまう。醤油の得意先が、こっそりと店主に依頼したものだから、叱られることを覚悟せねばならない。

その時、丑松は、店主からもらったアメリカ製の煙草をバッグにしまいこんでいることを思い出した。店主が、店に訪ねてきたアメリカ兵からもらったものだが、煙草を吸わない丑松にも自慢げにくれたのだ。キャメルという煙草で、駱駝《らくだ》の絵が描かれたパッケージに入っている。丑松は、おもむろに警官に近づいた。

「ちょっとよろしいでしょうか？」

腰をかがめて言った。警官は、点検棒を袋に差し込もうとしていたが、「なんだ」と振り向いた。

「私は醤油屋です。お上《かみ》から許可を頂いて、商売をしております。闇米などは絶対に扱っておりません。お調べは無用に存じます」

丑松はただの醤油の運び人に過ぎないが、ここは一歩も引かないという気力を込めて言った。一方でキャメルをそっと差し出した。警官の目が、大きく開いた。そして周囲を慌てて見渡した。煙草に気を取られたのだ。これはなによりも貴重品だった。

闇で、辞書の紙で巻いた煙草が三本組みで売られていたくらいで、庶民にはなかなか手に入らなかった。それなのに見たこともないアメリカ製の煙草が目の前にある。警官の目が大きく見開かれたのは当然のことだった。

丑松は、警官の耳元に口を近づけ、「私は煙草を吸いませんから」と囁いた。警官の顔が綻んだ。点検棒を手元に引き寄せ、もう一方の空いた手でこっそりとキャメルを受け取った。

「そうだな、醬油屋がご禁制のものを扱うはずがないな」

「ありがとうございます」丑松は、首筋に汗が流れるのを感じていた。

「次！」警官は、丑松の側を離れて、別の乗客の荷物を点検し始めた。キャメルを収めたのか、制服の上着のポケットが膨らんでいる。

「ちょっと待ってくださいよ。闇米なんか運んでませんって」

警官に訴えている声が丑松の耳に入った。あれ？　どこかで聞いた声だ。丑松は、声の方向に振り向いた。菅原ではないか。確か大阪でコックをしていると聞いていたが、こんなところで出会うとは……。

「おい！　菅原！」丑松は警官にすがっている菅原を呼んだ。

「丑松！　やっぱりお前か」菅原の顔が、一瞬綻んだ。

警官が振り向いた。

「知り合いか？」

「へえ、戦友です。信頼できる男です」丑松は腰を低くした。

警官は、ふんと鼻を鳴らし、ポケットを叩いた。

「信頼できるんだな？」じろりと警官の目が丑松を睨んだ。

菅原は、丑松と警官のやりとりを神妙に見つめている。警官と丑松の間に、なにかしらの関係があることを見抜いているのだ。

「わかった。お前に免じて、見逃してやろう。今日は、もう点検は終りだ」

警官は他の乗客に聞こえるように言った。乗客からは、安堵の声が洩れた。きっと闇米を拾う連中のテリトリーを過ぎてしまったのだろう。また明日は、闇米点検が、どの区間になるかは分からないが、警官は思いがけないキャメルを手に入れたことで、かなり満足したに違いない。

「丑松、助かったわ」菅原は、タオルで汗を拭《ぬぐ》いながら笑みをこぼした。

「見つかったら、ワヤやった。大事な米やからな」

菅原は、リュックの中を見せた。白い米がぎっしりと詰まっていた。

「お前、コックやないのか。闇米の運び人をやっとるのか？」

「そうやない。俺の店で出す米や。今は米さえあれば、金になる」菅原は、リュックを大事にしまった。

「ほほう、偉いな。店を持ったんか？」

「小さい店やけどな。前の勤め先に帰ったら、主人が、お前に譲ると言ってくれたんや。無事帰ってきた祝いや言うてな。お前は何をしとるんや」

「俺か……」丑松は、醤油樽を指差し、「親戚の手伝いで、尼崎に醤油を届けるところや。何をしたらええか、分からんからとりあえず体を動かしとるんや」と言った。

「なあ、ここで会ったのも何かの縁や。大阪に出てこんか。今は、何もかもがスタートラインにある。誰でも大物になるチャンスがあるんや。わしはそう思う。大阪は見事に焼け野原や。偉い奴も金持ちも何もおらんようになった。今は、物さえあれば、金になる。わしの食堂には毎日、雲霞《うんか》みたいに客が来て、金を落としていく。戦争前には考えられんかったことや。とにかく今儲《もう》けな、いつ儲けるんや。お前も一緒にやろうや」菅原は目を輝かせた。

「俺が食堂か？」

丑松は気乗りのしない風で答えた。菅原が言うことは、よくわかる。しかし食堂を一緒にやるということには興味が持てなかったが、ふと茂一が、食堂の社長になって白い飯を腹いっぱい食べたいと言っていたことを思い出した。

「別に食堂やなかってもええ。とにかく田舎に引っ込んどっては何も始まらん。出て来い。俺はお前とならなにかやれるような気がするんや」

菅原が丑松の手を握った。熱が伝わってきた。それが丑松の心を熱くして行った。

「大阪……。じつは、わしも機会があれば出て行くことを考えておったんや。それでこんな醬油の運び屋をしておった。お前とここで出会ったのは偶然やないのかもしれんな」と丑松は、大きく頷き、「行くわ。わしも大阪に行く。決めた。お前のところで世話になる」と菅原の手を強く握り返した。

「尼崎……、尼崎……」車内案内が、汽車が尼崎に到着することを告げている。

「大阪の住所はここや。必ず訪ねて来いよ」

菅原がメモ用紙に住所を書いた。その紙を丑松はバッグの中に大切にしまった。悲鳴のようなブレーキ音を立てて、汽車は止まった。丑松は、醬油樽を抱え、急いで二個ともホームに下ろし、ずだ袋を放り投げた。汽車が動き始めた。

「必ず行くからな」

丑松は、大きな声で叫んだ。菅原は、顔いっぱいに笑みを浮かべ、拳を顔の前で握り締めた。

第三章　闇市

1

丑松は、谷川駅から大阪駅に向かった。昭和二十年の十一月のことだ。リュックには大川醬油店がもたせてくれた退職金代わりの醬油の一升瓶《びん》が突っ込んであった。

「これはええ値で売れるさかいな」

主人が大事にするようにと言った。途中で瓶を割ったり、盗《と》られたりするなよと注意された。それにしてもひどい汽車だ。立錐《りっすい》の余地もないほどの混雑だ。買出しの連中が、荷物を出し入れしたり、汽車に乗り込んだりするために窓ガラスが枠《わく》ごとなくなっている。息ができずに死にそうだ。いつもは醬油の大きな樽や米の入った袋などを持ち込んでいたから、それを守るのに必死だった。買出しの連中と同じだった。だからこの混雑の苦しさを分かち合うことができた。ところが今は自分の身一つだ。全く先が見えないが、新しい人生に飛び出そうとしている。夢と一緒の旅だ。買出しの連中たちより、気楽な分だけ、いつもより苦しい。汽車がスピードをあげると、開けっ放しの窓から生温かいものが吹き込んできて顔にかかる。雨が吹き込んできたのかと思って、覗いてみるとゲートルを巻いた軍服姿の男が、少し先の窓から自分の一物《いちもつ》を外に出して小便をしていた。混んでいるから、便所に行けない。そこで窓から用を足すことにしたのだろう。

「もう少し、勢いよく飛ばしてくれよ。顔にかかってしゃあないがな」

汽車の音に負けないように男に言った。男は、申し訳なさそうに一物をしまった。

女が用を足すのは一大事だ。混雑をかき分けて便所に行き着くことは至難の業《わざ》だ。そこで通路に二十センチくらいの穴が開けられている。蓋《ふた》がしてあるのだが、女が用を足す時は、蓋を取って、その穴にする。恥ずかしくて顔から火が出るようなことだが、人々はその時だけは皆、後ろを向いてまさに人垣になる。「今から、女の人が用を足しますさかい」誰かが声をかけると、皆、心得たもので女の周りを囲む。まだ少しだけだが礼節を重んじる精神が生きていた。

汽車の中で、息苦しくなり死んでしまう人もいた。栄養失調の体で、酸欠寸前の車内に乗り込むのは自殺するようなものだったのだ。遺体は、まるで大事にされずさっさと駅で降ろされてしまう。誰も泣きもしなければ、同情もしない。戦争で死体をたくさん見すぎたために、明日はわが身だと思っているからだろう。

「そんな思いをしてまで大阪に行くのか。しょうないのう」清一が、諦《あきら》めたように言った。

「やめとき。こっちにおる方がええ。嫁さんの話も来とる」

富江は必死だ。長男である丑松には、なんとしてでも家に残ってもらいたいと思っている。せっかく戦争から生きて帰ってきたのに、大阪でつまらない失敗をしてくれない方がいい。あまり熱心に引き止めない夫の清一を恨めしそうに見つめている。

「やるだけやってみるから」丑松は富江に言って、振り切るようにして出てきた。

腰には、茂一の骨をいれた薬籠をぶら下げた。お守り代わりになるだろう。

「同行二人《どうぎょうににん》や。茂一、頼んだぞ」

丑松は、小声で呟いた。戦争で人生を無駄にしてしまった茂一の骨をぶら下げていると、なぜか思い切った事をやれそうな気になってくる。茂一の分まで頑張らねばならない。もうそろそろ忍耐も限界だと思った頃、やっと大阪駅に着いた。汽車に乗ってから六時間は優に過ぎていた。押し倒され、つぶされるかと思うほどの勢いでホームに投げ出された。

「兄ちゃん！　荷物ないか」

「担いだろか」

おろおろしているとたちまち三人の浮浪児に囲まれた。一様に、丸刈りで、よれよれになって汚れた国民服に裸足だ。顔も手も汚れ、黒ずんでいる。なんとも嫌な臭いが鼻につく。彼らは、ろくすっぽ食事を取っていないのだろう、異様に足が細い。ただし眼だけは大人そのものだ。こすっからく、抜け目ない。丑松が、重そうにリュックを抱えているから集まってきたのだ。田舎にいる清太たちとは大違いだ。哀れに思うが、駅には彼ら以上にやつれた、今にも死にそうな人たちが横たわっている。へたな同情はかえって彼らのためにはならない。

「あっちへ行ってくれ。急いどるんや」丑松は手で払いのけた。

一人が、丑松の腰に手をのばした。薬籠を奪い取ろうとした。

「あかん！　それには触るな」

丑松は大きな声で怒鳴った。遅かった。薬籠がむしりとられた。あっと言う間に三人は逃げた。

「それは戦友の骨や。返せ」しかしリュックの中の瓶が気になって走れない。

「待て！」誰かが叫んだ。

声の方向を見ると、浮浪児だが背が高く、瘦《や》せてはいるがいい体格をしている。幼い顔立ちにもかかわらず、腰に手を当て、生意気そうに煙草を吹かしている。浮浪児のリーダー格のようだ。

「お前ら、待ったれや」三人が急ブレーキをかけたように、止まった。

「おおきに。あいつら仲間なんか？　あの薬籠を返せと言ってくれ」

「戦友の骨なんか」薄汚れた顔の中で、鋭く眼が光っている。右の眉毛に傷があり、半分に切れている。年齢は十五、六歳くらいか。

「そうや。大事なもんや」

「そのリュックの中はなにや？」煙草を持った手で差した。

「これか？」丑松は、視線を背負ったリュックに向けた。三人の浮浪児が、彼の後ろに隠れるように立っている。

「これも大事なもんや」丑松は答えた。

「これとどっちが大事や」

彼は、後ろに立っていた浮浪児から薬籠を受け取ると、ゆらゆらと動かした。薬籠の中でころころと茂一の骨が音を立てている。困った。薬籠も大事だが、醤油も大事だ。退職金代わりに大川醤油店の主人からもらったものだ。醤油は、貴重品だから大阪で金に替わる。しかし……と丑松は、一瞬、苦しそうに眉根を寄せたが、すぐに笑った。

「何がおかしいねん」彼が不機嫌そうに口を歪《ゆが》める。煙草の煙が丑松の顔に当たる。煙草を吸わない丑松は煙を手で遮《さえぎ》った。

「お前、頭がええな」

「なんでや」

「狙いは最初から、このリュックの中身や。図星やろ」丑松はにやりとした。

「そんなんわかるかい。兄ちゃんが、腰にぶらぶら、へんなもん下げとるから、盗られるんや。盗るのも悪いけど、盗られるのも悪い。俺は、兄ちゃんの戦友の骨やという声に反応しただけや」

「俺の大事なもんを盗った。これはしめたと思うたんやろ。このリュックの中身はな……」

丑松は、彼に顔を近づけ、もったいぶるように「位牌や」と言った。

「嘘や！」彼の後ろにいた三人のうちの一人が声を上げた。

「遺骨に位牌か？　兄ちゃん、坊主か？」

「違う。坊主やない。さあ、どうするねん？　遺骨を返して、位牌を持っていくか」

丑松はにやにやして、彼の顔を見つめた。彼は、煙草をもみ消すと丑松をじっと睨んだ。その目は丑松の考えを読もうとしている。

「寅雄《とらお》、位牌や遺骨を持っとるような辛気臭《しんきくさ》い奴、もう相手にせんとこ」後ろにいた一人が言った。

「だまっとれ」彼は厳しく言った。

「お前、寅雄っていうのか。ええ名前や。さあ、どうする？　位牌を取るか、遺骨を取るか？」

丑松の視線に耐えかねたように、寅雄はふっと視線を外した。

「兄ちゃん、名前、なんや？」

「丑松。岡本丑松や」

「どこや、生まれは？」

「丹波や。軍隊で一緒やった奴と大阪で商売しようと思って来たとこや」

「おもろいな」

「なにがや？」

「俺らみたいなクズを相手にまともに勝負してくる奴は、初めてや」

寅雄は、手に持った薬籠を丑松の目の前に差し出した。

「返してくれるんか？」

「ああ、大事なもんやろ。それだけ真剣に勝負してくるんやから。位牌もろても、しようないからな」丑松は、薬籠を受け取り、腰にくくりつけた。

「おおきに。お礼に位牌をやる」丑松は、リュックを下ろした。

寅雄の負け方がきっぱりと男らしい。せっかく苦労して運んできた醬油だが、寅雄がいなかったら薬籠が戻らなかったかと思うと、醬油をやるのは惜しくない。誰もが、何でも奪い合い、荒《すさ》んだ気持ちになっているときに、寅雄の態度は、丑松の心にすがすがしい風を感じさせたのだ。

「いらん、いらん」寅雄も三人の浮浪児も手を左右に振った。

「金になる位牌やど」

丑松は、リュックに手を突っ込んだ。寅雄と三人は、真剣な顔で丑松の手の先を見つめている。

「これや」丑松がリュックから取り出したのは一升瓶に入った醬油だった。

「醬油やんけ」寅雄が手を叩いた。

「騙《だま》したな。兄ちゃん」浮浪児の一人が言った。

「アホぬかせ。騙したんと違う。勝負したんや。位牌をよこせと言ったら、これをやるつもりやった」丑松は、浮浪児を睨んだ。

「兄ちゃんの言うとおりや。俺が負けたんや。これはもらうわけにはいかん」

「寅やん、くれるいうねんやからもろたらええやん！」浮浪児が醬油の瓶に抱きついた。

「アホなことすな！」寅雄が頭を殴った。

「いてえ」浮浪児は、瓶から手を離し、頭を押さえた。

「兄さん、これ、貰うわけにはいかん。持っていってんか。ところでどこへ行くん

る。

「ここや。曾根崎《そねざき》署の近くらしい」丑松は、メモを見せた。菅原の住所が書いてある。

寅雄はメモを見つめて、「なんや公平さんとこか」と言った。

「知っとんねやったら、連れて行ってくれ」と言い、丑松は、はたと手を叩いた。

「ええ事を思いついた」丑松は寅雄に微笑んだ。

「なにや？」寅雄は目を輝かせた。煙草をくわえて、粋《いき》がっても少年の初々《ういうい》しさを漂わせている。

「道案内してくれるお礼に、この醬油を菅原に売って、その代金を半分やる。どや？」

「それならもっとええ考えがある。この醬油、ワシに売らせてくれ。醬油は配給品や。なかなか手にはいらん。一合二十円以上もする。闇市で売ったら、その倍にはなる。多少、水で薄めたってかめへんから、一升やったら五、六百円にはなる。その半分くれ。公平さんに売るよりはお互いええ儲けになる。心配せんでええ。ワシらは梅田の闇市を仕切っとる北陽組《ほくようぐみ》の親分と顔見知りや」

寅雄は胸を張った。

「組の連中にみんな取られるのと違うか？」

「大丈夫や。まかしとき」

「よっしゃ、商談成立や」丑松は、寅雄の手を握った。

寅雄の仲間の浮浪児が一升瓶を抱きかかえた。

「公平さんちには、こいつが案内する。千代丸《ちよまる》や。売れた代金の精算は一週間後、ここに来てくれ。寅雄を呼んでくれと言えばええ」

千代丸という小柄な、目の大きな少年が進み出た。先ほど、薬籠を奪った少年に違いない。

「わかった。よろしくな」

「一生懸命売る。なあ、兄ちゃんのお父やお母《かあ》は、元気なんか？」寅雄が急にしおらしい顔になった。

「なんとか、元気や」

「そうか、ワシら、親はみんな死んでしもうた。天涯孤独や。兄ちゃんは、そんなワシらをバカにせんかった。嬉しいわ。もし闇市で何かあったら、呼んでくれ。すぐは せ参じるから。友達になってくれるか」

「わかった」丑松は、もう一度寅雄の手を強く握り締めた。

「行くぞ」寅雄は他の浮浪児に言った。

「またな。一週間後やな」丑松は、千代丸の後について駅を出た。

2

すっきりしたものだった。大阪駅の外に出てみると、御堂筋《みどうすじ》が、どこまでもまっすぐ見通すことができた。みんな空襲で焼けてしまっていた。しかし復興の槌音《つちおと》は響き渡り、周囲は騒音に満ち溢れていた。目の前の阪神マートは、来《きた》るべき新時代に向けて拡張工事を急いでいた。鉄骨が組まれ、クレーンが空高く伸びていた。駅前は、人、人、人の群れだった。自動車や電車が走っているのが辛うじて見える程度だ。

「えらいぎょうさんな人やな」丑松は人の流れをかき分けながら、前に進んだ。

「闇市やからな。五百以上も店があるんや。なんでもあるで」

千代丸が生き生きと嬉しそうな顔をした。軍服姿の男たちに混じって、もんぺ姿の女たちが、「こうてんか、こうてんか」と声を張り上げている。美味《うま》そうな匂いが充満している。湯気が上がっている鍋を覗き込むと、ぜんざいだった。餅《もち》ではなく芋団子だが、甘さを想像すると、丑松の口からじんわりと唾が出てきた。

「甘《あも》うて、美味いで。兄ちゃん、食べたりいな」

食糧難とは思えない太った、顔の肌がつやつやとした女が丑松に声をかける。

「茶碗一杯、九円か。けっこう高いな」

「なに言うてんねん。ほんまの小豆と砂糖や。この芋団子も甘いんや。ほっぺた、落ちるで」

「またにするわ」丑松は、歩き出した。もっといろいろな店を見てから、決めてもよいと思った。女は、もう丑松を無視して、他の客の鼻先に芋団子を突きつけていた。

千代丸が、丑松の服を引っ張った。

「どないしたんや」丑松は訊いた。

「ワシ、今日は、何も食うてぇへんねん。兄ちゃん、何か食わしてぇな」

千代丸が先ほどの悪童から、急にしおらしくなる。

「俺も少し腹が減った。何か食うかな」

千代丸が、手をぐいっと強く引いた。

「これこうてくれ」千代丸が連れてきた店は栗をゆでていた。

「栗か。栗、好きなんか？」

「好きや。それにこれ十二個で十円や。兄ちゃんがこうてくれたら他の仲間にもやれるやろ」

栗は丑松の田舎である丹波に帰れば、いくらでもある。珍しいものでもなんでもない。だから他の食べ物をと思っていたが、千代丸が殊勝なことを言うのですっかり感激してしまった。

「これは丹波栗か？」丑松は、栗を鍋でゆでている女に訊いた。

「ほんまもんの丹波や。うまいで」

女は、一つを剝いて、千代丸に与えた。千代丸は、満面に笑みを浮かべて両手に、押し頂くようにして受け取った。

「食べてええか？」千代丸は丑松に訊いた。食べれば、買わなければいけないから気を遣ったのだ。

「食べてええよ。おばちゃん、貰うわ」丑松は、財布から、十円札を取り出して払った。

「兄ちゃん、おおきに」女が、栗を新聞紙に包んでくれた。

「寅やんも喜ぶで」千代丸は栗の包みを抱きかかえた。

「お前も両親が死んでしもたんか？」

「父ちゃんは、南方へ行ったきりや。母ちゃんと妹と住んどったけど、空襲で二人とも死んだ」

「そうか……」

丑松は、空を見上げた。広島で見た原爆の跡の瓦礫と死体の山を思い出し、自然と涙がこぼれてきた。この大阪でも米軍による無差別な空襲という市民の大量虐殺が行なわれていたのだ。戦争も終わりに近い昭和二十年三月十三日深夜から十四日未明にかけて、米軍の爆撃機B29が二百七十機以上も飛来し、大阪の街を焼き払った。明らかに一般市民を狙ったものだった。戦意をくじく意味があったのだろうが、虐殺作戦だった。その後六月、七月、八月にも空襲が行なわれ、市民一万人以上が犠牲になり、戦災者は百十三万人強にも上った。

「千代丸は、どこに住んでんねん」

「壕舎《ごうしや》や」

「壕舎ってなんや」

「防空壕の跡や。これでもな、バラックよりは風が避けられるんや。前に住んどった奴らを寅やんらと一緒に、寝込み襲うてな」と千代丸はその時の様子を身振り手振りで話す。角材を握りしめて、相手の尻を思いっきり殴ってやったと、栗を持った両手を野球のバットのように振り回した。

「えらいことしたな。相手は怪我せんかったか？」

「したかもしれへん。でも追い出した奴らもワシらの友達を追い出したんや。こういうのを因果応報と言うのやろ」千代丸は笑った。

あちこちにバラックが建っている。空襲で焼けたトタンを屋根にしたり、形の揃わないレンガを積んだりして、辛うじて雨、風を凌《しの》いでいる。千代丸たちのように防空壕を壕舎と呼び、家代わりにしている者も多い。電気や水道が引かれている壕舎は稀《まれ》だ。千代丸は風が凌げると言ったが、ひび割れた防空壕の天井からは、雨漏りもしてくるだろう。やがて到来する冬には、コンクリート製の壕舎は、きっとバラック以上に冷え込むに違いない。

「早く普通の家に住めるとええな」丑松は千代丸の頭を撫《な》でた。

「寅やんと金を儲けて、家、建てるねん！」

千代丸は、指を立てて、明るく言った。群集の向こうに煙が上がっているのが見える。

「火事か？」

「人、焼いとんねん」

「人？　なんやそれ？」

「行き倒れが、いつまでたっても処理されへんねん。市役所に言うてもなんもしよらんさかい、闇市の仲間で弔《とむろ》うてから焼くねん」

「そないなことをしてもええのか？」

「ええもなにも腐ってしまうよりましやろ。ほら」

千代丸が指差した方向を見ると、駅の柱に体を寄せて、しゃがみこんでいる少年がいる。顔は伏せている。

「行き倒れか？」

「あの恰好のまま死んでるねん」

「誰も助けなかったんか？　かわいそうやないか」

丑松の問い掛けに、千代丸はきっとした顔で「兄ちゃん、アホなこと言わんとい て。かわいそうなんはみんなおんなじや。生き残るために知恵を使わなかったら、死ぬだけや。ここにおる人、明日は誰でも行き倒れになるかもしれへん」と強い口調で言った。大人びて見えた。

「せやな。生きるために知恵を使わなあかんな……」

それにしてもものすごい人、人、人だ。人が何よりもいちばん多い。戦争でみんな死んでしまったのかと思っていたが、こんなにたくさんの人が残っている。アメ公、ざまあみろという気分だ。

闇市には、とにかくなんでもある。芋、とうもろこし、団子、握り飯、パン。げろげろと鳴く声が聞こえるので、見てみると蛙《かえる》だ。食用の大きな奴だ。とぼけた顔をしてこちらを見ているが、よく眺めると美味そうだ。浪速《なにわ》ボールという芋と小麦粉を混ぜた団子が、一個二円という法外な値段で売られている。食べ物ばかりではない。足袋《たび》、メリヤス、生地、片方だけの草履《ぞうり》、どこから手に入れたのかわからないが軍服、軍靴など。昼間から、物ほしそうに女が立っている。あれは自分の体を売っているのだろう。

誰が、何の目的で買うのかわからないが、とにかくありとあらゆるものが売られている。丑松は、このエネルギーを体に感じるだけで、田舎を出てきてよかったと思った。ここに来ている人たちの多くは、金を儲けたいというよりも、ここで人の熱気を感じたいのだ。それが今、丑松が体感している生きるエネルギーというものだ。あの戦争で生き残った。明日はどうなるかわからない。明日を信じてもいない。今、この瞬間をどう生きるか。それだけに全ての力を注ぐのだ。

「兄ちゃんも大阪で暮らすんか？」

「そのつもりや。まだ何をするかは決めとらへんけどな」

「もし闇市で商売するんやったら、寅やんに相談したらええ。寅やんは、顔やから」

「おおきに。そうするわ」丑松は微笑んだ。

「あそこに見えるのが公平さんの店や」

御堂筋を渡ったところにバラックの建物がずらりと並んでいる。そこにひと際目立つ「日本一くいだおれ食堂」という看板がある。

「大きな看板やな」丑松は、屋根を押しつぶしそうな看板を指差した。

「ああいうのを看板倒れと言うねん」千代丸が冷笑気味に言った。言い方が気になった。

「評判がええことないんか？」

「味はええねんけど、少なくとも北陽組には睨まれとる。ショバ代、ケチるからや」

「そういうことか。組の連中の言うとおりにせんからか」丑松は少し安心した。

「もう一つは、公平さんが、キツイ奴やということや。店を辞めて兵隊に行ったのに、どこも行くとこがないと戻ってきた……」

そういえば菅原は、勤めていた店と折り合いが悪くて軍隊に入ったと話していたことがある。

「それであの店に転がり込んだんやけど、結局、前の主人を追い出してしもたんや。それでキツイという評判が立ったんや」

「それで前の主人はどうなったんや」

「知らんな。のたれ死んだかもなぁ」千代丸は関心がないようにあっさりと答えた。

菅原は、丸顔で人懐っこい雰囲気の男だ。この間、汽車の中で会ったときも、その印象は変わらなかった。しかしこの大阪で生き抜いているだけに厳しいところがあるのかもしれない。

「もうここまで送ってもろたら、ええわ。おおきに。また一週間後に会おうな。醤油、しっかり売ってくれや」丑松は、千代丸の頭をぽんと叩いた。

「兄ちゃんも、何かあったら連絡してくれや。ワシ、兄ちゃん、好きや。栗、おおきに」

千代丸は、子供らしい笑みを顔一杯に浮かべ、くるりと身を翻《ひるがえ》すと、駆けていった。

「一週間後も、お互い元気で生きていような」丑松は自らに言い聞かせた。

3

「おい、来たぜ」丑松は、客でごった返す店内に分け入り、菅原に声をかけた。

「おお、丑松、やっと来たか。まあ遠慮せんと、入って、入って」

菅原は、丸い顔を一層、膨らませた笑顔になった。

「すみません、すみません」

丑松は、一つの椅子に最低三人は腰掛けている店内を抜け、厨房《ちゅうぼう》に入った。厨房は、菅原一人だ。薬缶《やかん》の湯がしゃんしゃんと音を立て、菅原の持つ大きな中華鍋には油が煮えたぎっている。油臭さが、充満して目が痛いほどだ。菅原は、半そでのシャツにズボンを穿《は》き、前掛けという恰好だ。靴は軍靴《ぐんか》だ。

「えらい混みようやな」

丑松は、あらためて店内を見渡した。燃えるように目を輝かせた男たちが、厨房を睨んでいる。たいていは薄汚れた軍服だが、中には会社員らしきワイシャツ姿の男もいる。もんぺを穿いた中年の女性や、明らかに身売り商売をしていると思われる女性も、男たちに混じって遠慮がちに座っている。

「おかげさんでな。うちには食い物があるさかいな」

菅原が、丸い饅頭のような物を中華鍋に何個も入れた。油が弾ける音で話し声が聞き取れないほどだ。油の臭いが、さらに強くなる。

「一人か？」菅原は、中華鍋を持つ手を動かしながら裏口に視線を送った。

「蛙が手に入ったよ」

勢いよく入ってきたのは、プリーツスカートに赤い花柄のブラウスを着た若い女性だ。色白で頰が桃のように膨らんでいる。美人というより愛嬌がある顔立ちだ。

「妹の弥生《やよい》や。二人でやっている」

丑松は、軽く頭を下げた。弥生は、新聞紙にくるんだ蛙を両手で抱えながら、恥ずかしそうにうつむいた。

「戦友の岡本丑松や」菅原が言った。

丑松は頰が赤らんでいくのを自覚した。若い女性と正面切って目を合わすことなど、今までなかった。緊張がつま先まで走る。

「岡本丑松です」大柄な体を縮めるように頭を下げた。

「菅原弥生です」

「挨拶はそれくらいにして、弥生、客に食べ物を運べ。代金と引き替えや。丑松も手伝ってくれ」

菅原が大声で命令した。手伝ってくれと言われても、何をしていいかわからない。丑松は、菅原が作るものを弥生に渡す役割をになった。

「できたで」

菅原が、煮えたぎる油の海から何かを引き上げ、皿に載せた。油でギトギトに光っている。

「これはなんや？」弥生に渡しながら丑松は訊いた。

「フライ饅頭や。中にあんこが入っているんよ。小豆と芋の餡《あん》やけど、甘くて、美味《おい》しい」

弥生は、四つ切り新聞にフライ饅頭を器用に包んでいく。

「これいくらや？」

「一個、五円」

「けっこう高いな。後で払うから食べていいか？」

弥生が頷いた。丑松は、一つ手にとって口に入れた。熱い。火傷《やけど》しそうなほどだ。それを我慢すると、甘さが広がる。体がほっこりと優しくなる。小豆と芋の餡を混ぜてあるのだが、なかなかいい味だ。油はしつこいが、これはすぐにもエネルギーに代わる気がする。

「弥生ちゃん、こっちや。えこ贔屓《ひいき》はあかんで」客の一人がからかうように言った。

「ごめん。兄ちゃんの戦友なんや」

「そうか。ほな、しゃあないな」

　客は諦めたように言い、丑松を睨むように見た。食い物の恨みなのか、弥生から特別に扱ってもらっていることへの嫉妬なのか、わからない。弥生は、フライ饅頭を五円と引き替えに次々と手渡していく。まるで地獄の亡者が、弥生という観音様に救いを求めて、手を差し伸べているかのようだ。丑松は、あっけにとられて見ていた。皿に盛ったフライ饅頭は、たちまちなくなってしまった。菅原は、つぎつぎにフライ饅頭を揚げていく。それを皿に移す。丑松は、今度は熱いのを我慢しながら、四つ切り新聞紙に包んでいった。

「慣れてきたね」弥生が笑みを浮かべた。

「誉《ほ》めてくれておおきに」丑松は、フライ饅頭を黙々と包みつづけた。

「フライ饅はなくなったぞ」菅原が厨房から叫んだ。

「次はなんや。なんでもくれ」客が訊く。

「パンが焼けた。美味いぞ」

　菅原の声に反応して、パンをくれと、一斉に客が声を上げる。菅原は、木箱をひっくり返した。香ばしいパンの匂いが店の中に漂う。客の目が、うっとりと眠ったように閉じた。正真正銘のパンの匂いだ。木箱の中には、ニクロム線が何本か走っている。まだそれは真っ赤に燃えていた。木箱の中にニクロム線を張ったパン焼き器だ。

「手製か？」

「器用やろ」

菅原は自慢げに、もう一つの木箱をひっくり返した。客が急に静かになった。どうしたのかと丑松は振り返った。黒い制服の警官が立っていた。清潔な制服を着て、警棒を手に持っている。厳しい目で店内をじろりと眺めた。

「お巡りさん、ご苦労さまです」弥生が、すぐに近づいた。

「よう、流行《はや》っとるな」警官は、まだ店の中を見回している。

「おお、パンのええ香りがするやないか」

「丑松、そのパンを新聞紙に包んで、お巡りさんに渡してくれ」菅原が小声で言った。

「えっ、これをか？」

丑松は驚いた。もったいないではないか。飢えて、腹の皮が背中にくっつきそうになっている客ではなく、この立派な制服を着た警官に貴重なパンを渡せというのか。

「ええのか？」丑松は念を押した。

「早くしてくれ」菅原は顔をしかめた。渡せと強く言うには、何か理由があるのだろう。

「わかった」丑松は、新聞紙にパンを包んだ。客の視線が痛い。包み終わると、それを弥生に渡した。

「お巡りさん、いつもありがとうございます」弥生は、パンを警官の腕の中に押し込んだ。

「配給のチケットは持っとらへんで」警官がいやらしく笑う。

「よろしいです。そんなの」

「ええ材料、使うたパンや。ここにいる連中は配給チケットや外食券はあるんやろな」

「まあまあ、そこをなんとか」弥生が頭を下げている。

丑松は、警官の態度が許せない。強請《ゆす》り、たかりと同じではないか。興奮が、高まってくる。

「闇商売やったら、捕まえなあかんからな。上の人が来たら、大変や」

じろりと客を舐めるように見つめた。客は、静まり返り、警官と視線を合わせない。丑松は、警官の前に出ようとした。パンを置いて行け、と言うつもりだった。腰のところに誰かの手が伸びてきた。弥生だ。無言で止まれといっている。丑松は、仕方なく頷いた。

「帰るわな。邪魔したな。お前のところみたいな良心的な店が増えると、俺たちも楽でええけどな」

警官は相好《そうごう》を崩し、「異状なしや」と呟いて出て行った。客が一斉に騒ぎ出した。弥生に対してではない。警官に対する怒りだ。あいつらまだ憲兵のつもりや。何様やと思うてんねん……。

「ひどい警官やな」丑松は弥生に言った。また警官を怒らせない対応振りにも感心した。

「パンくらいええのんや。外食券なんかなしで売っているのを見逃してもろているし、暴力団に店を壊されるくらいやったら、警官に守ってもらう方がええ」

「北陽組か？」丑松が暴力団の名前を出した。弥生が驚いた。

「ここに案内してくれた浮浪児から聞いたんや」

「そうやったん？　北陽組が、嫌がらせするねんや」

弥生の声が寂しく沈んだ。ここまで来るのに苦労したという雰囲気だ。

「蛙、揚がったぜ」菅原が大きな声で言った。

弥生が買ってきた蛙だ。皿に盛られたものを一つ摘《つま》んでみた。「ああっ」とため息が出るほど美味い。鶏肉と言われてもわからない。これもあっという間に売れてしまった。

「さあ、店、閉めるぞ」菅原が言った。

まだ午後の五時過ぎ。早い店じまいだが、厨房を覗くと材料がすっかりなくなっていた。辺《あた》りは、宵闇が迫りつつあった。

4

「よう来てくれたな」店の二階で菅原は、薬缶から丑松の茶碗にどぶろくを注いだ。甘く、すっぱい香りが部屋に充満する。

「どぶ、やな。うまそうや」

丑松は茶碗に入ったどぶろくを鼻にかざして、うっとりとした気分になった。

「ワシが造った。美味いから、飲んでくれ」

「おおきに」丑松は、一気に湯飲みを空にした。溜め息と一緒にげっぷが出た。

「飲んでる？　丑松さん」

階段を上がってきた弥生が顔を出した。揚げた蛙が皿に盛られている。おでんもある。

「ごちそうやな」

「さあ、食べて、食べて」弥生が、料理を並べ始めた。

「弥生さんは、飲むんか？」

「未成年や。飲んだらアカン」弥生が笑って答える。

「俺かてそうや」丑松も笑った。

「さあ、遠慮するな。今夜は歓迎会や」

菅原がどぶろくの入った茶碗を高く掲げた。丑松もそれに倣《なら》った。弥生は水を入れた茶碗だ。

「岡本丑松の大阪入りに乾杯！」菅原が声を張り上げた。

「乾杯」茶碗が当たるカチリという音がした。丑松は喜びや嬉しさがこみ上げてきて、たまらなく幸せな気分になった。

「おおきに。こんなに歓迎してくれるとは思わなんだ……」

実際、汽車で誘われたが、あれは社交辞令と言うものかもしれない。そんな心配もあった。たとえ戦争で一緒やったとしても、食べていくのだけで必死の世の中で、食い扶持《ぶち》が一人増えるのはやっかいなことだ。それなのに菅原はこんなにも歓迎してくれる。その思いがけなさが、丑松を感動させていた。ふいに涙が滲《にじ》んできた。

「おうおう丑松、泣くなよ。俺もお前を待っていたんやから」

菅原は、どぶろくを飲みながら言った。

「それにしても日本一くいだおれ食堂とは、でっかくておもろい名前やな」

丑松は、涙を拭うと、すっかり寛いだ気持ちになった。蛙の足に手が伸びる。

「京の着倒れ、神戸の履《は》き倒れ、大阪の食い倒れっていうやろ。それをもろうたんや。大阪一、つまり日本一の食堂になろうとおもうてんねん」菅原は丸い顔を一層膨らませた。

「客も多いな。大成功やないか」

「今は、食いもんがあらへんからな。何を売っても金になる。汽車の中で会《お》うたやろ」

「お前が闇米を担いでいるのには驚いたわ」

「ああやって田舎に行って、米や芋を仕入れてきて、ここで簡単に料理する。基本は闇市で売っているのと同じや。こっちは屋根があるだけ、少し上等なだけや。いずれはこの世の中も落ち着くやろ。そうしたら和洋中の料理をなんでも提供する食堂にするんや」

「和洋中か？　昔、ライスカレーを京都で働いていた伯母に食べさせてもろうたことがある。あれは美味かったな。ちょっと辛いけど、口に運ぶスプーンが止まらへんかった……」

丑松の口の中が唾で溢れそうになった。

「ライスカレーも出すでぇ。中華そばもや。寿司かて出す。大阪中の人が、くいだおれ食堂に足を運ぶ。そしたら東京にも店を出し、爆弾落としよったアメリカにも店を出すねん」

「それはすごいなあ」

丑松は、菅原の夢が羨ましいと思った。それに引き替え自分にはまだ夢がない。成功する人は、たいてい菅原のように夢があり、それに向かって努力する。一日、一日、カレンダーに成功への足取りを書く。そうして描いた夢を形にする。願いは叶《かな》うと人は言う。

「虚仮《こけ》も一心」という言葉が、丑松の頭を過ぎった。目の前に座る、赤ら顔の菅原がまぶしく見えた。

「丑松は、これからどうする？」

「まだ、何も決めとらん。ワシは、お前みたいに夢が定まっていないからな」

丑松はどぶろくをぐいっと飲んだ。

「ぼちぼち考えたらええ。食堂は面白い事業や。確実に儲かる。メシを食わない人はおらんからな。もしその気があれば、一緒にやってくれ」菅原は真面目な顔で、丑松を見つめた。

「大阪に出てきて、身寄りがあるわけやない。お前がこんなに歓迎してくれてホッとしているのが正直な気持ちや。ここで世話になりたい」丑松は頭を下げた。

「そうか？　今日からここに寝てええぞ」菅原は、部屋を指差した。

狭いながらも畳が敷かれ、四方を壁に囲まれた部屋は、今の状況を考えれば最高の住処《すみか》だ。壕舎や路上に住んでいる人が多いことを考えれば、恵まれている。

「ええ、兄ちゃん！」弥生がおでんの芋を口に頰張ったまま、叫んだ。丑松は、弥生の顔を見た。

「どうした弥生」

「どうしたもこうしたもあらへん。丑松さんにこの家に住んでもらうのは、ええけど、ここはうちの部屋や」弥生は本気で怒っている。

「ここは弥生ちゃんの部屋か？」

丑松はぐるりと見渡した。若い女性が寝起きしているにしては、殺風景だが、弥生のものと思われる服が下がっている。それに全体的に清潔だ。

「何を言う。丑松は客人や」菅原は怒った。

「俺は、台所の隅にでも寝る。弥生ちゃんの部屋をとったら嫌われるがな」

丑松は、断固とした口調で言った。弥生が、笑みを洩らす。菅原は考え込んでいたが「そうしたら、一階で俺と一緒に寝よう。少し片付ければ、丑松が寝起きする場所くらい空《あ》けられる」と言った。

「狭《せ》うてもかまへん。雨露を凌げるだけでも、今は感謝せなアカンと思う」丑松は言った。

「丑松さん、すみません」弥生が、申し訳ないという顔になった。

「こっちが勝手に転がり込んできたからや。悪いのはこっちや」

「明日から、食堂を手伝ってもらいたいのは、やまやまやけど、丑松にもいろいろ考えがあるやろ。当分、ここでぶらぶらしたらええ。メシはある」菅原は頼もしいことを言った。

「おおきに。ほんまにおおきに」丑松は、頭を下げた。

「俺も度胸のある丑松が寝起きしてくれていると思うだけで、安心や」

「ワシは、用心棒か？」丑松は笑った。

「ところでここの前の主人はどうしたんや」

「俺に店を譲って出て行ったわ」菅原は答えた。

「折り合いが悪かったんやないのか？」

「ああ、それで俺は店を飛び出して、軍隊に入った。終戦で大阪に戻ってきたけど、出会えたのは弥生だけや。父も母も空襲で死んでしもうた。自宅は貸家やったから、帰るところもあらへん。それで仕方なくここに来たんや。弥生と一緒にな」菅原が弥生を見た。弥生が視線を外した。

「焼けとらへんかったのか」

「奇跡的に昔のままや。傷んではいたけどな。二人でここへ転がり込んだ。オヤジは、焼け野原になった大阪を見て、やる気を失ったみたいや。それで俺が代わったんや」

菅原は、どぶろくを飲み干して、新たに注いだ。白い液体が、茶碗を満たしていく。

「そうか……。それは運がよかったな」丑松は、ぽつりと言った。

「なんでそんなことを訊くねん」菅原の目が、僅《わず》かに厳しくなった。

「いや、理由はない」

「俺の、何か悪い評判を聞いているんやろ」菅原は、一気にどぶろくを飲み干した。目が赤い。

「何も聞いとらんよ」丑松は蛙を摘んだ。

「前の主人を追い出して、この店を乗っ取ったとか、人はいろいろ言う。俺の店が繁盛すればするほどや。ちゃんと譲ってもろたんや。心配するな」

「わかった。もうええ」

なんとなく気まずい雰囲気になった。それを壊すように丑松はどぶろくを飲んだ。

「兄ちゃん？」弥生が真剣な顔で言った。

「なんや？」菅原の目が厳しい。

「話しといたら。なぜ前の主人が出て行ったか……」

「そんなんは別にええ。仕事が嫌になって出て行ったんや」菅原は声を荒らげた。

「でも一緒にやっていくのに秘密はあかんと思う。いろいろなことが丑松さんの耳に入るに違いないから」弥生は引き下がらない。

「そないに言うなら話してやれや」菅原が投げやりに言った。

「あの人、奥さんを亡くして、ここに一人住んではった……」と弥生は思い出すようにゆっくりと話し始めた。言葉を選んでいる。楽しかった丑松の歓迎の宴《うたげ》が、一気に重苦しくなってしまった。丑松は、余計なことを聞いてしまったと後悔した。しかし始まったものは止めようがない。菅原の憂鬱そうな表情から視線を外した。

「子供さんも兵隊にとられて、死んでしもうたと毎日、泣いてはった。店をやる気力をなくしてはったのは、事実や。私と兄ちゃんは、一生懸命に働いた。客も増えた。金も入るようになった。しかし主人は相変わらず、ぐずぐずとしていて働かないんや。そのくせ主人風を吹かして、店の金を持って出て行く。兄ちゃんは怒ったけど、どうしようもない……」

弥生の目に涙が溢れ始めた。何かを思い出したのだろう。丑松は、先を聞くのが怖くなってきた。

「ある日、兄ちゃんが、仕入れに行って留守やった。私は一人で店におった。そしたらあの人が、帰ってきた。どこかで飲んどったのか、酒臭い。弥生一人か、あの人はそういって私に襲い掛かってきたんや」弥生は顔を伏せた。

「もうええ。話さんでええ」丑松は言った。猛烈な後悔が襲ってきた。

「私は逃げた。でも捕まった。押し倒され、あの人が私にのしかかってきた。手を伸ばしたら、すりこ木があった。それで思いっきり殴ったんや。どうしようもないやろ」

「まさか、殺してしもたんやないやろな？」

戦争で人の生き死にはかなり無感動になっていたが、弥生の話に思わず身を乗り出してしまった。弥生は、ゆっくりと首を振った。丑松は、ほっとした。もし頷かれたら、どうしていいかわからない。

「あの人は、頭から血を流して、その場に倒れたわ。うーんと唸《うな》って……。ほんまに死んだかと思って、血の気が失せて、体ががたがた震えた。そのまましばらく倒れたあの人を眺めて、座っていた。手にはすりこ木をしっかり握っていた。そこへ兄ちゃんが帰ってきた。あの人は、ようやく起き上がって、そこで言い合いになった」

「もうええ。後は俺が話す。俺は、頭から血ィ流したオヤジに詰め寄った。弥生に謝れ、ってな。あいつは、怯えて謝った。それで、おい、あれ持って来い」

菅原は弥生に指示した。弥生は、袋棚の中から手提げ金庫を出してきた。蓋を開けると金の束が見えた。その中から一枚の書類を取り出した。

「これを見てくれ」

菅原は、丑松に書類を渡した。それは店の土地、建物を譲るという書類だった。前の主人の物と思われる名前と拇印《ぼいん》が押してある。

「この書類を出さして、追い出したんや」

丑松は、千代丸が、菅原のことをキツイ奴と言った理由を納得した。確かに弥生が襲われたのを奇貨として、店を乗っ取ったと言われても仕方が無い。しかしそれが菅原の意図したことか、意図せざることかはわからない。戦後の混乱の時に乗じたともいえる振る舞いだ。菅原の温厚そうな顔の下に、意外にもしたたかな顔が隠れているのを見た思いだった。

「あの男が、この店を持っていても何の役にも立たん。やる気がないからや。やる気のある俺が経営するから上手くいくんや」菅原は、呷《あお》るようにどぶろくを飲んだ。

「証文《しょうもん》も取っとるから、万事好都合やないか。そいつは自業自得や。弥生ちゃんに何もなかったからいいようなものの、許せんな。でもお前にとってはよかったやないか。立派に経営しとる」

丑松は、無理に明るく言った。

「それが、そうでもないんです」弥生の顔が暗い。

「オヤジは、追い出された腹いせに嫌がらせをして、店を取り返してくれと北陽組に頼み込んだんや。北陽組は、闇市を仕切っている暴力団や。それで俺は警察の言いなりというわけや」

丑松は、焼きたてのパンを持って帰った警官の姿を思い出した。

「北陽組の嫌がらせはひどいのか？」

「ああ、配下のチンピラを店に送り込んできたり、美人局《つつもたせ》食堂やと弥生を侮辱したり……」と菅原は言い、急に両手をついて頭を下げた。

「なんや急に」丑松は戸惑った。

「ここにいて俺を助けてくれ」

「おいおい、本気で用心棒にする気かいな」丑松は苦笑した。

「おってくれるだけでええ。それで安心や。俺は、お前が軍隊でも上官の言いなりにならんかったのを見ている。その根性で助けてくれ」菅原は、また頭を下げた。

「俺がどれだけ役に立つかわからんけど、お前ら兄妹が一生懸命働いとるのを邪魔する奴は、許せんからな。できるだけのことはやるよ」丑松は、胸を叩いた。

「おおきに。よかったな、兄ちゃん」弥生が笑顔を見せた。

「いろいろ相談に乗ってくれ。俺もお前が、早く独り立ちできるように頑張るから」

菅原が、握手を求めてきた。丑松は、その手を握り締めた。丑松は、菅原を理解しようとした。誰もが生きるために必死なのだ。今、菅原から聞いた話が全て真実かどうかわからない。しかしまずは菅原と言う男を信じることだ。この混乱を生き抜くためには、人を騙すことも、出し抜くこともあるだろう。しかし丑松は、本能的に「信じる」ことが、困難な時代を生き抜く最高の手段だと思っていた。丑松は、一階の物置に使われていたところを片付け、体がようやく伸ばせる程度の広さを確保した。どぶろくが体を巡り、ふわふわと宙を歩いているような気分だ。目を閉じると、たちまち眠りに落ちた。手には、しっかりと茂一の骨の入った薬籠を握り締めていた。

第四章　騒動

1

闇市の朝は早い。午前六時ごろには、たいていの店が開き、活気ある声が聞こえ、食べ物を売る店からは湯気が上がっている。さまざまな匂いが、風に乗って丑松の鼻を刺激する。まだ何も食べていない腹が、大きな音を出す。まるで飢えた動物の悲鳴だ。

丑松は、寅雄との約束の場所に立っていた。期限の一週間が過ぎたからだ。大阪に出てきて以来、菅原の店の手伝いをしているうちにあっと言う間に時間が過ぎていった。菅原の店はよく流行っていた。料理の腕もさることながら、弥生の接客が好評だった。また菅原は、闇市の中をこまめに歩いたり、郊外や田舎の村に出かけたりと、仕入れに努力をしていた。

「材料さえ、手に入れば商売になるんや」

菅原は、一緒に闇市を回りながら丑松に教えた。丑松は、たとえ闇市とはいえ、細かく商品を吟味し、現金で値引きして買っていく菅原を感心して見ていた。丹波の田舎で、米や野菜を作り、たまに賃労働をするだけだった丑松には商売の感覚は備わっていない。しかし菅原のそばにいるだけで、なんとなく交渉のコツや面白さがわかってきた。

「今思えば、あの醬油は自分で売った方がよかったかな」

寅雄という少年の面白さに、ひょいと貴重な醬油を渡してしまったが、迂闊《うかつ》だったかと、少し後悔の気持ちを抱いたこともあった。醬油の販売を寅雄にまかせたことは、菅原には内緒にしていた。料理を作っている菅原に話したら、なぜ持ってこなかった、なぜ浮浪児の言うことなんか信じたのだと叱られるに決まっている。だから闇市を菅原と一緒に歩いていて、寅雄が醬油を販売している現場に遭遇して、「兄ちゃん!」と声をかけられないか、警戒していた。幸い、寅雄にも千代丸にも会うことはなかった。寅雄とは会う時間までは約束していなかった。

「寅雄を呼んでくれって言えばいいんやったな」

丑松は、辺りに浮浪児がいないか探した。数人の浮浪児が焚き火をしている。十一月に入り、少し冷え込んできたからだろう。丑松は近づいていった。

「ちょっと、あたらせてくれるか」

丑松の声に、痩せた浮浪児の一人が、目をぎらつかせて振り向いた。

「五十銭や」

「なんや金、取るんか？」丑松は驚いた。

「当たり前や。今日び、ただのもんなんかあらへん。ぬくもり屋の看板が見えへんか」

浮浪児が、生意気な口を利き、段ボール紙の切れ端を指差した。そこには「ちょんの間《ま》五十銭、飯炊き二円、一晩十円　ぬくもり屋」と書いてある。

「たいしたもんやな」丑松は唸った。

「なにがや？」

「ええ金儲けを考えたもんやと感心しとるんや」

丑松は薄汚れた顔の浮浪児たちの生きるための努力に敬服した。負けてはいられないという力をもらう気がした。

「これ、五十銭」と丑松は、金を渡しながら、「ところでな。寅雄と会いたいねん。連絡つけてくれ」と頼んだ。浮浪児は、五十銭を大事に首からつるした巾着袋に入れると「寅やんか」と訊き直した。

「お前、知っとんやな。よかった。ここで会うと約束しとるんや」

「兄ちゃんは、寅やんとどういう関係や」浮浪児は疑い深い目で言った。

「大丈夫や。友達や。千代丸も知っとるぞ」丑松は、笑顔で言った。

浮浪児は、じっと丑松を見ていたが、「五十銭」と手を差し出した。

「さっき払ったぞ」

「寅やんを呼びに行く料金や」にんまり笑みを浮かべた。

「ほんまにしっかりしとるな」丑松は、苦笑しつつ、五十銭を渡した。

「ほな、呼びに行ってくるわ。火に当たっといて」

浮浪児は、くるりと体を返すと、猛烈な勢いで走り出した。あっという間に見えなくなった。丑松は、他の浮浪児たちと火に手をかざしながら待っていた。彼らと話していると、なかなかこのぬくもり屋の商売も厳しいということがわかった。競合する者が多く現れ、薪の奪い合いで争いに発展することもある。自然と強いリーダーの下に幾つかの浮浪児グループができ上がっていく。中でも寅雄は、この辺りの縄張りのリーダーになっているようだ。しかし敵対するグループから襲われないように、ねぐらを転々とさせているらしい。

「なかなか大変やな」丑松が感心して頷くと、「そのうちええこともある」と浮浪児は明るく答えた。

「兄ちゃん！」遠くから声が聞こえてきた。声の方向を見ると、寅雄が手を振っている。側には彼を迎えに行った浮浪児と千代丸がいた。

「おおーい」丑松は、手を振った。

寅雄は、ゆっくりと歩いてくる。その姿には少年とは思えない貫禄が備わっていた。きっと強いリーダーなのだろう。

「えらい早い時間にきたなぁ」寅雄が笑顔だ。

「どうや醤油は売れたか」

丑松は訊いた。醤油は未だに統制品であり、数ヵ月は手に入らないのが普通だった。

「よう売れたわ」寅雄は、さらに笑顔になった。

「よかったな」

「これ兄ちゃんの取り分や」

寅雄は、大人びた財布をズボンのポケットから取り出すと、五百円も丑松に渡した。

「こないにもろてもええんか？」

「兄ちゃんの醤油、ものがよかったさかい、高く売れたんや」

「寅雄の取り分は十分なんか」

丑松の問いに、口角を引き上げ、にんまりとした。丑松は、それ以上、聞かなかった。寅雄の顔を見たら、予想以上に高く売れた満足感で一杯な様子だ。丑松は、ポケットに札をねじ込んだ。

「世話になったな」丑松が焚き火から離れようとした。

「兄ちゃん、話があんねん」寅雄が引きとめた。

「なんや」

「その金、どうするねん？」

「これか？」丑松はポケットを叩いた。

「そや、その五百円や」

「まだ決めてはおらへんけど、何か商売したいと思っているから、それまで貯《た》めとくかな」

菅原のところにいつまでも居候をしているわけにはいかない。大阪に出てきたのは、何かをするためだ。しかしまだ何をするかは見つかっていない。

「その金で一緒に商売せえへんか？」寅雄は真剣な顔で言った。

丑松は、周りの浮浪児を一人ひとり見つめた。彼らを纏《まと》めることができる寅雄の力は本物だ。もし丑松がこの闇市で商売をしていくとすれば、寅雄の力は侮《あなど》れないものがある気がした。それにこの寅雄は妙に魅力がある。このまま離れがたい。

「わかった。一緒にやろう」丑松は、勢いよく言った。騙されても、寅雄なら許せる。

「決まったな」寅雄は手を出してきた。丑松はそれを両手で握った。握手というわけだ。

「兄ちゃんは、なにかしたいものがあるんか」

「はっきり言って特に無い。なにかええもんがあるか」

「石鹸やらへんか?」

「石鹸?」

「女の人は、みんな石鹸が好きやろ」寅雄が、得意そうに微笑んだ。

2

丑松は寅雄と別れて、菅原の家に向かった。寅雄と一緒に石鹸売りの商売を始めると告げるためだ。菅原からは食べ物商売がいいと勧められていたが、どんな食べ物がいいか決めかねているうちに成り行きで石鹸になってしまった。丑松は、以前から自分のことをあまり計画的な人間だと思っていなかった。成り行き次第と言えばいい加減過ぎるが、運命というか、流れに身を任せ、その場その場で一生懸命に責任を果たす方が性《しよう》に合っていた。

今回も寅雄という男に興味を持ったことで、簡単に石鹼売りを始めることを決意してしまった。しゃあないな。戦争に行ったのも成り行き、生き残ったのも成り行きだ。流れに乗っているうちに、大きな獲物がかかることがあるだろう。せこせこしても結果は一緒や。丑松は自分に言い聞かせた。

「俺は、物の売り方なんか知らんで。これから勉強したいとは思うけどな」

「大丈夫や。今は素人でも物さえあれば売れる時代や」

寅雄は自信たっぷりに答えた。寅雄の顔を見ていると丑松もなんとかなるだろうと思い、気楽に構えることにした。菅原の家の近くの交差点で数人の人が輪を作っている。何かを取り囲んでいるのだ。丑松は、人の輪に近づき、何事かと覗き込んだ。中年の男と三、四歳くらいの少女が、道路にうずくまっている。男は汚れた背広を着ている。しかし会社勤めをしている男には見えない。髪の毛はパサパサで乱れ、体調が悪いのか、どす黒い顔をして、うつむいている。少女は黙って男のそばに座っている。男は、少女の小さな手をしっかりと握っている。

「この娘、売ります。五百円」と書かれた紙が石で押さえられて地面に置いてあった。

「子供を売るんかいな」と、周囲の人は、ひそひそと囁き合い、眉をひそめている。

少女が丑松を見た。大きな黒い瞳だ。顔はやつれているが、瞳には力が残っている。丑松は、その瞳に吸い寄せられるように、前へ進み出た。

「娘さんを本気で売るつもりなんか」

丑松は男に訊いた。哀れみを誘って金を恵んでもらおうとしているだけだという気もしたからだ。それなら同情はするが、誰もが飢えている時代では、男は自分の才覚で生き抜かねばならない。他人を援けるほど誰にも余裕がない。

「本気や。育てられへん」男は消え入りそうな声で言った。

「お母さんは？」

「お前、買《こ》うてくれるんか？」男は、飢えたような目で丑松を見つめた。

丑松は、唾を飲み込んだ。

「話によってはな」

丑松は、ポケットの中の金を確認した。先ほど寅雄から受け取ったものだ。男は、丑松の耳元に口を近づけ、「俺の子やない。捨て子や。頼む買うてくれ」と囁いた。

丑松は、怒りが湧いてきた。いくら何でも、捨て子を自分のものにして売りさばくとはどういう料簡だ。少女を見た。少女も丑松をじっと見つめている。丑松は、その目を見ていると、この境遇から救い出してやらねばと思った。

「名前は？」

「名前は、本人の服に榊洋子《さかきようこ》と書いてある。六つや」

男は咳《せ》き込んだ。胸でも患《わずら》っているような咳だ。

「お嬢ちゃん、榊洋子というんか？」丑松は訊いた。

少女は、小さく頷いた。

「このおいちゃんは、お父ちゃんと違うんか？」

「違う。ごはん、食べさせてくれたんや」少女は、しっかりした口調で言った。

「お父ちゃんやお母ちゃんは？」

丑松の言葉に、首を横に振った。戦争で離れ離れになったのか、それとも捨てられたのか……。

「お前、最初から売るつもりで子供を拾ったんか？」丑松は男に訊いた。

「いいや、そんなつもりはない。難波《なんば》の街で、偶然に会うたんや。俺が誘ったわけやないけど、なんや知らんけどついてきたんや。飯を食わせとったけど、もう俺の体の具合が悪うて無理や。それで誰でもええさかい代わってもらおうと思ったんや」

男は消え入りそうな声で言った。丑松は、周りを見渡した。周囲の人々は成り行きを眺めているが、誰も少女を引き取ろうとしない。当然だ。自分の食い扶持さえ確保できないのに、やっかいな子供を引き取る人はいない。そう思って男を見ると、怒りが少しずつ収まってきた。男も仕方なく少女を連れていたが、どうしようもなくなったのだ。

「わかった。俺が引き取ってやる」

丑松の言葉を聞いて男の顔に僅かに赤味が差した。少女の手を握っていた手を離した。

「五百円でええな。後から何か言うても、あかんで」

「わかった、わかった」

男は手を出した。丑松は、その手に五百円を握らせた。この金で寅雄と石鹸の商売をしようと考えていたが、考え直さなければならない。

「これも成り行きや。しゃあない」丑松は、少女の手を握った。

「大事にしてもらいや。さあ、行け」男は、少女に言った。

「おっちゃんが、新しいお父ちゃんになるんか？」

少女は言った。お父ちゃんといわれても結婚もしているわけではない。丑松にその実感はない。

「あのな。おっちゃんって言わんといてくれるか。まだ若いんや。嫁はんもおらへん。せやけど安心せえ、面倒みたるさかい。さあ、行くで」

丑松は少女の手を引いた。菅原になんて言おうか。アホと言われるのは覚悟の上だ。

「おっちゃん」と少女は、男に振り向き、「おおきに。蒸しパン美味しかったわ」と礼を言った。

男は顔を上げ、「この兄ちゃんは、ええ人みたいや。俺は人を見る目がある。洋子、よかったな。よう言うこと聞いて、幸せになるんやで。よかったらたまにはおっちゃんのこと、思い出してくれや」と薄く笑みを作った。

「おっちゃんも元気でな」少女は、涙を堪《こら》えるように口元をきりりと引き締めた。

「俺は、岡本丑松。丑松兄ちゃんと呼び。お前のことは洋子と呼ぶで、ええなぁ」

丑松は明るく言った。

「丑松兄ちゃん、お腹が減ったわ」

「わかった。すぐに家に行こう。ところで、洋子ちゃんはどこで生まれたか覚えているんか？　あの男は難波で出会ったと言うとったけど」

「堺で、お父ちゃんとお母ちゃんと暮らしとったけど、爆撃でお父ちゃんが死んで、後はお母ちゃんと一緒やったけど……」洋子は、堪えられなくなったのか、ぐずぐずと洟《はなみず》をすすり始めた。

「空襲か？」

「お母ちゃんと難波に出てきたんやけど、はぐれてしもたんや」

洋子は、丑松の手を握る力を強めた。洋子は、母親とはぐれたのではないだろう。棄《す》てられたに違いない。浮浪児の中には、寅雄たちのように親と死別した者の他に親に棄てられた者もいた。

「どないしょうと思とったら、あのおっちゃんと出会ってん」

「面倒みてもろたんやな？」

丑松の問いに、「うん」と頷いた。菅原の店はすぐそこだ。

「あそこや。あの店に住んどるんや。今日から、あそこで暮らすんやで。俺の友達の家や。ええ奴やから心配せんでええ」

丑松は、大見得を切ったが、菅原が洋子を見たら、どんな顔をするだろうか、厄介者を連れてきやがってと怒るだろうか、不安が過ぎった。

3

「なんやろ？」店の周りに人だかりができている。

「菅原の店で何かあったんかな」丑松は、洋子の手を引いて、急ぎ足になった。

「何の騒ぎです？」丑松が見物人の男に訊いた。男は軍隊から戻ってきたばかりのように軍服を着、ゲートルを巻いていた。

「ヤクザのいちゃもんや」男は顔をしかめた。

「えらいこっちゃ」丑松は店に飛び込んだ。弥生が、今にも泣き出しそうな顔を丑松に向けた。

「丑松さん……」弥生が消え入りそうな声で言った。

「おう、丑松」菅原が、ほっとした顔になった。

「どないしたんや」と丑松は、菅原に問い掛けた。

「なんや、ワレ！」

頭をつるつるに剃《そ》った、こんな時代には珍しく金回りのよさそうなストライプの背広を着た男がテーブルに足を投げ出して騒いでいる。

「洋子、危ないから、このおねえちゃんのところから動いたらあかんで」

丑松は、洋子を弥生の手に預けた。弥生は、一瞬、戸惑った顔をしたが、「頼むわ」という丑松の一言で、洋子を抱きしめた。

「誰や、この人は？」

丑松は、菅原に訊いた。訊くまでもない、一見してヤクザとわかる男だ。体はそれなりに大きいが、頭は悪そうだ。

「北陽組の人や」菅原は、腹立たしそうに言った。

「おいおい、こそこそなに喋っとんねん！　お前、何者や、訊いとるやろが」

「あんたいちいちうるさいな。昔から、声の大きい奴は度胸がないというのを知らんのか」

人垣から「そうや、そうや」と言う声と笑いが起きる。みな怯えてばかりいたので、丑松が言い返したのが痛快だったのだ。

「きさま！」男が、挑《いど》みかからんばかりに目を剝いた。

丑松は、男が怒鳴り声を上げようと、目を剝こうと、怖いとは思わなかった。戦争であれだけ多くの死を見た経験が、人間は必ず死ぬという理屈抜きの覚悟を丑松に植え付けていた。どこで死ぬ、どういう立場で死ぬ、どんな形で死ぬ、いろいろあるだろうが、それらを自分で選ぶなどというのは傲慢なことだと思っていた。ましてや今は、裸一貫だ。守るものがない。守るものがなければ何も怖くない。

ちらりと洋子を見た。弥生に抱えられ、不安そうに立ちすくんでいる。守るものと言えば、洋子がいるかな、と思った。しかしあの子も行きがかり上、仕方がなかった。もしここで自分に何かがあったとすれば、それは縁が薄かったということだけだ。また誰かが洋子を守るだろう。丑松は、むんずと男の足を摑むと、テーブルから放り投げた。

「ここは食堂や、汚い足を載せんとけや」

「なにすんねん！」

男は急に足を摑まれ、バランスを崩し、椅子から落ちそうになった。しかし、なんとか踏みとどまると、立ち上がって、テーブルを蹴飛ばした。ものすごい音を立ててテーブルが丑松の方に飛んできた。テーブルにひっかけられ、周りの椅子が床に転がった。丑松はテーブルを片手で止め、わざとらしくゆっくりと元の場所に戻し、椅子も片付けた。

「菅原、警察を呼べや」

菅原が、情けなさそうな顔で、クビを振った。警察がこないのか、連絡がつかないのかわからないが、いずれにしても当てにならないということらしい。

「ポリなんか来るかい。ここは北陽組のシマや。警察、当てにしたって無駄や」

「ここは食堂です。他のお客さんにもご迷惑です。なんとか帰ってもらえへんでしょうか」

丑松は男に頭を下げた。

「兄ちゃんは、なんやねん。出張ってきよるけど」

「ここの主人の友人の岡本というものです」

「ショバ代払えや。それにこの男は、川崎《かわさき》からこの店を盗みよったんや。返したれや」

男は、せっかく並べた椅子を蹴った。顔をしかめたくなるほど大きな音がして、床に転がった。

「川崎って誰や」丑松は菅原に訊いた。

「前の主人や」

「弥生ちゃんに悪戯《いたずら》しようとして云々《うんぬん》か？」

弥生に悪戯しようとして抵抗され、帰宅した菅原に詰め寄られて、店を譲った男だ。北陽組に駆け込んだと菅原は話していたが……。いずれにしてもこのヤクザ男を追い出すのが先決だ。

「わかりました。いろいろと考えさせてもらいますから、今日のところは帰ってもらえませんでしょうか」あくまで丑松はていねいに対応した。

「考えるんやったらショバ代もろうていこか」

「それは払えませんやろ。この店は、この菅原のものです。ここで営業させてもろうて、国にもきちんと税金を払うてます。それ以上、何か文句言われることがありますのんか？」

丑松は、ぐいっと体を男に寄せた。男が、一瞬たじろいだ。

「この梅田で商売するのに、北陽組に逆らうっちゅうんか！」

臭い息がかかるほど、男は顔を寄せてきたかと思うと、男の腕がすっと伸び、拳が丑松の顔面を捉えた。鈍い音がした。丑松の顔が歪み、体が大きく揺れた。丑松は、両足に力を入れ、なんとか踏みとどまった。

「丑松兄ちゃん！」洋子が、悲鳴を上げた。

丑松は唇に手を当てた。手の指に生温かいものが触れた。手を見ると、指先に血がついている。

「大丈夫か……」

菅原が、震え声で訊く。丑松は、じっと男を見つめたまま、薄く笑った。こんなことは、軍隊で受けたリンチに比べれば、蚊に刺されたよりもたいしたことがない。丑松の中で、久しぶりに反骨の血が騒ぎ始めた。カランと小さな音が聞こえた。見ると、茂一の骨を入れた薬籠が揺れている。丑松は、それにそっと触れた。薬籠が丑松の指についた血で赤くなった。

「私を殴って、気分が直りましたか。これでお引取り願えますやろか」丑松は、冷静に言った。

「なにをぬかす」

男の腕が、また顔面に伸びてきた。丑松は体を倒すようにしてそれを避けた。男が勢い余って、たたらを踏んだ。丑松は、男の襟首を摑み、ぐいっと引きとめた。男が苦しそうに呻《うめ》いた。

「は、放し……やがれ」

「ここは店の中です。外へ出てください」

丑松の腕力は並ではない。小さい頃から働き続けている。ついこの間まで醤油の樽をいくつも自転車に載せて運んでいた。重労働で鍛えられた強さだ。丑松は、男の襟首を摑んだまま引きずった。

「この、あほんだら！」丑松は、男を玄関から外に放りだした。男は、米俵のように地面をごろごろと転がった。人垣が割れた。

「この野郎」と男は怒りに声を震わせながら、よろよろと起き上がった。

丑松は、男と店との間に立ち塞《ふさ》がり、大きく両手を広げた。

「く、くそっ」男が右手の拳を振り上げ、丑松に殴りかかってきた。顔に当たる寸前、丑松の両手が、男の拳を受け止めた。丑松は、体を反転させ、腕を捻《ひね》り上げた。グキッと鈍い音がした。

「ギャーッ」男が、空気をつんざくような悲鳴を上げた。

男の腕が、不自然な形で曲がっている。男は、うっと呻き、目を反転させ、口から泡を吹いた。丑松が手を離すと、そのまま顔から地面に落ちていった。グシャッと鼻が潰《つぶ》れ、土が血で赤く染まった。丑松は、男のわき腹を何度も蹴り上げた。まもなく動かなくなった。完全に気を失っている。

「もういいやろ。丑松、やめとけや」菅原が、丑松を止めた。

丑松は我に返った。ゆっくりと周囲の人々を眺めた。圧倒的な丑松の強さに驚いている。中には、恐怖心から怯えた目をして、丑松を見ている人もいる。丑松は、まだ自分の力をよく知らない。だから喧嘩の時は、いつもやり過ぎてしまう。

「皆さん、お騒がせしてすみませんでした」菅原が謝った。周囲の人々は散り始めた。

「どうする兄ちゃん」弥生が、洋子の手を引いて現れた。

「どうするって、どういうことや」丑松が訊いた。

「北陽組が黙っとらへんやろ。もうすぐ喧嘩を聞きつけて、仲間がやってくる」

弥生が心配そうな顔で言った。

「それより病院はないんか？　こいつを連れて行かな」

丑松は、男の顔を覗き込んだ。洋子が、恐る恐る丑松の側に近づいてきた。小さな手で丑松の手を握る。

「北村《きたむら》先生のところに連れて行こう」弥生が言った。

「赤ひげさんか？　あそこやったら診てくれるやろ」菅原が言った。

「赤ひげか、青ひげか知らんけど、早く連れて行こう」

丑松は、両手で男の体を抱きかかえると、背中に担いだ。気を失った人間は、さすがに重い。

「お前ら、待たんかい」

地面が揺れるほどの足音が響いた。大声に驚いて、菅原、弥生、洋子が丑松の周りに集まった。丑松は、背中から男を再び地面に下ろした。丑松たちを数人の男が取り囲んだ。どの男も見るからにヤクザだ。派手な服を着て、人相が悪い。洋子が怯えて、丑松の後ろに隠れた。

「お前ら、兄貴をどないしたんや」丸刈り頭の額《ひたい》に傷のある男が声を張り上げた。体が大きい。丑松でさえ見下ろされている。レスラーみたいな男だ。

「医者に連れて行くところや」丑松は、落ち着いて答えた。

「どないしたんやと訊《き》いているんや」

傷のある男がリーダーのようだ。男たちの数は、五人。丑松たちに今にも襲い掛かろうとするかのように体を低くしている。丑松は、菅原に目配せをした。自分がこの男たちを相手にしている間に、弥生と洋子を連れて、店に逃げ込めと目で伝えた。菅原は頷いた。丑松は、ゆっくりと息を吐き、両足に力を入れた。

「この男、病院に連れて行きたいんやけどな」丑松は微笑んだ。足先で男のわき腹を軽く蹴った。男が、呻いて薄く目を開けた。気がついたようだ。

「キク兄ぃ！」傷のある男が呼びかけた。倒れた男はキク兄というらしい。

「おお、マサか」キク兄は、息も絶え絶えだ。

「マサです。わかりますか」傷のある男は、マサだ。

「医者や、医者に連れて行け」キク兄は消え入りそうな声で言った。

「わかりました。すぐに連れて行きます。おい、お前ら、兄ぃを担げ」

マサが周りの男たちに命じた。へえっと大声で応じると、男たちは全員でキク兄を担ぎ上げた。

「赤ひげさんという医者がおるらしいぞ」丑松は言った。

「わかっとる」マサは、丑松を睨みつけた。

「だったら早《はよ》う連れて行け。喧嘩を売ってきたのは、そいつや。治療代は払わんぞ」

「覚えとれよ」マサたちは、キク兄を担いで駆け出した。

「店に戻ろか」丑松は、洋子の手を引いた。

菅原も弥生も死んだような顔だ。絶望という表情があれば、こういうのをいうのだろう。

「どないしたんや？　追い返したやないか。そんな辛気臭い顔するな」

「丑松、店でゆっくり話をしようやないか。もうこの店もお終《しま》いや。閉めて、出ていかなあかんやろ」菅原は肩を落として、店に向かって歩き始めた。

「弥生ちゃん、菅原はどないしたんや」丑松は、菅原のあまりの落胆振りに、驚いた。

「北陽組を怒らせたからやわ。今まで、警察の力を借りたりしてなんとか凌いできたけど。丑松さんが、あんなにボコボコにやっつけてしもたもんね」弥生が泣き顔なのに、笑っている。

「兄ちゃん、強いな」洋子が、尊敬の眼差しで丑松を見上げている。

「そうやね。兄ちゃん、強いね。悪い奴らをやっつけてくれたから、お姉ちゃんも気持ちよかった！」弥生が空に向かって叫んだ。

「なんで警察はこんかったんや」丑松は、うなだれて歩く菅原に訊いた。

「今までは、チンピラが騒いだら、適当に宥《なだ》めて店から追い出してくれてたんや。おそらく握ったんやないやろか」

「警察とヤクザが手ぇ結んだんか。パンを渡したのに、意味なかったな」

焼きあがったパンをまるまる一個、平気で抱えて帰った警官の姿が思い浮かんだ。

4

店のテーブルや椅子を片付けた。幸い、壊れてはいない。店を再開したいが、また騒ぎになっては客に申し訳ない。菅原は、入り口に「準備中」の札をかけた。憂鬱そうな顔で菅原がテーブルについた。丑松、弥生、洋子も同じテーブルの周りに集まった。

「この子、誰や？」菅原が、洋子を指差した。

「そうや、うちも気になっとったんや。どこの子やろと思って。丑松さんのことを兄ちゃんと呼んでいたけど、ご兄妹なん?」弥生が丑松の顔を覗き込んだ。

「妹やない。成り行きで一緒に暮らすことになった。いずれ母親が見つかるやろ」

丑松は洋子の頭を撫で、「挨拶しぃや」と言った。洋子は、立ち上がって、ぴょこんと礼をすると「榊洋子、六歳です」とはっきりした声で言った。大きな瞳を輝かせ、菅原や弥生に自分の存在を印象付けようと努力している。

「賢いわね。どこで暮らしていたの?」

「堺です。お父ちゃんは死にました。お母ちゃんとは難波ではぐれてしまいました。別のおいちゃんに世話になったんやけど、売りに出されて……」

「売り? なんやのそれ!」弥生が驚いて、目を見開いた。洋子と丑松の間を視線が激しく動いた。

「洋子を売っとったんや。それを俺が買うたんや」

丑松は、行き倒れになりそうな男に五百円を渡して洋子を引き取ってきたことを説明した。

弥生は「呆《あき》れて、なんもよう言わんわ。女の子を売るやなんて。買う方も買う方やけど」と丑松を非難するように言い、「かわいそうに」と洋子を抱きかかえた。

「丑松、お前、警察に届ければよかったんやないか。そうしたら洋子ちゃんのお母さんも探してくれるやろ？」

「その男、体も悪そうで、もうアカンみたいやった。このままこの子を置き去りにはできんかった。仕方ないやろ」

「洋子ちゃん、お腹、すいてるんやろ」弥生が訊いた。

「うん」洋子が大きく頷いた。

「フライ饅頭がある。食べる？　こっちへ来なさい」

弥生が厨房の方へ行った。洋子は、満面の笑みで弥生の後に従って厨房に駆けて行った。菅原は、洋子が厨房に消えると、「どないするつもりや？」と訊いた。

「あの子のことか？　店のことか？」丑松は逆に訊いた。

「両方ともやが、とりあえずあの子のことや」

「何かの縁やから、俺が育てるつもりや」丑松は微笑んだ。

「よう冷静に考えぇよ。物もロクに食えん時代に二十歳そこそこの独身男が、どないして子供を育てんねん？　警察に預けてしまえ。施設に入れてくれる。丑松も子供がのたれ死んでるのを何人も見たやろ。あれが現実や」

菅原がきつい口調で言った。実際、駅の中や闇市の外れで、子供の餓死死体がいくつも転がっていた。

「どうしようもなくなっても、俺はあの子を売りもんにはせぇへんし、施設にも入れへん。俺ができるところまでなんとかする。縁があったんやからな。菅原も協力してくれ。頼むわ」

丑松は、頭を下げた。

「人がええのにもほどがある。その行き倒れそうになっていた男は、今頃、カストリでも飲んどるやろ。厄介払いができたばかりか、高い値段で売れたんやからな」

カストリとは、闇市で売られている密造された焼酎のことだ。

「母親が見つかるまでのことや。頼むわ」丑松は、再度、頭を下げた。

「母親なんか見つかるもんか。本人が子供を棄てて、どっかに行ってしもたんに決まっとるやんか」

菅原は大きな声で言った。厨房で洋子が激しく泣き出した。

「どうしたんや？」丑松が叫んだ。

弥生が、洋子を連れて厨房から出てきた。

「兄ちゃんが大きな声で余計なことを言うから、泣き出したやないの」弥生が強く非難した。

「母親が洋子ちゃんを捨てたなんて、お前が言うからや。謝らないといかんな」

丑松も菅原を非難した。菅原は慌てて洋子の側に駆け寄った。

「ごめんな。あれは嘘や。お母さん、絶対に見つかるから。いや、おじさんが見つけてあげるさかいな。おいちゃんは、菅原公平といいます」

菅原は、涙を流して洟をすすっている洋子の頭を撫でた。

「決まったな。俺が洋子の責任を持つけど、菅原も協力しろや」

丑松は、手をぽんと叩いて、「洋子、ここに居てええからな。このおいちゃんに礼を言い」と言った。

「おいちゃん、おおきに。お世話になります」洋子は、鼻をぐずりながら頭を下げた。

「丑松が兄ちゃんで、俺がおいちゃんかよ」菅原は苦笑いをした。

「お前、自分でおいちゃんって言うからや。俺は、最初から兄ちゃんって言ったぞ」

丑松が声に出して笑った。

「よかったね。私は菅原弥生といいます。よろしくね」

弥生が洋子の頭を撫でた。洋子は、弥生にぴったりと寄り添っている。すっかり馴《な》染《じ》んだようだ。母親的な優しさを求めているのかもしれない。

「これで洋子ちゃんの問題はなんとか片付いたけど、後は北陽組をどうするかやな」

菅原は、丑松の言葉を聞いたとたんに暗い顔になった。

「川崎とかいう前の主人と話をつけるしかないのんか」

「話し合いには応じんやろな。この店を取り返すことしか考えてへんやろから」菅原は、天井を仰いだ。

「北陽組にショバ代、払わんといかんのやろか」弥生が悲しそうに言った。

「そんなことしたらどれだけ毟《むし》られるかわからへん。儲けもなにもなくなるんやぞ」

菅原が怒った。

「弥生ちゃんに怒ってもしようがないやろ。前の主人のことも、もろもろも北陽組次第や。そして俺が、あのキク兄とかいう奴をぼこぼこにしてしもたから、問題を複雑にしたわけや。近いうちにこの店を襲ってくるやろな」

「すぐ来るやろか？」弥生が不安そうに入り口を見た。

「今頃、俺をやっつける相談をしとるかもしれんな」丑松も唇を嚙《か》んだ。

何か良い知恵はないだろうか。ヤクザ相手では、成り行きというわけにはいかない。

「いざとなったら、俺が組事務所に訪ねていく。なんとかするわ」

丑松はできるだけ元気づけようと明るく言った。しかし菅原と弥生の表情は暗いままだ。洋子だけが、フライ饅頭をおいしそうに頬張っている。

「丑松さん！」入り口のドアが勢いよく開いた。千代丸が立っていた。

5

「千代丸、どうした」丑松が手招きした。千代丸は、生意気そうに鼻の下を指で擦りながら入ってきた。

「寅やんが、石鹸の打ち合わせしようかと言うてるで」

「ああ、そうか、すっかり忘れとったわ」丑松は、頭を掻いた。

「なんや石鹸って？　それにこの坊主は？」菅原が訊いた。

「坊主やないで、おっさん。千代丸いう親から貰うたええ名前があんねん」

千代丸が怒って、頬を膨らませた。

「こいつは、梅田を根城にしとる親なしのガキたちや。ちょっと縁があって知り合いになったんや。ごたごたですっかり言い忘れていたんやけど、こいつらと石鹸を売る商売を始めることにしたんや」

丑松は答えた。菅原は、十分に状況が理解できないという顔で「いろいろとおもろい奴らと知り合いになるねんな。それに石鹸を売る？　俺の仕事を手伝わないんか？」と言った。

「いつまでも世話になるわけにいかんからな。それにこいつの兄貴分に寅雄ちゅうガキがおるんやけど、それがおもろい奴やねん」丑松は、申し訳なさそうに頭を掻いた。

「丑松が、ええようにしたらええけど、それにしてもこいつら浮浪児と商売するんか？」

菅原は、千代丸を胡散臭《うさんくさ》そうな目で見つめた。

「浮浪児やいうても、誤解したらアカン。こいつらしっかりしとるで」

「おいちゃん、浮浪児、浮浪児って言うなや。親がおらんでもちゃんと暮らしとるんや。そんなことより、丑松さん、寅やんが待っとるで」千代丸が、丑松の服の袖を引いた。

「今、少し取り込み中や」

「どないしたん」

「北陽組と揉めたんや」丑松は、これまでの経緯と北陽組の連中との諍《いさか》いを話した。

「強いんやなぁ。キク兄もマサもこのへんでは顔や」千代丸が、感心したような口ぶりで言った。

「知ってるんか」丑松は訊いた。

「ああ、よう知っとる。そう言えば北陽組の連中が、なにやらドタバタしとったけど、丑松さんが原因かいな」

「ドタバタってどういうことや」

「集まっとるということや。怖い顔、しとったで」千代丸は、真剣な顔で言った。

「なあ、千代丸さん、ここへ攻めてくる準備をしているんやろか」菅原が心配そうな顔で訊いた。

「なんや急に『さん』づけかいな」と千代丸は苦笑いし、「ここに攻めてくるのかどうかは知らんけど、事務所の周りが騒がしくなっとるのは、ホンマや」と言った。

「どうしよう」弥生が顔を曇らせた。洋子をしっかり抱きしめている。

「えらいことになったなぁ」

丑松はわざとおっとりした口調で言った。菅原も弥生も落ち着きを失っている。ここで自分が慌てたら、どうしようもないという気持ちだった。

「キク兄が、そこまでやられたら仕返しにくるんやろな」千代丸は当然のことのように言った。

「兄ちゃん、警察に相談しよう」

「警察なんか、いざとなったら当てになるかい」菅原は、恨めしそうに拳を握り締めた。

「俺があの北陽組のチンピラをやっつけてしもうたんが悪いんや。あんなことをせぇへんかったら、何も問題はなかったはずや」

「それは関係ない。こっちが北陽組のいいなりにならんかったのが、悪いんや。残念やけど、店を閉めて、どこかへ逃げなあかんやろ。覚悟決める」菅原は、決意した顔で丑松を見た。

「どこかへ言うても、どこへ行くのん。行くとこなんかあらへんやないの」弥生が泣き出した。

「姉ちゃん、泣かんといて」洋子が囁いた。

「寅やんに相談してみよか」千代丸が、何かを思いついたように表情を少し明るくした。

「それどういう意味や」丑松が千代丸の肩を掴んだ。

「寅やんは、北陽組と親しいんや」千代丸が言った。

「寅雄が中に入ってくれるというんか。そんなに親しいのか」

丑松は、まだ少年の面影を残している寅雄の顔を思い浮かべた。千代丸は、微笑んで「これは誰にも言うたらあかんで。寅やんは北陽組の親分の子やという噂や」と言った。

「それ、ほんまか」丑松は、千代丸の肩を掴む手に力を込めた。道理で貫禄があるはずだ。

「痛いやないか」千代丸が顔を歪めた。

「すぐ寅雄に会いに行く」丑松が出て行こうとした。

「丑松、どないするつもりや」菅原が丑松の腰のベルトを摑んだ。

「寅雄に仲介してもらって北陽組の親分に会うんや」

「会ってどうする？」

「会って、この店をお前のものやと認めてもらう。組員にこの店を邪魔せんように頼む」

「そんなん、上手いことといくかいな。相手はヤクザやで」

「当たって砕けろや。逃げるよりましや」丑松は、勢いよく鼻息を噴出した。

「俺も行く」菅原が言った。

「お前はここにいて、弥生ちゃんや洋子を守ってくれ。もし北陽組の連中が来たら、逆らうなよ。俺を探していたら、待たしとけ。すぐ帰ってくるとな」

丑松は、「千代丸行くぞ」と言い、飛び出して行った。

6

「寅雄はどこにおるんや」

丑松は急いだ。この間にも北陽組が店を襲撃したらと思うと気が気ではない。

「あそこや」千代丸が、闇市の外れの広場になった場所を指差した。

数人の浮浪児たちがたむろしている。なにやら火をおこしているようだ。煙が上がっている。

「寅雄！」丑松が叫んだ。

「遅かったな。約束は守ってや」寅雄が不機嫌そうに言った。

背後にレンガで築いた竈《かまど》でドラム缶を熱しているのが見える。

「なにをしとるんや？　風呂でも沸かしとるんか」

丑松は、大きな炎に包まれているドラム缶を見て、訊いた。

「丑松さんが遅いから、始めてしもたわ。まあ見とき」

寅雄は愉快そうに笑みを浮かべた。見ておけと言われても、一刻を争う事態だ。そういうわけにはいかない。

「寅雄、ちょっと事情があってな。お前に急いで頼みたいことがあるんや」

丑松は勢い込んで言った。ドラム缶に近づいた。熱風が顔に当たる。焼けそうに熱い。

「えらい慌てとるな。それ以上近づくと危ないぞ。苛性《かせい》ソーダと油が煮えとるからな」寅雄が笑った。

「苛性ソーダに油？」

「石鹸売ると話していたやろ。それを作るんや。作って売ったほうが儲けが大きい。おい、火を弱めてかき混ぜろ」寅雄の指示で、浮浪児の一人が棒でドラム缶の中をかき混ぜ始めた。

「丑松さんが、北陽組と揉めとるんや」千代丸が言った。

「北陽組とか？」寅雄がドラム缶から目を離し、丑松を振り向いた。

「話を聞いてくれるか？」丑松は言った。

「よう、かき混ぜとけよ。かき混ぜるだけ、ええ石鹸が出来るさかいな」寅雄は仲間に指示した。

「あれでほんまに石鹸ができるんか？」丑松は、湯気の出ているドラム缶を見て言った。

「後で塩をどーんと入れたら、出来上がりや。よう売れるで。ほなあっちで話を聞こか」

寅雄は、ドラム缶から離れた。

「煙草、吸うか？」寅雄はポケットからラッキーストライクの箱を取り出した。

「ワシは吸わへん」

丑松が断ると、寅雄はケースから煙草を取り出して、口にくわえた。それはどうみてもラッキーストライクではなく、しけもくを集めて作った自家製の煙草だった。

「事情を話してくれや」寅雄は、煙を吐いた。

丑松は、菅原が店を手に入れた経緯、前の主人川崎悟一《ごいち》が北陽組に駆け込んだことと、それから嫌がらせが続き、店で暴れていたキク兄を丑松が叩きのめしてしまったことなどを話した。

「キク兄をやっつけたんか」寅雄は、しげしげと丑松を眺めた。キク兄は、なかなか腕っぷし自慢の男のようだ。本当にやっつけたのか疑っている。

「お前が、北陽組と親しいと聞いた。親分と話をつけたいんや。仲を取り持ってくれ」

「どう話をつけるんや？」寅雄は、煙草を吹かした。

「まずは店の経営を邪魔せんでくれ、次は菅原に店を任せてくれと頼むつもりや」

丑松は、きっぱりと言った。

「頼んでも無理やな」寅雄は薄く笑った。とても十代とは思えない余裕の笑みだ。

「なんでや。こっちに理があれば、話は通るやろ」

丑松は、気に食わなかった。真剣に頼んでいるのに、薄笑いを浮かべるとは何事だ。

「丑松さん、甘いな。北陽組は、前の主人の川崎に加勢している。それは公平さんを追い出せば、川崎が言いなりになるからや。実質的に店を手に入れることになる。せやから嫌がらせするんや。丑松さんの言うことを聞いて、手を引いても何にもならない。損するだけや。相手はヤクザや。リはリでも利益の利で動く。理屈の理では動かへん」寅雄は、ぷうっと煙を吐いた。

「そうか……、その通りやな。年下の寅雄に世間のことを教えられるようではアカンな」

丑松は、悔しそうに奥歯を噛み締めた。

「そうがっくりせんと。丑松さんの頼みやから、どうしてもということで俺が仲介に入るとしたら、何か手土産が必要やろな」

「手土産か……。そんなんあるわけない。一生、恩に着るさかい、何とかしてくれ。北陽組の親分がどんな男か知らんけど、若いもんを率いている、いっぱしのもんやったら、兄妹で真面目に働いて頑張っている若い者を助けるのか、女たらしの中年男を金のために助けるのか、どっちが世の中のためになるかわかるはずや。誠心誠意、頼めば、俺の気持ちをわかってくれるやろ」

丑松は、地面に膝をついて頭を下げた。

「手土産は、丑松さんということで、どうや」寅雄がにやりとした。

「なんで俺が手土産になるんや」丑松は顔を上げ、怪訝《けげん》そうに首を傾げた。

「丑松さんが、そないに喧嘩が強いんやったら、北陽組の若頭くらいにはなれる。親分にとってなによりの手土産や」

「俺にヤクザになれっちゅうのんか！」丑松は、ぐいっと立ち上がると、寅雄の襟首を摑んで「あほ、ヤクザになんかなるかい！」と怒鳴った。

「そない怒りなや。例えばの話や。わかった、わかった、しゃあないな、頼んでみるわ。せやけどあの親分、けちやから、丑松さんの誠意が通じるかどうか、あんまり期待せんといてな」

寅雄は微笑んだ。丑松は、手を離し、「おおきに。恩に着るわ」と寅雄に頭を下げた。

「たいへんや！」千代丸が叫びながら転がるようにして走ってきた。

「どないしたんや」寅雄が訊いた。

「あっち、あっち見てみいや」千代丸が、指差す方向から何人もの男たちが歩いてきた。

「北陽組や。気になったさかい事務所を監視しに行ったんや。そしたら、何してんねんと捕まってしもうて」千代丸がべそをかいた。

「何を喋ったんや」寅雄が訊いた。

「くいだおれ食堂の客人丑松さんに頼まれて、組事務所を監視しに来たと話した。そしたら、丑松さんのおるところに連れて行けということになったんや。すみません」

「謝らんでもええ。こっちから行く手間が省けたわ」

丑松は、不敵な笑みを浮かべ、ボキボキと指を鳴らした。

第五章　闇市解体

1

「お前が丑松か」地鳴りのような声が辺りを震わせた。

「でかい声やな」

丑松は、声の方向に背伸びした。北陽組の連中が、十五、六人ほどずらりと目の前に並び、丑松の視界を遮《さえぎ》っていた。声は彼らの後ろから聞こえ、姿が見えない。北陽組の男たちの列が、目の前で割れた。まるでモーゼだ。男たちの壁の先に小柄だが、肩の筋肉が異様に張った男が立っていた。ストライプのダークスーツに白いエナメルの靴。本人はどう思っているかわからないが、あまり似合っていない。

こいつが北陽組の親分なのか。ゆっくりと男たちの壁の間を歩いてくる。大きな男たちに囲まれると、一層、小さく見える。しかし、熱気、迫力が全身から発散され、周囲を威圧している。寅雄も千代丸も顔が強張《こわば》り、全身を緊張させている。

「返事、せんかい」男は言った。

「人に名前を聞くときは、まず自分の名前を名乗るべきやないか」

丑松は、落ち着いた口調で言った。男は、一瞬、目を見開き、こめかみをピクリと動かした。自分に反論する人間がいることが信じられないという顔をしている。年齢は五十代くらい。髪は短く刈り揃えられ、顔はごつごつして浅黒く、目、鼻、口全てが大作りで、神社の狛犬《こまいぬ》のようだと丑松は思った。

「若造、よう言うたな。なかなか根性、太いやないか。ワシの名前か？　知りたかったら教えてやる。石井良三《いしいりょうぞう》という。北陽組を仕切っている者や。うちの若い者をよう可愛がってくれたな」

声が塊《かたまり》で、丑松の顔に当たってくるほど大きい。

「可愛がったわけやない。怪我をさせてしもうたことは、謝る」丑松は深く頭を下げた。

「その調子や。絶対に親分を怒らせたら、あかんで」寅雄が囁いた。丑松は頷いた。

「お前は菅原の食堂の舎弟らしいな。どういういきさつかは知らんが、あの食堂はここにいる川崎悟一のものや。返したれや。邪魔するな」

石井が、そばにいる男に視線を移した。丸く小太りの男だ。目をぱちぱちと瞬《また》かせ、落ち着きがない。あの男が食堂の前の主人である川崎悟一だろう。

「菅原とワシとは命を分け合《お》うた戦友や。あいつを助ける理由はそれなりにある。それにあの食堂は菅原のものや。証文も取ってある」

「ごちゃごちゃぬかすな。お前が、どう言おうと、この落とし前をつけてもらわんといかんな。こっちにも面子《メンツ》がある」

石井が言った。背後に並んだ男たちが、今にも飛びかからんばかりに鼻息を荒くしている。

「さっきから落とし前と言うてるけど、どないしたらええねん？」

「一、指詰めるか？　二、食堂を手放すか？　三、ここで痛い目におうて大阪港に沈んでもらうか？　どれがええねん？　どれでもお前が好きなもんを選べや」石井は薄笑いを浮かべた。

「どれもこれも気ぃ進まへんな」丑松は声に出して笑った。

「なんだと！」男たちが顔色を変えて、騒ぎ出した。

「丑松さん、早く土下座して、謝れや。逆ろうたらあかん」

寅雄が、青ざめた顔で言う。隣にいる千代丸はがたがたと体を震わせている。石井の顔が、狛犬から仁王様のようになってきたからだ。

「お前、あんまり頭はよくないみたいやな。三を選んだみたいや。簀巻《すま》きにして海に沈めてしまえ。やっちまえ！」石井は若い男たちに命じた。

「ヒエーッ」と寅雄と千代丸は叫び、走って逃げた。

どどどっと男たちが、地面を鳴らして丑松を取り囲んだ。オーッという雄《お》たけびと同時に男が丑松に殴りかかってきた。同時に前後左右から他の男たちも襲ってくる。丑松は、最初の男が振り下ろしてきた腕を摑み、捻り上げ、「この野郎！」と叫び、股間を思いっきり蹴り上げた。ウエッ。男は呻き、股間を両手で押さえ、ウサギのように飛び回り、目を剝いて倒れた。腰を摑もうと飛びかかってきた男の首を思いっきり上から殴った。男は、グエッ。ヒキガエルが潰れたような声を発し、地面に顔から、どうと倒れた。

「喧嘩なら、馴れとるぜ。もっとかかってこんかい」

丑松は、腹の底から大きな声を出した。すでに二人が丑松の足下に唸りながら転がっている。他の男たちは、たじろぎ、体を引いて、遠巻きになった。ヒエーッ。悲鳴のような声を発して、後ろから男が丑松に襲いかかってきた。丑松は、ひらりと体をかわし、空を切った男の腕を摑み、一本背負いを試みた。男は、殴りかかってきた勢いのままに丑松の背中を発射台にして宙を飛び、一回転して、落ちた。固い地面でしたたかに、体を打ち据えられ、ウウウッと呻き、目を剝き、口から泡を吹いた。

「次はどいつや」丑松は周りの男たちを怒鳴りつけた。さすがに息が上がってきた。

息をするたびに肩が上下する。汗が溢れるように流れ出してきた。数人の男が、地面に転がっているが、男たちは一向に減った気がしない。

「なにやっとんねん。たたきのめさんかい！」

石井の激しい怒りの声が轟いた。その声が終るか、終らないうちに数人の男が、一斉に飛びかかってきた。ある者は上から、ある者は足を、ある者は腰を狙ってきた。丑松は、足を狙ってきた男の顔面を蹴り上げ、腰を掴みにきた男は、頭を何発も拳で殴ったが、ラグビーでタックルをかけられたのと同じように男たちに押し倒されてしまった。仰向けに倒れた丑松の上に何人もの男が馬乗りになった。身動きが取れない。辛うじて顔を動かしてみると、腕も足も男たちが体全体を使って押さえつけている。

顎《あご》に衝撃が走った。ウオッと思わず呻く。馬乗りになった男が、丑松の顔を殴ったのだ。口中が生臭い。切れて血が出たのだ。ペッと血の塊を男の顔に吹きつけた。男は、「なにしやがんねん」と叫び、また顔面に拳を打ちつけた。頭蓋骨の中で、脳が揺れる。一瞬、気が遠くなる。グホッ。別の男が鳩尾《みぞおち》を殴った。苦しくて、胃の内容物が噴きあがってくる。

「こいつ！」と丑松は、腕に力を込め、男を弾き飛ばした。自由になった腕を伸ばし拳を固め、馬乗りの男の鼻を殴った。ギャッ。悲鳴を上げて、両手で顔を押さえ、男は、もんどりうって転がった。手の指の間から血が噴き出ている。鼻が潰れたのだろう。丑松は、体を反転させ、もう一方の腕を押さえている男の腕を摑んだ。腕を捻るように回すと、男は痛みに耐えかねて顔を歪め、ギエギエと泣き叫んだ。腕を摑んだまま、男を投げ飛ばすと、男は、顔から地面に落ちた。

丑松のバカ力に怯え、男たちが一斉に引いた。丑松はゆらゆらと立ち上がり、倒れている男の後頭部を右足で力いっぱい踏みつけた。グホッ。大きく息を吐き、男は顔を砂だらけにして悶絶した。

「後はどいつや！」声が掠れてきた。腹がうずくように痛い。顔を触ると、手にべっとりと赤い血がついた。しかしまだ目は爛々《らんらん》と輝き、獲物を睨みつけている。

「丑松さん、もうやめて！」弥生の声だ。石井のそばに弥生がいる。菅原も一緒だ。

「丑松さん、もういい。私たちがお店、諦《あきら》めるから、もういい」

弥生は、涙を流しながら叫んでいる。川崎が、その姿を見て、へらへらと笑っている。

「丑松、おおきに。もうええ。俺が身を引く」

菅原も叫んでいる。食堂からここに連れてこられたのか、それとも自分たちで来たのかはわからない。しかし丑松が孤軍奮闘しているのを見て、食堂を北陽組と川崎に渡すことを決意したのだ。丑松は、まだ男の後頭部を踏みつけ続けている。男の顔が半分、砂の中にうずもれてしまっている。

「おい石井。もし菅原と弥生ちゃんに手をかけたら、承知せんど」丑松は、石井を睨みつけ、叫んだ。一人の男がナイフを取り出した。すると他の男たちもそばに落ちている棒を握った。

「卑怯な奴らや。素手で勝負でけへんのか」

ナイフを握った腕を突き出して、男が突進してきた。丑松は、その腕を脇で受けた。体がゆらりと揺れた。もう立っているだけでやっとだ。兵隊服の袖にナイフが刺さった。鋭い痛みが走る。胸の辺りをナイフが走ったのだ。深くはないが、皮膚を切られたのだろう。一瞬、目の前に赤い血のイメージが広がり、死を意識した。

男が棒を振り下ろしてきた。丑松は、ナイフを握った男の腕を脇に挟みこみ、男の体を振り回した。宙に浮いた体が、ハンマーのようになり、棒を持った男を襲った。棒を持った男は、仲間の体で腰の辺りを殴られ、横っ飛びに飛んだ。ナイフを握った腕がグキリと誰の耳にも聞こえるほどの不気味な音を立てた。キエーッ。まるで若い女のように泣き叫んだ。叫びながら、体を激しく動かしていたが、目を剝き、気を失った。ナイフが地面に落ち、砂に刺さった。

丑松が脇の力を緩めると、男は地面に顔から落ち、そのまま動かなくなった。もう丑松は立っているのが、やっとだった。どうにでもなれと思った。まだ男たちの半分も倒していない。ふと空を見上げた。青い。どこまでも澄み切っている。カラン。薬籠が鳴った。茂一……、クソやな。こんな下らん奴らにやられてしまうんか。カラン。また鳴った。

石井が興奮して何かを喚いている。声は聞こえない。口だけがぱくぱくと動いている。周りの男たちが、何度も頭を下げている。弥生が両手で口を押さえ、怯えたような目で丑松を見つめている。菅原が弥生の肩を抱き、体を支え、慰めようとしている。川崎は、先ほどの余裕のある顔が失せ、焦って、うろうろと石井の周りを歩き回っている。

「やれ！」石井の声がはっきりと聞こえた。男たちが、ウオーッと叫びながら拳を振り上げ、棍棒を掲げ、丑松に向かって迫ってきた。行くぜ。丑松は、腰の薬籠をポンと叩いた。

「丑松さん！」弥生が叫んだ。丑松は声の聞こえた方向に顔を向け、にっと白い歯を見せた。笑ったつもりだが、腫れ上がった顔は、きっとお化けのように見えるだろう。

「ウオーッ」丑松も雄たけびを上げ、男たちに向かって走り出した。

目の前にボートがある。他のチームより、一歩でも早く、ボートにたどり着き、海に漕ぎ出さねばならない。宮島までの競争だ。島は目の前に見えるが、ボートは潮に流されていく。負けるな、漕げ！　オールを持つ手の平、前に座る仲間の背中に当たる拳、船板を擦り続けている尻、皮という皮が剝け、血だらけになる。空を見上げる。青い、青い、どこまでも青い空。オーイと叫んだ……。

ビュッ。空を切る音。ちらりと視界に棍棒が入ってきた。頭にものすごい衝撃が来た。星が見え、目の前が真っ暗になった。足が止まった。膝に力が入らない。どこかで悲鳴が聞こえる。俺のために誰かが泣いてくれているのだろうか。膝が、折れた。真っ直ぐに地面に落ちる。瞬《まばた》きをしない目に地面がものすごいスピードで迫ってくる。そのまま顔が地面に当たる。手で支えることもできない。土の味がした。ふっと息を吐き、目を閉じた。

2

ここはどこだろう？　瞼《まぶた》が開かない。俺は死んでしまったのだろうか。頭が痛い。痛いということは、生きているのだろうか。死んだら痛くはないはずだ。周囲が騒がしい。横たわったまま耳を澄ます。

「川崎は騙されたと言うとるぞ」石井の苛々《いらいら》した声。

「それは石井親分さんの誤解や。丑松さんの話では、菅原は騙したりしとらへん。川崎が公平さんの妹、弥生さんに手をつけようとしたんや。それで食堂から追い出された。食堂は、二人が熱心に働いて、スケベ親父がやっとるときより、よう流行っとる。真面目な兄妹を助けるのが、任俠《にんきょう》の世界に生きる親分さんじゃないんですか」寅雄の声のようだ。

「嘘や。親分、嘘ですぜ。色仕掛けに引っかかったんです」

川崎の焦る声。意識が遠くなりそうになる。誰かが、体を擦《さす》っている。柔らかい感触だ。その手が、体をゆする。頰に何かが落ちてきた。水だ。涙か……。

「丑松さん、丑松さん……」弥生の声だ。泣いている。

「寅雄、お前はなんでこの男に肩入れするんだ」石井の声。

「なかなか骨のある男や。俺たちのこともバカにせえへん。一緒に商売するんや」

寅雄が必死で言っている。

「商売？　なんの商売や？」

「石鹼、作って売るんや。あっちを見てくれ」寅雄がドラム缶を指差している。

「なかなか喧嘩《けんか》も強い。ワシのところの杯を受けてくれんかのぉ」

「それは嫌や言うとったわ」

「そうか」石井が残念そうに言った。

「川崎はショバ代をくれていたが、この兄妹に代わってから、全くナシや。これが気に食わん」

「親分さん」と丑松は、口を動かした。声が出たかどうかはわからない。

「丑松さん！」弥生が叫んだ。

「気がついたか！」菅原が近づいてきた。

丑松は、両手で地面を摑むと、ウッと唸り、力を込め、体を起こした。

「おお、気がついたか」石井が言った。

「こいつ！」男たちが駆け寄ってきて、丑松を蹴ったり、殴ったりした。丑松は、呻きながら、またその場に転がった。丑松は、腹を押さえ、苦しい息を吐きながら「親も、身よりも無い二人からショバ代を取るんか。そんなケチな親分か」と言った。

「きさま！」男が、倒れた丑松の鳩尾を殴った。グッ。丑松の口から、胃液が溢れた。

「親分さん！　この兄妹は、俺たちと一緒や。親を殺され、親に棄てられた俺たちと一緒や。助けたってえな」寅雄が、叫んだ。その側で千代丸も必死で頭を下げている。

「寅雄、もうええ。こんな金の亡者《もうじゃ》の親分は見限ったらええぞ。美味いもんを作って人に喜ばれるより、金と女にしか興味が無い男の面倒を見るのか、真面目な仕事をする兄妹を応援するのか、どっちが任俠の世界に生きる男のやることや」

丑松は、殴りかかる男を避け、両足で何とか踏ん張り、石井を睨んだ。

「しぶとい奴やな」石井は、顔をしかめ、「おい、お前ら、もう止《や》めとけ」と言った。男たちは、振り上げた拳をそのまま止めた。

石井は、川崎の前に立ち、「おい、川崎、この女の子に手をつけようとしたんは、ほんまか？」と川崎に訊いた。

「親分！」と川崎は、情けない声を出し、「嘘です。嘘です」と膝を折り、頭を地面に擦り付けた。

「お前が嘘か、この川崎が嘘か、それはいずれ分かるやろ。しかしおれも任侠道に生きる男や、弱い者を助けなあかん。お前、食堂のことは諦めえ」石井が言い放った。

「ええっ、そんな殺生《せっしょう》な！」

川崎が石井にすがりついた。石井は、川崎を無視して、「こいつらを北村先生のところに連れて行け」と地面に転がった男たちを指差した。「はい」と返事をして、残った男たちは、倒れて気絶したり、唸ったりしている男たちを抱え上げ、急ぎ足で消えて行った。

「丑松言うたな。お前、加減というものを知らんのか。うちの若いもんをみんな壊されてしまうがな」

石井は微笑んだ。丑松もそれに応えて、無理に笑みを作ったが、瞼が腫れて半分しか視界がない状態では、笑っているように見えないだろう。丑松は、脇に手を入れた。温かいものに触れた。血が流れている。ナイフの傷だ。

「おい、川崎！　こんな奴が菅原の味方についとんねんや。こんな奴が毎日、暴れて、手下を壊されたら、わややで」丑松の力を認めたということだろうか。

「おい、化けもん」石井は、丑松に声をかけた。

「化けもんやないで。岡本丑松や」丑松は大きな声で反論した。胸が鋭く痛む。

「丑松、お前、ワシの舎弟にならんか？　寅雄の話では、ヤクザは嫌いらしいが、ワシはヤクザやないで。極道《ごくどう》や。道を極めるんや」

「ワシはワシや。ヤクザにも極道にもならん」

「ほな、何になるつもりや」石井が大きな声で笑った。

「まだわからん。しかし太閤《たいこう》さんみたいにごっつい奴になろうとは思う。せっかく戦争で死ぬはずやったのに拾うた命や。大きいに使わせてもらう」

「大きいことを言う奴やな。なんか困ったことがあったら、遠慮せんと頼ってこい」

石井が引き上げようとすると、

「親分！」川崎が、その前に土下座した。

石井は、不愉快そうに「川崎、食堂は諦めえと言うたやろ。お前がメシを作るより、この可愛い姉ちゃんが作る方がうまそうや。もうこの梅田から消えて、どこかで人生をやり直せ」と言った。

「親分！　助けてください」川崎は、石井の背広の裾を摑んだ。

「やめんかい！　おい、寅雄、こいつなんとかせえ」

石井は寅雄に命じた。寅雄は千代丸に目配せし、川崎を両脇から抱きかかえた。

「おっさん、行くで」寅雄が言った。

「やめんかい。なにすんねん」川崎はじたばたした。

「どっかへ行ってしまえ。もう梅田に顔を出すなよ。出したら承知せんぞ」

石井が、胴ぶるいするような声で言った。

「あほたれ！　何が北陽組や！　くそったれ」川崎は悪態をついた。

「黙れ、おっさん」寅雄が、川崎の頭を殴った。

「丑松さん」弥生が涙声で声をかけた。

「丑松、お前、怪我は大丈夫か」菅原が丑松の体を支える。

「大丈夫や。これくらい。包帯まいたらええ」丑松は強がったが、痛みに顔を歪めた。

「丑松を北村先生のところに運んだれ。うちの若いもんと一緒やけどしょうがないやろ」

石井が命じた。

「わかりました」菅原は答えた。弥生も丑松を支えた。

「たいそうやな。痛ッ、痛ッ」丑松は笑った。笑うと痛い。

「菅原の食堂のいい客になったってください」丑松は、石井に頼んだ。

「お前ら次第やな。真面目に仕事をし続けたら、ワシは客になる。しかし手を抜いたら、また壊しに行く。分かったか」

菅原と弥生は、緊張した顔で石井の話を聞いていた。

3

「おい、千代丸、早う石鹸を木型に流せや」寅雄が怒鳴る。千代丸と何人かの浮浪児たちは、ドラム缶の中から湯気の上がる茶褐色の液体を柄杓《ひしゃく》で掬《すく》い、木型に入れた。

「丑松さん、そっちはどうや」客を整理している丑松に寅雄は声をかけた。

「怒りよるで。早うせい言うてな」

丑松は、今にも飛び出してきそうな女たちをロープで囲った中に押しこんだ。

「兄ちゃん、まだかいな」太った女が丑松に向かって顔をしかめる。

「えろう、すんまへん。もうすぐやさかい。待ってください」

丑松は体をかがめた。胸に鋭い痛みが走る。顔の腫れは、引いたが、まだ胸の傷が癒《い》えていない。

「しかし石鹸をこんなに大勢の女が買いに来るとは、思わなんだな」

丑松は行列を嬉しそうに眺めた。

「もう少し金があったら、もっと儲かったんやけどな」寅雄が残念そうに言った。丑松には、皮肉に聞こえた。洋子を助けるために金を使ってしまったため、丑松は一銭も出資できなかったからだ。

「悪いなぁ。金を出さんで。洋子を助けるためにしょうなかったんや」

丑松の声に反応して、行列の中から「丑松兄ちゃん、呼んだ？」という声がした。じつは、洋子も列に並んでいる。昨日、弥生から石鹸買ってきてくれと頼まれたのだ。丑松は、一つくらいどうにでもなるからと言ったが、弥生は、代金は払うと譲らなかった。丑松は、お互い商売をしている身であることをわきまえているのだろう。すると、洋子が「私が買いに行く」と言い出した。行列に並んでみたいらしい。石鹸は、色は悪いが、よく汚れが落ちるという評判で、販売の度《たび》に行列が長くなっていた。

「さあ、できたで」千代丸らが戸板の上に四角く切った石鹸を並べ始めた。寅雄も手伝っている。

「寒いから、よう固まる」寅雄が、一つ手にとって出来栄えを見つめた。

「もうええか？」丑松は、寅雄に訊いた。

「販売開始や」寅雄が大きな声で叫んだ。

丑松が、女たちを閉じ込めていたロープを緩めた。それぞれ一円札や十円札を握り締めている。

「一山、十円。一山、十円」丑松は、客に呼びかけた。

戸板の上に五個が一つの山に積まれている。これが十円だ。バラで一個ずつ売ることはしない。

「それ二山、ちょうだい。これに詰めてな」女は十円札を二枚と袋を丑松に渡した。

「ぎょうさん、買うて。洗濯《せんたく》、えらいことするねんな」

丑松は、女から渡された袋に石鹸を詰めた。ずしりと重さが応《こた》える。

「違うところで一個三円で売るんや。この石鹸、よう落ちる言うて評判やからな」

女は囁いた。顔が綻んでいる。

「ええ商売や」

丑松は言った。女も、隙《すき》あれば儲けようと企《たくら》んでいる。みんな生きるために必死なのだ。それにしても石鹸はよく売れた。汚れなど気にしないような時代なのに、体も衣服も清潔にしたいのだ。

「これにもっとええ匂いでもついとったらな」別の女が口惜《くや》しそうに言った。

「確かになんの匂いもせんからな」丑松は言った。

「外国の石鹼をもろたことがあるけど、それはええ匂いがしたで。なんやろ薔薇《ばら》の匂いやった」

「香料をいれとんねやろ。今度、作ってみようかな」

「作ってや。すぐに買うさかい」女は、一山の石鹼を大事に抱えて帰った。

「丑松兄ちゃん、石鹼おくれ」洋子が小さな手に十円札を握り締めている。

「洋子ちゃん、一個、おまけや」丑松の横から寅雄が出てきた。石鹼を新聞紙に包んでいる。

「寅雄兄ちゃん、おおきに」洋子は、両手を差し出した。

「ちゃんと持って帰りや」

「うん。弥生姉ちゃんが喜ぶと思う。寅雄兄ちゃんありがとう」

洋子は、背伸びすると、かがんでいた寅雄の頰にキスをした。

「おお、キスしてもろた」寅雄は大げさに驚いた。

「どこで覚えたんや。洋子はませとるな」丑松は笑った。

洋子は、大笑いする男二人を不思議そうに見ながら石鹼を抱えて帰っていった。

「もうすぐ売り切れやがな」戸板に溢れんばかりに積んであった石鹼がほとんどなくなった。売り出してから一時間もたっていない。

「評判がええからや」寅雄が自信ありげに胸をはった。

闇市の広場で、材料を混ぜ合わせ、石鹸を作り、その場で販売する。評判を聞きつけ、わざわざ遠くからも買いに来る。なけなしの金を払い、誰もが満足そうに、幸せな顔をして帰っていく。商売とは面白いものだと丑松は思った。金が儲かるというよりも、客が喜ぶのが楽しい。

「みんなええ顔して買いに来るなぁ」菅原の食堂も同じだ。だれもが幸せそうな顔で店にやってくる。おいしい、おいしいと言って食べ、満足して金を払っていく。

「人を喜ばすのが、商売やと思う。金儲けは、その後や」寅雄が言った。

最後の一山を客に売った。おおきに、と大きな声で礼をいう。買えずに並んでいる人に、謝罪のために頭を下げる。また明日、売りますからと頭を下げる。客たちは、誰一人怒ることなく帰っていく。彼らは、また明日もこの場所に来るのだ。

「人を喜ばすのが商売か」丑松は、感心した顔で寅雄を見た。田舎と軍隊しか知らない丑松より、ずっと世間や人生を知った者の答えだ。

「商売というのは面白いなあ。なあ、寅雄、もっと石鹸やらなにやらいろんなものを売らんか？」

「丑松さん、商売が面白うなったんやな」

「そうや。もっといろいろなものを売りたいんや」

「俺もこんな闇市で仕事するより、ちゃんと店舗を構えられたらええとは思う」

丑松は戦争で嫌なものをいっぱい見てきた。腰にぶら下げて、まるでお守りのようにしている茂一の骨、あいつだってこんな骨にはなりたくなかったはずだ。いつも明るく楽しくしていたかったはずだ。戦争の最中には、日本人は皆、全員玉砕《ぎょくさい》するくらいの悲壮な思いがあった。アメリカ兵に犯されるくらいなら舌を噛んで死ぬという女たちがたくさんいた。男だってアメリカ兵に自分の一物を切り取られる前に死んでしまおうと覚悟していたものだ。丑松もこの戦争は負ける、おかしいと思ってはいたが、生き残っても楽しくはないと想像していた。

しかし実際はどうだ。戦争で死ななくてよかった。生きていることは何ものにも替えがたい喜びではないか。今日、多くの女たちが石鹸を買いに来た。誰もが本当に嬉しそうだ。これは生きていたからこそだ。明日を信じて生きている人たちを笑顔にするのが、商売というものだ。どれだけ笑顔にしたかによって、その分だけ料金をもらうのだ。丑松は、何かを悟った気がした。

「今日、客から薔薇の匂いがする石鹸を売ってくれと言われた。売りたいと思わんか？　薔薇の匂いのする服や下着。女が喜ぶもんを売るんや。女が喜べば、男も喜ぶ。みんな幸せになるやろ」

丑松は、寅雄に夢を話した。

「いつまでも闇市という時代やない。いずれ世の中が落ち着いてくる。そうしたら闇市もなくなる。そのためにもちゃんとした店をやらなあかん」寅雄も夢を見るような目になっている。

「店探ししようやないか」丑松は寅雄に言った。

「石井親分に相談してみようかな。どこかええ場所に心当たりがあるかもしれん」

「よし、ええ感じになってきたぞ」丑松は、全身に力が満ちてくる思いだった。

「千代丸らもみんなで一緒にやればええな。浮浪児の店や。名前はフロージか」

寅雄が優しい顔で微笑んだ。

「それはシラミがおるみたいで流行らんで」丑松が笑った。

4

「丑松さん、大変や」千代丸の声が、眠りの底にいる丑松を揺り動かす。

「千代丸さんが来とられますよ」

弥生の声がする。目を開けた。まだ瞼が重い。昨夜は、あまりの石鹸の売れ行きのよさに感激して菅原と飲んでしまった。菅原も丑松がやりたいことを見つけ始めていることを喜んでくれた。飲みすぎた。その影響が、瞼の重さになっている。

「今、起きます」丑松は布団を撥ね除けた。パンツとシャツだけの姿で寝ている。弥生と顔があった。弥生が、真っ赤になって顔を伏せた。丑松は慌てて布団を腰に巻いた。

「ごめんなさい」弥生は走って台所に行き、丑松は脱ぎ捨ててあった兵隊服を着た。もうそろそろこの服もおしまいだなと思った。外に出た。千代丸が焦っている。

「丑松さん、早く来て」千代丸が服を引っ張る。

「どないしたんや。そないに引っぱったら破れるやないか」丑松は、まだ眠い目を擦っている。

「闇市が、闇市が壊されるんや」千代丸は、泣かんばかりだ。

「なんや、それ」丑松は、とたんにしゃんとなり、千代丸よりも先を走り出した。梅田の駅前からバラック建ての店が駅を囲むように軒《のき》を連ね、石鹸を作っている小さな広場はいちばん外《はず》れにある。

梅田自由市場という誰が書いたかわからない看板のある駅前の闇市入り口に丑松は着いた。闇市で商売をしている仲間たちがたむろしている。その前には大勢の警官たちが列を作り、こちらを睨んでいる。ざっと数えただけでも百人はいる。手には、全員が警棒を持っている。警官たちの前に数人の進駐軍の将校とMP《エムピー》（ミリタリーポリス）がいる。真面目な顔で整列している警官たちと比べると、将校やMPたちは、まるで散歩でもしているような気楽さだ。中には談笑している将校もいる。一人だけ特別な椅子に座っている将校がいる。あの男がいちばん偉いのだろう。

「どないしたんや」丑松は、警官たちと対峙している男に聞いた。いつもはうどんやすいとんを扱っている男だ。仲間からは安田《やすだ》と呼ばれている。

「闇市を取り壊すらしい」

「いきなりどないしたんや」

「そんなんわかるかいな。今から偉いさんが話をするそうや」

椅子に座っている進駐軍の将校と話をしていた警察幹部が前に出てきた。貧相な体格に大きめの制服がだぶついている。いかにも進駐軍の言いなりですという印象を与える男だ。

「大阪府警保安課の者です。大阪軍政部である占領軍第一軍団さまのご指示もありまして、ただいまからこちらの闇市場を閉鎖させていただきます」

とたんに闇市の商売人たちが一斉に騒ぎ出した。口々に怒鳴り声を発している。

「今までも数度にわたって取り締りをさせていただきましたが、皆さまは一向に闇市場から、健全なる生業に転ぜられることもないため今日の措置となりました」

言い方はていねいだが、有無を言わせぬ雰囲気が漂っている。

「闇市がなければ、庶民はどうやってメシを食えばええんや。配給もまともにやらんくせに偉そうに言うな」誰かが叫んだ。

「そうや、そうや」

他の闇市商人たちも同調する。安田が丑松に話しかけてきた。深刻そうに眉根を寄せている。

「大阪中の闇市が、一斉に取り締まりを受けとるみたいや。本気やな」

「闇市がなくなったら、みんなはどないして命を繋いだらええねん」

丑松は怒りが腹の底から湧きあがってきた。昨日の石鹼を買いに並んでいた女たちの楽しそうな笑顔が浮かんで来た。闇市の活気に誰もが元気をもらっているのだ。元気の素《もと》である闇市がなくなれば、あるのは闇だけになるではないか。

「丑松さん、あれ！　ショベルカーや」

千代丸の指差す先に三台のショベルカーがアームを上げて並んでいる。

「あれで店を潰して回るつもりや」

千代丸が興奮している。丑松が前に進み出た。話している警察幹部が小首を傾げて、微笑みかけてきた。さらに前に進んだ。千代丸が続く。その後ろにいた安田たち闇市の仲間も一歩前へ進み出た。警察幹部の顔に緊張が走り、笑みが消えた。彼の周りに何人かの警官が近づいた。ＭＰが、腰にぶら下げた拳銃に手を当てた。

「命令書はあるんか」丑松は、警察幹部に訊いた。

「命令書か。ここにある。府知事から出されとる。見なさい」

幹部が、白い紙に墨汁で書いたお触書を丑松の目の前で両手に持ち、広げた。

「『大阪軍政部からの指令によって曾根崎署管内梅田市場の閉鎖を命ずる』お前、読めるか」

警察幹部は丑松を睨んだ。脇を部下の警官が守っている。幹部よりもずっと体格がいい。

「読める。しかしこれだけの人の雇用と、ここに食料などを求めてくる人はどこへ行けばいいんや。お前ら、そこまで考えているんか」

丑松は詰め寄った。椅子に座っていた進駐軍の将校が立ち上がった。新聞の写真で見たマッカーサーとそっくりの男だ。コーンパイプは咥《くわ》えていないが、手には指揮棒を持っている。警察幹部が深く頭を下げた。将校は警察幹部のそばに歩み寄った。身長は、彼の倍ほど違う。まるでガリバー旅行記だ。英語で話し掛けている。

「なに言うとるんや」丑松は、千代丸に訊いた。

「わからん。せやけど怒っとるみたいや」千代丸は顔を曇らせた。

将校は、指揮棒を手の平にパンパンと音を立てて打ちつけた。苛々した様子で警察幹部を怒鳴りつける。何度も頭を下げる警察幹部の姿に、丑松は、日本人として猛烈な屈辱を感じた。腰につけた茂一の骨を入れた薬籠がカランと鳴った。茂一も同じらしい。

「我慢せいや」後ろから背中を叩かれた。振り向くと、北陽組の親分、石井だった。

「親分やないですか。この事態はどういうことですか」

丑松は詰め寄った。あの手下たちとの喧嘩以来、石井とはすっかり意気投合したのだ。

「泣く子と進駐軍には勝てん。大阪府が進駐軍に食料の支援を求めたら、闇市でおおっぴらに横流しが行なわれ、ワシらみたいな半端者が大手を振って歩いているのをほったらかしにして、おこがましいということになったんや。闇市を徹底的に潰して、経済秩序というもんを回復せえへんなら支援はできんということになったというわけや」

石井は淡々と話した。諦めの気持ちが全身から発散されていた。

「何を勝手なことぬかす。日本を、大阪をめちゃくちゃにしたんは、あいつら、アメ公やないですか」丑松は思い切り将校を指差した。将校が、丑松に向かって「ワット?」と叫んだ。

「なんや。ワットだかあっとだか知らんけど、お前らの勝手はさせんぞ!」

丑松は大きな声で叫んだ。後ろに集まってきた連中も「闇市を壊すな」「アメリカでていけ」と声を上げた。将校が指揮棒を上げた。彼の周囲にいたMPが拳銃をぬいて、丑松たちに向かって構えた。

「みなさん！」警察幹部が、両手を挙げて前へ出てきて、「大人しくして、執行を邪魔しないでください。軍政部ともめることになりますから」と叫んだ。

「丑松、撃たれるぞ。我慢せえ」

石井は、丑松の背中を二、三度叩くと人ごみに消えていった。この梅田市場を仕切っている北陽組が抗議しないということは、すでに彼らと警察の間で、闇市消滅後の仕切りができているということだろう。石井もそれほどバカではない。みすみす闇市の利権を手放すことはないに違いない。騒いでいた連中もMPの拳銃を見て、静かになった。丑松は、歯軋《はぎし》りをして将校を睨みつけた。

「ここにいたんか？」寅雄がやって来た。

「おお、寅雄か。大変なことや」

「こっちはもっと大変や。来てくれ」寅雄が丑松の袖をぐいっと引いた。

「何事や」

丑松は、MPに向かって「あほたれ！」と叫び、人差し指を突きたてた。MPが拳銃を構えた。

「おお、逃げろ！」

丑松は走った。千代丸も遅れないように走る。寅雄に案内されたのは、石鹼工場兼販売所だ。昨日は多くの客で賑《にぎ》わっていた。しかし丑松の目の前に現れたのは、客ではなく警官と二人の作業員と一台の小型トラックだった。彼らの周りを、浮浪児たちが呆然とした様子で取り囲んでいる。作業員たちは石鹸の材料の入ったドラム缶を倒し、中味を地面に流している。空いたドラム缶をトラックに積み込んでいる。

「お前ら、なにしとるねん！　やめんかい！」

丑松は大声を出した。浮浪児たちが左右に割れた。その中を丑松が走る。後ろには、寅雄と千代丸が続く。警官が、じろりと丑松を睨んで「お前はなんや」と訊いた。

「この石鹸の材料は、俺たちのもんや。勝手に捨てるな」丑松は警官を睨み返した。

「勝手に石鹸なんか作りおってからに、逮捕するぞ」警官は威《い》嚇《かく》するように警棒を振り上げた。

「捕まえるんやったら捕まえてみい。警官やから言うて承知せえへんで」丑松は、身構えた。

「石鹸、作ったらあかんいう法律があるんか！　捨てさせへん！」

千代丸が声を張り上げ、警官の横をぬけ、ドラム缶に向かって走りだした。

「待て！」

警官が千代丸を追いかけた。作業員が、二つ目のドラム缶の中味を、今にも地面にぶちまけようとしていた。千代丸は作業員の体に飛びかかった。その時、警官が千代丸に警棒を振り下ろした。丑松も走った。警棒が千代丸の頭を直撃した。丑松は間に合わなかった。警官の警棒を止めることができなかった。鈍い音がした。「うーん」という呻き声。千代丸が、両手で頭を抱え、その場にうつぶせに倒れた。千代丸の両手の指の間から血が噴き出し、指も手もみるみる真っ赤に染まっていく。

「千代丸！」丑松は倒れた千代丸を抱え上げた。千代丸は、目を固く閉じ、歯を食いしばり、痛みに耐えている。

「大丈夫か！」丑松は、千代丸の頬を叩く。うっすらと目を開ける。しかし直ぐに閉じた。

「あかん、はよう、北村先生のところへ連れて行け！」

丑松は、寅雄に命じた。寅雄は浮浪児に指示をして千代丸を抱えさせた。

「千代丸、すぐ医者に連れて行くからな」

寅雄が千代丸に顔を近づけて話しかけ、浮浪児たちに「早く行け」と命じた。

「公務執行妨害だ。お前ら邪魔するな」警官が、丑松に向かって警棒を振り回した。

「きさま、許せん！」丑松が、飛びかかる。

警官が警棒で殴りかかった。丑松は、ひょいと体を傾け、警棒をやり過ごすと、警官の腕を摑み、自分の体を回転させた。警官の腕が通常と逆の方向に捻《ねじ》れた。ギャッ。悲鳴が上がった。

「ざまあみやがれ！」丑松が腕を摑んだまま、警官の尻を思いっきり蹴飛ばした。警官は、地面に顔からつっこんで行った。

「くそっ、このガキ！」警官は体を反転させた。顔が砂まみれだ。

丑松は、警官に飛びかかり、腹の上にまたがった。拳を握り締め、顔面を思い切り殴る。グシャッという潰れる音がして、警官の顔が歪んだ。口の中から血が溢れ、同時に白い歯が一つ、空を飛んだ。

「や、やめろ。逮捕するぞ……」警官は、丑松を威嚇するのだが、丑松には全く利かない。

「千代丸にもしものことがあったら、地獄の底までお前を追い詰めてやるぞ」

丑松は、もう一方の手を握り締め、警官の頰の反対側を殴った。潰れるような音がして、また血が噴き出て、白い歯が飛んだ。口から血の泡を吹き、気絶寸前だ。丑松はそれでも怒りを抑えることができない。腕を振り上げた。その腕を誰かが摑んだ。

「だれや！」丑松が叫んだ。寅雄だ。

「丑松さん、もうやめとけ。作業員が応援の警官を呼びに行った。逃げんとやばい」

「こいつ、千代丸の頭を砕きおったんやぞ。こいつの頭を潰したる」

丑松は、寅雄の制止を振り切ろうと、力を込めた。寅雄が両手で、丑松の腕を摑んだ。

「ひゃめてくれ！」警官が、言葉にならない声で懇願する。顔が恐怖で怯えていた。

「北村先生のところへ行こう。千代丸が心配や」

寅雄が、丑松の腕をぐいっと引くと、ようやく丑松は警官から離れた。

「わかった。行こうか」丑松は、北村病院に向かった。

5

北村病院は、曾根崎警察署の裏手にあった。そんな場所にありながら闇市で働く浮浪児やヤクザの患者が多かった。院長の北村光雄《みつお》は、元軍医。鬚《ひげ》ぼうぼうの風貌で、口は荒っぽいが、心底優しかった。そしてだれであろうと怪我をした人間を分け隔てなく治療した。北村のことを人は闇市の赤ひげ先生と親しみを込めて呼んだ。専門は外科だが、風邪も腹痛も歯痛もなんでも診てくれた。

「千代丸は大丈夫か！」

寅雄は病院に入るなり、叫んだ。受付前の待合には、浮浪児仲間が心配そうな顔でたむろしていた。彼らは一斉に寅雄を見つめた。その目は不安に満ちている。

「どないや。千代丸は！」丑松は、浮浪児の一人を捕まえて聞いた。

「わからん！　中に入ったきりや」浮浪児が弱々しく言った。

診療室のドアが開いた。

「静かにせんかい」痩せた体に鬚ぼうぼうの北村が顔を出した。ひげ仙人という風情《ふぜい》だ。

「どうですか？」丑松は詰め寄った。

「おう、丑松か。元気そうやな。あんまり暴れるな。また怪我するぞ」

「俺のことはええ。千代丸は、どないや」

「可能な限り調べてみたが、ここでは治療しきらん。今、大阪帝国大学附属の病院に入院させる手配をした。頭を相当やられとる。手術が必要や」

「助かるんか？」丑松と寅雄が同時に訊いた。

「大丈夫やと思うがな。もうすぐ救急車が来る」北村は寅雄の頭を撫でた。

「必ず助けてやってな。先生を信用しとるから。もし助けられへんだら先生を病院送りにするぞ！」

丑松は、叫んだ。

「あほ！　病院はここや」北村が怒鳴った。

「助けてください」寅雄が膝をつき、頭を床に擦り付けた。

「しかしどんな喧嘩したんや。相手は誰や」北村が訊いた。

「喧嘩やない。警官に殴られた。いきなり後ろから、殴りよった」

丑松は、事件のあらましを説明した。けたたましいサイレンの音が聞こえてきた。それは病院の前で止まった。救急車だ。勢いよくドアが開き、担架を抱えた白衣の救急隊員が二人入ってきた。

「おお、よう来てくれた。こっちやこっちや」

北村が手招きした。隊員は、担架を診療室に運び込んだ。寅雄や丑松が心配そうに見守る中、担架に乗せられ、頭を包帯でくるまれた千代丸が出てきた。

「千代丸！」丑松が叫んだ。涙が溢れてきた。

「ううう……」千代丸が唸った。

「聞こえるか。頑張れよ」丑松は、千代丸の手を握った。かすかに反応がある。

「丑松、そのへんにしておけ。誰かついていけ」北村が言った。

「俺が行く」寅雄が言った。

「寅雄、頼んだぞ」丑松が寅雄の手を握った。

その時、また別のサイレンの音がした。今度はパトカーだ。救急隊員と入れ違いに警官が三人も入ってきた。

「岡本丑松はおるか！」警官が叫んだ。浮浪児たちが警官を取り囲んだ。千代丸が警官に殴られ、重傷を負ったため、彼らは怒っていた。

「お前ら、どけ。逮捕するぞ」

警官は、警棒を振り回して威嚇した。浮浪児たちが、喚きながら警官と距離を保った。

「ここは病院や。静かにせんかい！」北村が警官を一喝した。

「俺が岡本丑松や。なんか用か」丑松が一歩前に進み出た。

警官たちは、どかどかと靴音を立てて、丑松に走りより、取り囲んだ。

「岡本丑松、公務執行妨害および傷害で逮捕する」

警官の一人が、丑松の腕を摑み、手錠をかけようとした。丑松は、「なにすんねん」とその腕を払いのけた。

「抵抗するのか」別の警官が警棒を振り上げた。

「やめんかい！　ここは病院や」北村が再度、怒鳴った。

「ワシは逃げも隠れもせん。警官を殴ったのは事実や。しかし先に千代丸の頭を殴ったのは、お前らやぞ」丑松は言い、素直に両手を前に差し出した。警官が手錠をかけた。

「岡本丑松、確保しました」一人の警官が、上司らしき別の警官に敬礼した。

「アホくさ。確保もなにも抵抗しとらへんやないか」丑松は鼻で笑った。

「警察の人、さっき入れ違いで病院に送ったのは、あんたがたに殴られた少年や。かなりの重傷やが、その責任はどうするのや」

北村が厳しい口調で訊いた。警官らは顔を見合わせ、渋い顔で「本官らは、岡本丑松の身柄を確保するように命じられただけで、その少年のことについては関知しておりません」と一人が答えた。

「関知しとりませんでは、すまんやろ。いきなり後ろから殴りよってからに！」

丑松は、手錠をはめられた両手を振り上げた。警官たちが身構えた。

「署長に北村がこう言ったと伝えておいてくれ。この男を逮捕するんやったら、少年を殴った警官も逮捕せな、不平等やとな」

「そのとおりや。もし千代丸が、無事に帰ってこんかったら、曾根崎署を焼いてしもたるぞ」

丑松は、警官に毒づいた。

「丑松、余計なことを言うな。素直に警察に行け。後はなんとかするから心配するな」

北村は言った。

「わかりました。とにかく千代丸をよろしく頼みます」

丑松は、警官に左右から挟まれる形で、病院の外に連れ出され、そのままパトカーに乗せられた。けたたましくサイレンが鳴った。

「ほんまにうるさいな」

丑松はぶつぶつと言い、パトカーの窓に顔を近づけてくる浮浪児たちに、手錠のはめられた両手を掲げて、「寅雄に捕まったことを言っておいてくれ」と頼んだ。丑松は、曾根崎警察署に連れて行かれた。すぐに取り調べが始まるのかと思っていたら、そのまま地下の留置場に放り込まれた。中には男が一人横になって寝ていた。ゆったりめの背広を着たインテリ風だ。四十歳くらいか。男は丑松の顔を見るなり、「何をしたんや」と訊いた。

「警官を殴った」丑松は面倒くさそうに答えた。

「そりゃ、豪気《ごうぎ》や」男は愉快そうに言った。

「あんたは何や」

「俺か？」男は、自分を指差して訊いた。

「女をずたずたに切り裂いて、あそこを食べたんや」男はぺろぺろと舌を出した。

「気持ちが悪いなぁ。あっちへ行ってくれ」丑松は、男の体を壁の方に押した。

「嘘や。嘘や。俺は朝毎《ちょうまい》新聞の佐郷七男《さごうななお》いう者や」

「ワシは岡本丑松。新聞記者さんがなんでこんなところに？」

「酔っぱらって暴れたらしい、気づいたらここやった」そういえば息が酒臭い。

「警官を殴った理由はなんや」丑松は、千代丸が殴られたいきさつを話した。

「それは酷《ひど》い。あんたが怒るのももっともや。未だに憲兵のつもりや。それでその少年は大丈夫か」

「わからへん。今ごろ、手術を受けとるやろと思います。無事に済むとええのやけど」

丑松は悄然《しょうぜん》と言った。

「丑松さん、あんた出身はどこや」

「丹波です」

「丹波か？　ええとこや」佐郷は目を細めた。

「知っとるのですか？」

「ああ、母親の出どこや。よく遊んだわ。小さい頃……。ところでこれからどないするつもりや」

「俺ですか？　ここを出たら、商売を始めるつもりです。人の笑顔を見ることができるような商売をやります」

「人の笑顔か……。夢があってええな。今は、笑顔が一番大事な世の中や。俺は戦時中、人の泣き顔ばかり記事にしていたから、本気で笑顔が大事やと思う。あんたみたいに友達思いの人なら、そういう商売をできるやろ。心配せんでええよ。こんな留置場すぐに出したるさかいな」と佐郷は、胸を叩いた。

「なんや、安請け合いですね」

丑松が呆れた。ところが佐郷は、にっと得意げに微笑むと、「おい！　誰かおるか」と叫んだ。

「うるさいぞ。静かにせんかい」警官が険しい顔で近づいてきた。

「署長に佐郷が起きたみたいやと言ってくれ。十分に眠らせてもらったとな」

「そんな話、署長に言えるか」警官が、歩いてその場を離れようとする。

「おい、署長に言わなければ、後悔するぞ。朝毎新聞の佐郷七男がここにいると言いなさい！」

佐郷は、強い口調で言った。警官は、朝毎新聞と聞いたとき緊張した顔になった。小走りに駆けていった。

「これで二人とも出られるぞ」佐郷は、にんまりと笑みをもらした。

「あんなに偉そうに言っても大丈夫なんですか？」丑松は心配した様子で訊いた。

「まあ、見ておいてくれ」佐郷が腕時計を眺めた。

「どうしたのですか？」

「どれくらいで釈放されるかなと思ってな」

佐郷は、時計をじっと眺めていた。五分ほど経過した頃、先ほどの警官が急ぎ足で戻ってきた。鉄格子の扉の鍵を開けた。

「佐郷七男、出ろ」警官は言った。

「ばっちりやろ」佐郷は、指でオーケーマークを出した。

「次はあんたの番や。すぐに出したる。待ってろや」

佐郷は明るく出て行った。丑松は期待してはいなかった。なにせ警官を殴ったのと、酔って暴れたのとでは罪の重さが違いすぎる。しばらくすると「岡本丑松、出ろ」と警官が扉の鍵を開けた。

「取り調べか？」丑松は訊いた。

「釈放や」警官はぶっきらぼうに言った。

「ええ、ほんまか？」丑松は飛び上がらんばかりに驚いた。

「ほんまや。こっちの気が変わらんうちに、早く出て行け」警官は、丑松の背中を押した。

「言われんでも、こんなとこ、早く出て行くわ」

丑松は、出口に走って行った。そこには佐郷が笑って立っていた。

「なっ、言うたとおりやろ」

「どんな手品をつかったんですか」

「警官が少年に重傷を負わせたという記事を書くぞと署長に迫った。ペンは、剣よりも強しや。早く病院へ行きなさい。そこに社の車がある。それを使ってええから」佐郷は微笑んだ。

「おおきに。恩に着ます。必ず新聞社にお礼に行きます」

丑松は黒塗りの高級車の後部座席に乗り込んだ。車は、新聞社の旗をなびかせ病院へと向かった。

第六章　商売開始

1

酸素マスクで鼻、口を覆われ、頭を包帯できつく巻かれた千代丸が眠っている。時を刻むように正確な呼吸音だけが病室内に響いている。

「よう眠っとるから」寅雄が囁くように言った。

「手術は成功したんか」丑松は訊いた。

「上手くいったと医者は話しとったけどな……」

寅雄もはっきりしたことが掴めないので不安なのだ。丑松は、千代丸の側に近づき、布団の中を探り、千代丸の手を握った。温かく、柔らかい手だ。

「千代丸。頑張るんやど。ここにいる寅雄と一緒に商売しような。お前が、元気になるのをまっとるさかい」丑松は、耳元に話しかけた。

「ううう」千代丸が小さく唸った。

「苦しそうやな。寝かせとかなあかん」

「部屋から出よう」ふと窓を見た。花瓶に綺麗な花が挿《さ》してある。花の名前はわからないが、寒い季節にも拘《かか》わらず鮮やかな赤や黄で病室を彩《いろど》っている。

「誰かきたんか？」

「食堂の弥生さんと洋子ちゃんが見舞いにきたんや。あの花、洋物やから結構したんやないかな」

寅雄も花を眺め、うっとりとした目をしている。

「二人とも何度か会ううちに千代丸とは仲がようなったからな。千代丸、早う元気になれよ」

丑松の呼びかけに千代丸が頷いた気がした。部屋の外に出た。

「商売のことやけど」早速、寅雄が口を切った。

「ああ、闇市もあんな風になったし、ちゃんとやらんとな。石鹼と言ってもどんな石鹼を扱ったらええんやろ。客は、薔薇の香りのする石鹼を欲しいと言うとったけどな」

「それがあるねん。薔薇でも、レモンでも、なんでも。進駐軍の放出物資や」

寅雄が目を輝かせている。よほどの思いつきのようだ。

「それはなんや」

「進駐軍が食べ物とか日用品とかを日本に恵んでくれるんやけど、それをうまいことして横流ししてもらうんや」

終戦のとき、上官たちは軍隊の物資をいろいろな場所に隠した。自宅よりも妾宅《しょうたく》に隠した者の方が多いといわれる。これを戦後に売却して暮らしを立てていた。それと同じことを進駐軍でやっている者もいるのだろう。進駐軍の兵と関係を結び、物資を余分に提供してもらったり、物資を一手に提供してもらったりと、どんな時代にもうまくやる奴はうまくやるものだ。しかしそんなに上手くいくのだろうか。

「放出物資を手に入れることができるんか」

「できる人を知っとる。北陽組の舎弟さんや」

「その男から買うんやな」丑松の問いに、寅雄が眉根を寄せた。何か問題がある、渋い顔だ。

「なかなかうんと言ってくれへん。俺が子供やからな」

「そんなことあらへん。お前は並みの大人より、ずっと大人や」丑松は本気でそう思っていた。

寅雄はまだ十五歳だが、二十歳の自分よりずっとませた態度を見せることが多い。寅雄に比べれば、丑松の方が幼い面がある。特にかっと興奮して見境がなくなるところなどだ。

「連れて行ってくれ。俺が交渉する」寅雄の顔が明るくなった。

「行ってくれるか」

「すぐ行く。どこに住んどるねん」

「大阪城や」

「なんやて？」あまりに奇抜な答えに、丑松は啞然としてしまった。

「大阪城前の広場や。すぐ行こう」

丑松は寅雄の言っていることが十分に理解できなかった。大阪城に住む男とは、いったい何者だ。しかしとにかく行ってみるしかない。

「わかった。出発や」丑松と寅雄は病院を飛び出した。

2

目の前に大阪城がそびえている。周囲は、焼け野原で、ようやく復興の槌音が響き始めているが、豊臣秀吉が人生をかけて築いた、この城だけは、まるで何事もなかったかのように人々の営みを見つめている。

「立派なもんやな」丑松は初めて見る大阪城に感激した。よくぞこれだけ大きなものを造ったものだ。石垣には、人の背丈の何倍もの石が使われている。その巨石の前に立って天守閣を眺めると、豊臣秀吉の偉大さが、ひしひしと伝わってくる。

「なあ、寅雄」

「なんや、丑松さん」寅雄は周囲に目を配っている。何かを探しているようだ。

「ごっつい奴やな」丑松は首を痛くなるほど、上に向けている。

「誰のことや」寅雄が訊いた。

「豊臣秀吉や。この城を造った人や」

「なんや太閤さんかいな。太閤さんは、そら偉いがな。大阪の町も造りはったんや。でも、この城は昭和六年に再建されたんやで」寅雄は、ちらりと城に視線を送った。

「それはわかっとる。秀吉はもっと大きいもんを造ったんやろ。秀吉はな、尾張、今の愛知県で生まれたんや」

「なんや、大阪の人やないんか」

「お前、そんなんも知らんのか」丑松は驚いた顔で、寅雄を見た。

「馬鹿にせんといてくれや」寅雄が少し膨《ふく》れた。

「すまん。お互いろくに学校にも行ってないのになぁ。五十歩百歩やのに、すまんかった」

丑松は頭を下げた。

「ちょっと太閤さんのこと教えてくれや」寅雄が真面目な顔で言った。

「豊臣秀吉は、尾張の中村という小さな村で百姓の子として生まれたんや。日吉丸《ひよしまる》と言ってな、決して金持ちやなかった」

「俺らと一緒や」

「そのとおりや。村を飛び出して、色々な人と出会い、仕えて仕事を覚えたんや。そして織田信長に仕官した。この時の面白い話を教えたろか」丑松は、また天守閣を見上げた。

「教えてくれ」寅雄も見上げた。

「信長の草履《ぞうり》を懐《ふところ》に入れて温めたんや。寒い夜に、信長が草履に足を入れたら、なんと温かい。驚いてその理由を聞いたら、秀吉が『温めておりました』と答えた。信長はえらく感心して、それから秀吉に難しい仕事をどんどん与えた。それをことごとくこなして、信長が明智光秀という部下に殺された後、後継者になったわけや。その後は、太閤と呼ばれるまでに出世したんや」

丑松はまだ首を曲げ、天守閣を見上げたままだ。そろそろ苦しくなったが、寅雄も同じ姿勢なので、我慢比べのようになってしまった。

「草履を温めるやなんて、太閤さんもセコイな」寅雄が上を向いたまま、笑った。

「確かにそういう面がないとは言えへん。しかしやな、貧しい、なんの学もない男でも夢さえあれば、天下を取れるということを示したのはえらいやろ」

ようやく首を元に戻した。手で首筋を揉みほぐした。

「ということは、俺らも夢さえ持っていれば、こんな城を造れるということやな」

寅雄も首を揉んでいる。

「そのとおりや。寅雄も俺も太閤さんみたいにごっつい奴になれるということや」

丑松は寅雄の肩を軽く叩いた。

「あっ！　あの人や」寅雄が広場を横切る老人を指差した。

「だれや？　あの年よりは」

丑松は、意外な展開に動揺した。北陽組の舎弟というからには、屈強な男を想像していた。まさかあの空気のように歩く背広姿の痩せた老人が目指す相手とは思えなかった。

「閣下や。なかなか捕まらんのや。俺も一度しか会っとらん。行くで」

寅雄は老人に向かって走り出した。

「閣下？」訳がわからないが、とにかく寅雄についていくしかない。丑松も走り出した。

3

「閣下！」寅雄が大きな声で呼びかけながら老人を追いかける。老人は意外と足が速い。大阪城の下の広場を横切り、不法に占拠したと思われるバラックの密集した一画に向かっている。

「閣下！」やっと寅雄が老人の前に立った。息が上がり、両膝に手をつき、肩で息をしている。

「なんだ、お前か」

「足が速いんやなぁ」寅雄が恨めしそうに言った。

「鍛え方が違う」

老人は楽しそうに笑った。背広は清潔感はあるが、着古しているようでかなり傷んでいる。

「今日はなにか用か？」

「進駐軍の物資の件で頼みにきたんや」

「またその話か。私にはそんな力はない。何かの勘違いだよ。君、寅雄とか言ったね」

歳のわりには張りのある声だ。響きは優しい。

「はい」寅雄が気をつけの姿勢になり返事をした。

「そんな商売をせずに学校に行きなさい。商売にうつつを抜かし、学校に行きそびれたら、それこそ問題だ」老人が歩き出そうとした。

「今日は、俺の兄貴分を連れてきたんや。ぜひ物資の取り扱いを認めてください」

寅雄が頭を下げるのを見て、丑松は老人の前に回った。

「岡本丑松と申します」丑松は深く頭を下げた。

「ほほう。大きな男だな。服装から見ると、軍隊帰りか？」老人は、頰を緩めた。

「はい。海軍です。呉におりました」

丑松は、ていねいな言葉遣いと態度で接した。この老人が何者か分からないのと、どこか凜《りん》とした厳しさが漂っているからだ。丑松は、老人から、軍隊帰りと指摘され、改めて自分の姿を見た。そろそろ兵隊服を脱がねばならないと思う。老人の背広ではないが、相当、くたびれている。

「苦労したかね」

「いえ、たいしたことはございません」

「それはよかった」老人は微笑んだ。心地よく空気が張り詰めている。

「この寅雄には復員してから何かと助けてもらっております。私よりもしっかりしています。二人で石鹸を作って売りました。多くの女性たちが大喜びで買って行きました。これを見て二人で人々に幸せを与える商売をやろうと考えました。それでぜひあなたのご協力を得たいと思い、お願いに参った次第です」

「人々に幸せか……。不幸が大きすぎたからな」老人はしみじみとした口調で呟いた。

「よろしくお願いします」丑松と寅雄は声を揃えて頭を下げた。

「ついてきなさい」丑松は、寅雄と目を合わせた。二人で笑みを浮かべ、頷き合った。老人は、バラックが密集している狭い道に入っていった。

「ここが閣下の住処《すみか》か？」丑松が訊いた。

「よう知らん。俺も初めてや」

寅雄は答えながら、きょろきょろと周りを見ている。バラックは、廃材などを上手く使い、組み立てている。中は一間《ひとま》だけで、そこに子供同士が遊んでいる。仕事に出ているのか、両親はいない。

「じいちゃん、これ教えて」

洋子と同じ、四、五歳くらいの少女が老人を見て、中から飛び出してきた。なにやらノートのようなものを持っている。

「どれどれ」老人は立ち止まり、少女からノートを受け取った。

「これはな。みかんが三つ、りんごが三つ、全部合わせるといくつや」老人が訊く。

「六つ」少女が答える。

「ほほ、偉いな」と老人は、頭を撫で、「そしたらそこからみかんを二つ、りんごを一つ食べたらいくつ残るかな」

「りんごもみかんも食べたことない。そんなんわからへん」

少女が怒った。少女が生きてきた時代はずっと戦争だった。こうして生き残っていること自体が不思議なことだ。そのうえ、戦後の食糧難だ。果物なんか一度も食べたことがないのも当然だ。絵に描いた果物を見てもどんな味か想像もつかないのだろう。みかん、りんごを食べたらという問題は少女には残酷な問いだ。

「それはそうや。問題が悪いな」老人は笑って、ポケットから飴玉を取り出した。

「もろて、ええの?」少女が目を輝かす。

「ああ、食べなさい。もっと勉強したら、この飴もやるぞ」

老人は、手に残った一個を摘んで、少女の目の前に差し出した。

「わかった。もっと勉強するから、おじいちゃん、その飴、持っといてな。食べたらあかんで」

少女は、言い残すと出てきた部屋に戻った。

「可愛い子ですね」丑松は、言いようもなく心が温まり、洗われるような思いがした。

「あの子も孤児でな。夜の仕事の女が、どこからともなく連れてきて面倒を見ておる。その女にとっては、辛い仕事をこなしていく目標というか、言い訳なんだろう。あの子のために、身を売る生活をしていると自分に言い聞かせているというわけだ」

老人は、優しい目で少女の戻って行った部屋を眺めていた。丑松の目に、廃材を集めて作られたバラックが一瞬神々《こうごう》しい輝きを放ち、その前にたたずむ老人を包んだ気がした。

「ここが我が家だ。入りなさい」

老人が丑松たちを招きいれたのも廃材で作った一間だけのバラックだ。先ほどの少女の家と変わらない。壁には女物の派手な服がかかっている。鼻をつくような脂粉の臭いにたじろぐ。いったいこの老人は何者なのだろうか？　年齢は六十歳を過ぎているようだ。壁にかかる派手な服を着る女に似つかわしくない、枯れた感じがするのだが……。寅雄は部屋の隅で、正座をしている。緊張した顔つきできょろきょろと部屋の中を見回している。

「失礼ですが、なぜ閣下と呼ばれておられるのですか」

丑松は、謎めいた老人の正体を知りたくて最初に質問してしまった。

「私は山内陸男《やまうちりくお》といいます。学校の先生をしていたんだ。空襲で家も家族も何もかもなくしてしまった。みんな焼けてしまった。なにやら虚しくなってね。こんな結果になるために、若者を教育して戦争に送り出していたのかとひどく後悔したのだよ」

山内老人は、目を閉じた。丑松は、正座をして山内老人の話に耳を傾けた。

「戦後の民主主義に上手く立ち回って、すっかり戦前のことを忘れてしまったように振舞う同僚たちもいた。昨日まで『鬼畜米英《きちくべいえい》』だったのが、今日になると『マッカーサー将軍に手紙を書きましょう』だからね。私は、虚しくなって学校を辞めた。何もする気がなくなったのだよ。学校を辞めたからといって、知り合いを頼ってこの戦後を生き抜く気力もない。そして御堂筋で、腹が減り、行き倒れ同然で倒れてしまった。このまま死んでしまってもいい。それこそ自分の人生に相応《ふさわ》しい最期だと思っていた。そしたら『おじちゃん、大丈夫？』と女の声がした。何かを答えようにも腹がすいて、ウーとかしか言えない。すると女がなにやら英語で話し始めた。私は、大学で英語を学んだから、少しわかる。私を助けるか、助けないかで、男と議論をしているんだ。気づいたときには、ここに眠っていたというわけだ。こんな行き倒れ同然の男なのに、私の醸《かも》し出す雰囲気が軍人みたいなのかね？　なぜだか閣下というあだ名がついてしまったというわけだ」

「ここは誰の家なんですか」

「私を助けてくれた米兵相手の夜の女、いわゆるパンパンをしているキッコという女の家だ。ここにいてもいいというので元気になるまで彼女の世話になりながら、近所の子供の世話をしたり、小遣い稼ぎにゴミを拾ったりという毎日だよ」

山内老人は、小さく微笑んだ。丑松は、後ろで正座している寅雄に振り返り、「この山内さんが、北陽組の舎弟で、本当に進駐軍の払い下げ物資を手に入れる窓口になってくださるのか」と訊いた。丑松は、寅雄が大きな誤解をしているような気がしていた。目の前にいる山内老人には暴力団の臭いなど一切ない。むしろそれとは対極の臭いがする。

「ほんまや。北陽の親分が話しているのを聞いたんや」

寅雄が真面目に答えた。丑松は、寅雄を信じることにした。山内老人をしっかりと見つめ、「あらためてお願いいたします。進駐軍の放出物資を手に入れるルートをご紹介していただきたくお願い申し上げます」と深々と頭を下げた。

「そんなことをしてはおらんよ。何度でも言うが、私にはそんな力はない」山内老人は微笑した。

「進駐軍の払い下げ物資を手に入れる口利きはやっていないというわけですね」

丑松は、居住まいを正した。

「そうだ。残念だけれどね。そんなことより君は商売に関して面白いことを言ったね。人々に幸せを、とか？」

「はい。物を買っていく人たちの嬉しそうな顔が見たいのです」

「金より、笑顔か？」山内老人の目が、丑松を射抜くように厳しくなった。丑松の言が本当かどうかを探っているように思える。

「笑顔がなければ、金をはらってくれません。儲けは笑顔の対価です。それが商売の基本だと思います」

「それをどこで学んだ？」

「闇市で学びました。この寅雄も孤児ですが、彼らも同じように闇市で多くのことを学んでいます」

寅雄が頭を下げた。

「闇市が立派な教育機関だとは、驚きだな」丑松の言葉に山内老人は大きな声で笑った。

「お元気そうで何よりです」

入り口から、突然、男が顔を出した。インテリ風の顔立ちに見覚えがある。丑松が「あっ」と叫んで、男を指差した。

「曾根崎署の……」男も丑松を見て驚き、目を見張った。男は朝毎新聞の佐郷七男だった。

4

「君は岡本君を知っているのか」山内老人は少し驚いた顔をした。

「ええ、とあるところで」佐郷は、にやりと丑松に笑いかけて唇に人差し指を当てた。

「なんだね、その内緒話の風情は」

「いえ、たいしたことではありません」

佐郷は、遠慮することもなく部屋に上がりこんだ。相当に親しい関係のようだ。

「誰ですか。この人は？」寅雄が、興味津々《しんしん》の様子で丑松に囁いた。

「例の場所で一緒やった。助け出してくれた新聞記者さんや」

丑松が小声で答えた。寅雄は、わかったというふうに大きく頷いた。

「嫌ですね。七男さん。皆がこそこそと囁きあっています。私だけが蚊帳《かや》の外ですか」

山内老人が、微笑みを交えながらも不服そうに言った。

「いや、伯父さんには恥ずかしくって言えません。でもこの丑松君の名誉のために発言させてもらえば、彼は非常に義侠心のある、心根のまっすぐな男ですよ」佐郷は、丑松の肩を軽く叩いた。

「ほほう、君がそこまで言うとは、相当でしょうね。白状しなさい。昨今の世相は乱れていますから、なにやら良からぬ秘密を握り合っているようですが、違いますか」

山内老人が温かくも厳しい目で佐郷を見つめた。問題のある関係だと誤解されては困る。丑松は心配になって、口を開こうとした。佐郷は、手で丑松を制すると、

「じつは、彼とは曾根崎署の留置場で会ったのです」と言った。

「なんと、奇妙な場所で会ったものですね」山内老人がしげしげと丑松を見つめた。

「なんかヤバイで」

寅雄が囁く。丑松も心配になってきた。佐郷の説明に任せると不良になってしまう。

「彼は、警官と戦ったのです」

「警官とね。それは大変なことをしましたね」山内は、丑松に言った。驚いている顔つきだ。

「暴力警官をけちょんけちょんにやっつけたそうです」

佐郷は、勢いよく丑松の背中を叩いた。佐郷は、愉快そうだが、このまま任せておけば、不良にされてしまいそうだ。誤解されては困る。

「警察が、闇市を突然、潰しにやって来まして」と丑松は、身を乗り出して説明し始

めた。

「私たちが、大事にしていた石鹸作りの道具までめちゃくちゃにしたんです。それを止めようとした私の友人を警棒で、滅多打ちにしたのです」

「それは酷い」山内老人は顔を曇らせた。

「それで友人を守ろうと警官と戦いました。それで留置場に入れられてしもうたのです。そこから助け出してくださったのが、佐郷さんです。佐郷さんは恩人です」

丑松は、佐郷をちらりと見た。得意そうに大きく頷いている。

「でも七男さんは、なぜ留置場にいたのかな？　おおかた酔っ払ったのだろう？」

山内老人は、にやりと口角を引き上げた。

「ご明察。さすが僕の伯父さんです」佐郷は頭を掻いた。

「山内さんは伯父さんなんですか？」丑松は訊いた。

「母の兄なんだ。伯父さんは、中等学校の校長だったんだよ。僕は、パンパンと一緒に暮らしている立派な紳士がいるって話を聞いてね。取材しようと来てみたら、なんと伯父さんじゃないか。心底驚いたよ」

「山内さんは校長先生だったのですか？」丑松は目を見張った。

「校長って、学校でいちばん偉い人やんか」寅雄も驚いた。

「偉いのなんの。雲の上の人や」丑松は答えた。

「僕は、こんな暮らしを止めて僕たち家族と一緒に暮らそうと、取材をそっちのけで説得したのだけど、嫌だというのさ。それに昔の部下や同僚が、伯父さんに相応しい職場を斡旋《あっせん》しようとするのに、それらもことごとく拒否してね……」佐郷は、弱りきった顔になった。

「私は、今が最高に幸せだよ」山内老人は笑った。

「なあ、寅雄、山内さんが、進駐軍の放出物資のルートを持っているというのはガセネタのようやな。諦めたほうがええ」

丑松の話に寅雄が残念そうに顔をしかめた。どこからか怪しげな情報を得て、寅雄が踊らされていたのだろう。丑松の目の前に座っているのは、好々爺《こうこうや》然とした老人だ。笑みを絶やさず、欲望もなく、反対に絶望もしない、心穏やかな表情は、出会う人の心を優しくしてしまう。丑松は、山内老人と話していると、不思議に心が落ち着いてくる。まるでお寺で和尚さんから法話を聞いているような気分になる。

「先ほどの進駐軍の物資の話だがね」丑松と寅雄との会話が耳に入ったのか、山内老人が口を挟んだ。丑松は、「はい」と勢いよく返事をした。

「じつは、一度だけ、男に頼まれてキッコを紹介したことがある。キッコのお付き合いしている米兵が、そうした物資の管理をしているらしい。その男が、私と進駐軍の噂の震源地ではないのかな。私には詳しいことはわからない。キッコを紹介するから、彼女に色々聞いてみるがいい。もうすぐ帰ってくるから、このまま待っていなさい」山内老人は言った。

「寅雄、よかったな」丑松は、寅雄と手を握り合った。

「待たせていただきます」二人は同時に頭を下げた。

「君たちは、進駐軍の物資の横流しビジネスを始めるのかい？」

佐郷が少し険のある顔になった。

「そうや。もう闇市やない。ちゃんとした店を始めるんや」寅雄が答えた。

「横流しは、どこまで行っても正規のビジネスではない。闇市と大差ないと思うけどね」

佐郷は首を傾げた。

「そんなことあらへん」寅雄がむくれた。

「いや、佐郷さんの言わはるとおりです」と丑松は、佐郷に向き直り、「いつまでも続けようとは思っていません。しかし私らみたいに何も持っていないもんが、人を喜ばす商売をしたいなら、これしかないと思うんです。闇市は、潰されました。あそこは生活の苦しさの掃き溜めばかりではありません。楽しみもいっぱい提供していました。私は、あの闇市で人に喜んでもらうのが、商売やと学びました。その学んだことを少しずつ大きくしたいんです。それは寅雄たち孤児の生活にも役立つと思うんです」と言った。

「この人は、君が言うとおり信用できそうじゃないか。私にはわかる。こうして私と対峙する座り方がいい。もし軍隊が続いていたら部下に慕われる、いい上官になっただろう」

山内老人は、笑みを浮かべた。

「ありがとうございます」丑松が頭を下げた。

「失礼なことを言ったみたいだ。僕も記者という立場で、君たち戦災孤児の商売とやらを取材して、記事にするよ。評判を呼べば、売り上げも増えるだろう」佐郷が明るく言った。

「朝毎新聞が宣伝してくれるんか。えらいことになったなぁ」

寅雄の鼻の穴が大きく開いた。興奮しているのだ。

「おいおい、みんな、あまり先走ってはいけない。キッコがオーケーしてから喜びなさい」

山内老人が両手を上げて、空気を押さえるような仕種《しぐさ》をした。

「誰や。私の噂をしとるんは。くしゃみばっか出て、かなわんなぁ」

丑松の後ろで甲高《かんだか》い声が聞こえた。

「おお、キッコ、お客さんだよ」山内老人の声につられて丑松は後ろを向いた。

「キッコさん、お邪魔しています」佐郷が言った。

入り口に立っていたのは、パーマネントの髪を赤く染め、白粉《おしろい》顔に紅を引いた目鼻立ちの整った女性だった。赤や黄や緑の原色の花柄のスカートに白いブラウス、それに男物のジャケットを羽織っていた。

「綺麗な人やな」寅雄が囁いた。派手な外見だが、美人だ。丑松は、小さく頷き、唾を飲んだ。

5

弥生は、店の暖簾《のれん》をたたみながら壁の時計に目をやった。もう午後の九時だ。ガラス戸に外の闇が張り付き、黒く染まっている。外は、墨を流したような闇だ。

「遅いなぁ」最近、連日遅く帰ってくる丑松のことを、弥生は心配していた。

「丑松のことか」菅原が調理場で明日の仕込をしながら呟いた。

「毎日、遅いやろ。心配やわ」弥生は顔を曇らせた。

「丑松兄ちゃん、商売始めるんやろ」

洋子が絵本のページを繰っている。彼女は、今や、食堂の看板娘になっている。客からの人気が高く、読んでいる絵本も客がわざわざ買ってきて、洋子にくれたものだ。

「洋品雑貨の店を開くと言うとったから、忙しいのやろ」

菅原は、包丁を握る手を休めない。まな板を叩くリズミカルな音が店内に響いている。入り口の引き戸が大きな音を立てた。

「ただいま！」丑松が帰ってきた。顔が赤い。アルコールが入っている。

「こんばんは」寅雄が後ろから顔を出した。

「お帰りなさい。遅いから心配しとったんよ。あらあら、お酒を呑んでいたんやね」

弥生が眉根を寄せながらも笑顔で言った。

「寅ちゃんも一緒や」洋子が、絵本を閉じて寅雄の側に駆け寄った。

「どないや。上手くいっとるんか？」菅原が調理場から出てきた。

「ああ、順調や。入ってんか、キッコさん」

丑松が、開け放したままになっている引き戸の外の闇に向かって呼びかけた。

「お邪魔いたします」

スカーフを巻いた女性が入ってきた。弥生の地味な服とは対極にある色鮮やかな花柄のスカートをはいている。一見して水商売とわかる服装だ。

「キッコさんや。俺たちの商売の大事なパートナーや」

丑松は酒臭い息を吐き出した。目がとろんとしている。洋子が、コップに水を入れて運んできた。丑松は、「ほほう、よう気が利くな」と洋子の頭を撫で、コップの水をひと息に飲み干した。キッコがスカーフを取った。色白の肌に赤いルージュがひと際目立つ。頬がほんのり赤いのは酒のせいだろう。

「キッコさん、座ってください。菅原、酒はあるか？」

丑松は、強引に椅子を引き寄せると、尻を落とした。

「ええ身分やないか」

菅原は、嫌味を言いつつ、ビールを一本、テーブルに置き、コップを並べた。

「おおきに。さあ、キッコさん、一杯、やろう」丑松は、コップをキッコに差し出した。

「ビールは貴重品やろ。ウチは呑まんでええよ」

キッコはスカーフをていねいに畳むと、持っていたハンドバッグに入れた。

「お水、もらえますか」キッコは、丑松の側に座ると、弥生に頼んだ。

弥生は、テーブルに置いたコップを取り上げ、固い表情のままで調理場に水を汲《く》みに行った。

「丑松兄ちゃん、お酒、呑んどるな」洋子が厳しい目つきで睨んだ。

「ええことがあったからな。洋子も今日から社長の娘や」丑松は、わざと息を吹きかけた。

「くさっ」洋子が顔を背《そむ》けた。

「どういうことや。社長って？」菅原がコップにビールを注いで、飲み始めた。

「寅雄、説明したってくれ」丑松は後ろに立っている寅雄に言った。

「今日、無事、パリ商会という会社を作ったんです。丑松さんを社長に、俺や千代丸が幹部になったんです」

怪我で入院をしていた千代丸も順調に回復していた。

「なんやそのパリ商会って。えらいモダンな名前やな」菅原が笑った。

「このキッコさんが名づけ親や。女の人が好きそうな石鹸やネックレスやパンツや、それに頭を洗う石鹸……」丑松が言い淀むと、「シャンプーね」とキッコがすかさず答えた。

「香水も置くぞ。チャネルや」

「丑松さん、シャネルよ」キッコが微笑んだ。

「はいっ」

弥生が、乱暴に水の入ったコップをテーブルに置いた。コップの水が暴れて、外にこぼれ出た。

「ありがとう」

キッコは、白くて細い指をコップに絡《から》めるようにして持ち上げると、美味しそうに水を飲んだ。一口飲むたびに喉が動いた。それをうっとりとした目で丑松が眺めている。弥生の顔が険しくなった。

「それはよかった。店はどこに作るんや」菅原が訊いた。

「石井親分が、口を利いてくれて、この食堂の近くの店を借りてくれた」

「この近く？」

「百メートルほど南に下ったところに、間口二間（約三・六メートル）ほどの店があったやろ」

「あった、あった。昔、文房具や雑貨をあつかっとった店やな」

「あそこに店を出す。商品は、こちらのキッコさんが手配してくださるんや。誠におおきに」

丑松は、大げさに頭を下げ、テーブルに頭をぶつけた。誰の目にも酔っているのは明白だった。コロコロとキッコが笑った。

「成功するとええな。女の人はみんな綺麗になりたいから、店は流行ると思う」

菅原は、丑松のコップにビールを注いだ。丑松は、それを一気に呑み干すと、「プハーッ」と息を吐き、「大阪中の女たちがパリ商会で買い物をして、綺麗になって、笑顔になるねん！」と叫んだ。

「皆さん、よろしくね」

キッコがにこりと笑みを浮かべて立ち上がった。丑松がキッコのスカートを摑んでいる。

「どこへ行くんや」

「もう遅いやろ。帰らんとね」キッコが丑松の手を払った。

「まだええやろ」丑松は名残り惜しそうに言った。

「ええ加減にして」弥生が悲鳴のような声で叫んだ。

「なんや弥生ちゃん。なに怒ってんねん」丑松が珍しいものでも見るように眺めている。

「毎日、遅う帰ってきて、人にさんざん心配かけたと思うたら、こんなに酔って帰ってくるなんて。心配して損したわ。うちの店の営業時間はとうに終っているんよ。今は仕込みをしている最中なの。まだええやろはないんと違う!」

完璧に目がつり上がり、怒っている。丑松は眉尻を下げ、困惑した顔で、「そやな。営業時間終了後やな」と呟いた。

「弥生姉ちゃんに謝らんといかんで」洋子が生意気な口を利いた。

「悪かったな。店が決まって嬉しかったもんやから。ちょっとはしゃぎすぎやな」丑松は頭を下げた。

「ほな、ウチ、帰るわ。また明日ね。商品の細かいところを決めなあかんから。寅ちゃん、送って」

　キッコは、玄関に向かって歩き出した。

「俺が送るよって大丈夫や」丑松は、ゆるゆると立ち上がって歩こうとした。足下が揺らいでいる。

「丑松さんは、もう休んでええよ」寅雄が丑松を押し返した。

「私もパリ商会の社員になる」弥生がまた叫んだ。

「弥生、何を言い出す」菅原が驚いて立ち上がった。

「丑松さんが初めて自分の商売をするんやから、私、手伝う」弥生は菅原に向かって言った。

「食堂はどないするんや」菅原が慌てた。

「店は食堂の近くやから。行ったり来たりする。食堂の昼間のいちばん忙しい時間を除いたら、手伝いできる」弥生は言い切った。

「弥生ちゃん、そりゃ無理や」丑松が眉根を寄せた。

「何が無理なん！　人が手伝うと言うとんのに、アカンって言うの」弥生が丑松に迫った。

「食堂があるやろ。菅原が困るやないか。ワシの方は寅雄や千代丸やキッコさんがおるから心配するな」

「ええ考えがある。女の物を売るのに寅ちゃんじゃだめや。寅ちゃんが食堂を手伝って、うちがパリ商会や。香水を寅ちゃんが売るのはおかしい」弥生は、寅雄を指差した。

「そんな……。今回の仕入れ資金の一部は、俺も出資しとるんや。せやからパリ商会を手伝うんやなくて、経営せなあかん立場や」寅雄は伏目がちに反論した。

「手伝う言うたら、手伝うの！」弥生が引き下がらない。こんな弥生は、初めてだ。いつもは素直すぎるほど素直で大人しい。菅原の言うことに逆らうことはない。何も着飾ることなく、化粧もせず、油臭い食堂で汗にまみれている。

「そんなに手伝いたいなら、手伝ってもろたらええやないの。食堂の忙しくない時間を見計らって、好きな時に店番にでも来てもろたらええ」

弥生の様子を黙って眺めていたキッコが口を開いた。キッコは、弥生の正面に歩いて行き、その白い指で弥生の前髪を整え、「綺麗ね」と囁いた。弥生の頬が一気に赤く染まった。

「じゃあ、また明日ね」

キッコは踵《きびす》を返した。寅雄が玄関の引き戸を開けた。夜の海のような闇が広がっている。その中に寅雄と一緒に、キッコのあでやかな姿が、静かに沈みこんで消えて行った。食堂の中は奇妙な沈黙が支配していた。誰もが口を開くのをはばかっていた。

まるでキッコという女の魔法によって縛られているかのようだ。

「眠いよ」洋子のぐずる声が、その呪縛を解いた。

「洋子ちゃん、寝よか。お湯で体拭いてあげる」

弥生が洋子を追い立てた。先ほどの興奮した弥生の姿はない。いつもの落ち着いた大人しい弥生だ。丑松は、あっけに取られたように店の奥に入っていく弥生と洋子を見ていた。

「俺も仕込みを早く終えて寝るかな」菅原が調理場に歩き出した。丑松はなにやら気まずい空気が自分の体に取り付いているのを感じていた。

「なあ、弥生ちゃん、どうしたんやろ」丑松が訊いた。

「さあな……。俺にもわからん」

菅原の包丁がリズミカルにまな板を叩く音が、再び響き始めた。

6

パリ商会の開店は華やかだった。看板は、キッコの友人である米兵が書いた。アメリカに帰れば絵描きだと言うだけあって英語の文字に躍動感がある。

「なんて読むねん」まだ包帯の取れない千代丸が看板を指差した。

「アホやな。英語の下に小そうパリとカタカナで書いてあるやろ」寅雄が言った。

「あんな字でパリと読むのか。英語はむずかしいなぁ」

千代丸の声を聞きつけたのか、後ろから山内老人が、「英語の勉強をしなさい。これからはアメリカが中心の世の中になる。若い人が活躍するには、英語を学ばねばならん。英語を国語にするくらいの覚悟がいるぞ」と声をかけた。

「山内さん、英語教えてえな」

「ああ、いくらでも教えてやる。ここでよく稼いだら、学校に入る手続きをしてやるぞ」

山内老人は千代丸の頭を軽く叩いた。

「痛いやんか。まだ骨が固まっとらへんねやで」千代丸が痛そうに頭を抱えた。

「おい、もうすぐ開店や」丑松が店の中から顔を出した。

「はい、社長」

寅雄が笑いながら言った。丑松も寅雄も千代丸も今日はきちんとした清潔な服を着ている。丑松は背広姿だ。佐郷の着ていたものだ。

「こんなものかな。ええ具合に並んでいるやないの」

キッコが店内を見渡して満足そうに言った。今日のキッコは一段と綺麗だ。黒のスカートに、胸元にフリルのある白のブラウスを着て、黒のブレザーを羽織っている。

もう夜の女の雰囲気はない。キッコは、このパリ商会の開店に当たって山内老人のアドバイスもあって夜の仕事から足を洗ったのだ。小さな店だが、棚にはラックスの石鹸やゲランやシャネルの香水などが並んでいる。別の棚には、粉ミルクや下着類もある。とくにブラジャーは品揃えが豊富だ。

「ちょっと恥ずかしいな」

寅雄がブラジャーを摘み上げて、顔を赤らめた。

「汚い手や、汗ばんだ手で触ったらあかんよ。まだ金、払っとらへんねやからね」

キッコが注意した。多くの商品は、闇市で貯めた現金で仕入れたが、高級な商品は、キッコの顔で、付けで仕入れていた。売れないとたちまち焦《こ》げ付いてしまう。丑松はどきどきしていた。開店準備は万全を期したが、本当に客が来てくれるだろうか、考えると不安が募った。さすがの丑松も昨夜は十分に眠れなかった。開店のチラシは大量に配った。特に西宮や神戸の方面の高級住宅街の家にも撒《ま》いた。客は大阪ばかりではない。電車に乗って買いに来る人もいると考えたのだ。金持ちは、阪急電鉄の沿線に多く住んでいるからだ。

「丑松兄ちゃん、カッコええよ」

洋子が着飾ってレジスターの前に立っている。洋子が代金を回収するわけではない。しかし洋子のあどけない、明るい笑顔がレジスターの前にあるだけで、商売が繁盛しそうな気がしていた。

「洋子も可愛いぞ」

洋子は、フリル付きのピンクのスカートを着ていた。弥生が、この日のために夜を徹して縫い上げたものだ。

「おおきに。お姫さまみたいやろ」洋子は、明るい笑顔でくるりと一回りした。

「順調ですか」大きな声は佐郷だ。

「取材、よろしく頼みます」丑松は頭を下げた。

「大丈夫。記事の枠を確保したからね。闇市からの脱却というタイトルだ」

「パリ商会の名前が朝毎新聞に載るのか。俺らの写真も頼むで」寅雄が言った。

「洋子ちゃんも写してな。お母はんが見るかもしれんから」

千代丸が言った。洋子が、「うん」と気丈に返事をした。

「開店前の腹ごしらえよ」弥生と菅原が、おにぎりを運んできた。

「美味そうやな」丑松が、早速手を出した。真っ白な米だ。ほくほくと甘い。具は入っていないが、塩だけで十分に美味い。

「丹波の米や」菅原が言った。

「そうか。道理で美味いはずや。力が湧いて来る気がするな」

丑松はたちまち一個を平らげてしまい、二個目に手を出した。

「千代丸、早く食べないと丑松社長にみんな食べられてしまうぞ。なにせ牛なんやから胃袋が四つもあるからな」寅雄が千代丸に声をかけ、おにぎりに手を出した。

「牛とは酷いな」丑松が笑うと、みんながつられて笑い出した。

「ここや、ここや」チラシを持った中年の女性が三人でやって来た。

「ここ、今日、開店やろ」太った女性がチラシを見せた。

「ふぁい、そうです」おにぎりを口に含んだまま、寅雄が答えた。

「口紅、あるか？」

「この石鹸、ええ香りやわ」

「ラックスという舶来もんです」寅雄が揉手で答える。

「開店は、十時なんですが」千代丸が申し訳なさそうに言った。

「なに言うてんのん。客が来たら、その時が開店やないの」

太った女性が顔を思いっきりしかめて、反論した。

「お客さんの言うとおりや。開店するで」丑松は大きな声を出した。

「そうや。兄ちゃん、ええとこあるがな。この棚の石鹸、みんなちょうだい」

太った女性が棚を指差した。

「豪気なお客さんやな。ありがとうございます」寅雄の顔が、笑いで崩れた。

「洋子、ちょっと来い」丑松は、洋子の手を引いて、店の前に立った。

「一緒に声を合わせるんやで」

「わかった。なんて言うんや」

「パリ商会、開店しますや」丑松は言った。洋子が唇を引き締め、頷いた。

「一、二、三、パリ商会、開店します」

丑松は、喉が破裂するほど大きな声で叫んだ。それに洋子の高い声が呼応する。開店までまだ相当な時間があるのに女性客の集団が店に向かって来る。どこにこれだけの女性が隠れていたのだろうと驚くほどだ。丑松の「開店します」との声が聞こえたのか、彼女たちの足が急に速まった。

「いらっしゃいませ」丑松は、大きな声で呼びかけた。

第七章　難敵出現

1

昭和二十二年春、松の内が明けた。暖かい新年の日差しが、大阪駅を照らし、行き交う人の表情も去年より、確実に明るくなってきた。電車も順調に運行されるようになり、一日約十二万人が乗降するまでになった。しかしまだまだ厳しい生活が続いていた。駅前の闇市は撤去されたが、米、麦、メリケン粉などの統制品を運ぶカツギ屋が集団で改札口を突破し、それを防ぐ駅員との暴力沙汰《ざた》や女子供を専門に狙う集団スリなど事件が頻発していた。

駅の構内や周辺には、千人から二千人の浮浪者がたむろしており、大阪市の係員がやってきて梅田にある厚生館などの施設に収容するのだが、多くはまたそこから抜け出して路上で生活をしていた。市の施設は、浮浪者を人目から隠すという役人的な発想で運営されており、収容された浮浪者を虐待同然に扱っているようなところが多い。中には少年が逃げ出さないように裸で収容するような非人間的施設もあるほどだった。彼らはたとえ飢えたとしても、役所の用意する非人間的な施設より、天下の大通りの方が暮らしやすかったのだ。

そうは言うものの大阪駅構内には浮浪者の体臭や排泄物《はいせつぶつ》の臭いが漂い、生活ゴミが溢れ、市としてもなんとかしなくてはならないところまで追い詰められていた。ついこの間まで全ての人が、どん底の暮らしにあえいでいた。そのためどんな酷い状態でも気にならなかったのだが、多くの人が通常の生活を取り戻すと、市に対する苦情が多くなってきたのだ。いずれ大規模な浮浪者狩りが行なわれるに違いないという噂も流れるようになっていた。浮浪者の中にも、そこから抜け出す者と、いつまでもそこに留《とど》まっている者との格差が生まれてきたのかもしれない。

「どいて、どいて」

千代丸が、大きな声を発しながら自転車を走らす。荷台に積んだ段ボールには、クリームや化粧品やレースのショールなどがぎっしりと詰め込まれ、今にも飛び出しそうだ。千代丸は、さっぱりとした白いワイシャツにネクタイ、そして少し大きめの背広を着込んでいる。とても十五歳には見えないませた姿だ。ほんの少し前までは、汚れた服を着て、駅構内をねぐらにしていたとは思えない。彼は、浮浪児から抜け出た部類なのだ。

「おいおい、轢《ひ》かんといてな。気ぃつけてぇな」サラリーマンがびっくりして道を空ける。

「ごめんなすって！　よかったらパリ商会に来て、奥さんの口紅でも買うてんか！」

千代丸は、振り向きざまに叫んだ。

「まけるんやろな！」サラリーマンも大声で応えた。

「日本軍みたいに、コテンパンにまけたるで！」

千代丸は正面を睨んだまま叫んだ。後ろで、サラリーマンの笑い声が聞こえた。ブレーキを力いっぱい握り締める。油の切れた音が空気を切り裂く。

「おう、待っとったで」

寅雄が自転車の前で両手を広げる。頭の上には、新年の売り出しらしく紅白の紙テープで飾り付けたパリ商会の看板がかかっている。

「ぎょうさん手に入ったで。目玉はレースのショールや。お客さん、喜ぶやろ」

千代丸が早速、荷台から箱を下ろす。

「早う、並べてくれ。初売りはもうすぐや」寅雄も箱から、商品を取り出す。

「どうや。上手いことできたやろ」丑松とキッコが幟《のぼり》を持ってきた。

白地に赤く『初売りパリ商会』の文字がくっきりと染められている。

「鮮やかやろ。これやったら他の店に負けへんで」丑松が相好を崩す。

「偉そうに言うて。なんにも、しとらへんやないの」

キッコが笑みを浮かべながら、怒った顔をした。キッコはかつての艶《あで》やかな姿ではなく、白いブラウスに黒いジャケットを羽織っている。すっきりと上品な姿だ。

「そやったな、みんなキッコはんに作ってもろたんやな」丑松は頭を掻いた。

「よう一年、もったね……」キッコがしみじみと言った。

「そやなぁ。お客さんが、ほんまに喜んでくれるなぁ。茂一も喜んどるわ」

腰につけた茂一の骨を入れた薬籠がコロンと鳴った。

「それ、戦友さんのお骨やったね」

「そうや。ワシのお守りや」丑松は、薬籠をポンと叩いた。

「仲がよかったんやね」

「幼馴染で、同じ海兵団で苦労した。茂一は、食堂のオヤジになりたいと言うとったけど、雑貨屋でもええやろ」

丑松は、薬籠を握りしめた。客はひっきりなしにくる。進駐軍の払い下げだけでは商品が間に合わないこともある。最近は頻繁に大阪駅から列車に乗り込み、東京上野のアメヤ横丁まで買い付けに行く。

「この初売りが済んだら、寅雄と一緒にまた東京に行くんやったな」

丑松が商品を並べている寅雄に言った。

「一週間の初売り期間が終ったら、すぐアメ横に買い付けや。最近、他に店ができたから、しっかり商品を仕入れんといかんで」

寅雄が応えた。丑松が幟を作ったり、派手な宣伝を展開したりするのも競合店ができ始めたからだ。それらはパリ商会の人気を見て開店したのだが、これも復興が着実に進んでいるという証拠だ。

「かまへん。ライバルがおる方が燃えるからな」丑松は、店の入り口に幟を立てた。

「さあ、開店やわ」キッコが勢いよく言った。

「今日も、ようけ売ってや」丑松は、キッコの尻をぽんと叩いた。

「いや、なにすんのん。嫌らしいわ」キッコが、騒いだ。顔は笑っている。

客は、キッコのアドバイスを目当てにくる。彼女が醸し出す雰囲気が、女性に美を意識させるのだ。キッコに薦《すす》められた口紅をさすと、どんな醜女《しこめ》でも彼女のように女っぽくなると信じ込ませる才能があった。この商売を始めるきっかけは、キッコが付き合っている米兵だった。彼が物資を横流ししてくれるからだった。その米兵とキッコはもう付き合ってはいない。完全に夜の女という商売から、足を洗った。しかしその米兵からの仕入れルートはなくならなかった。ビジネス・オンリーで付き合うようになったのだ。だが今では、商品は、米兵ルートだけではなく多様なルートから入ってくる。

「いらっしゃいませ」

寅雄が明るく、弾んだ声を上げた。開店を待たずに客が店内にぞろぞろと入り始めた。

「あれ?」

丑松は、通りを歩く男に目をやった。見覚えがある。あれは、確か川崎悟一だ。菅原の経営する食堂の前の主人だ。北陽組の石井親分からもう二度と大阪梅田に顔をだすなと言われたはずなのに、のこのこと戻ってきたのか。一緒に歩いている男は初めて見る顔だ。背も高くなかなかスマートで二枚目だ。若いが、ポマードで髪をしっかり固め、年配風を気取っている。濃いグレーの背広もぴしっと着ていて手には小さなバッグを持っている。

「なにしに帰ってきたんやろ」

新年早々、弾んだ明るい気持ちに水を差されたような気分になった。彼らの行く方向に菅原の食堂があるのが、気がかりだ。

2

仕込みの材料を切る包丁のリズミカルな音が響いている。菅原の食堂も今日から店開きだ。本当は、正月の一日から休まず開店したかったのだが、いかんせん満足に材料が集まらない。農家も休みになっているからだ。逮捕されるのを覚悟で、いろいろな食材を運んでくるカツギ屋も松の内は休んでいる。

「丑松さんも朝早く出かけたわね」弥生が食堂のテーブルを拭いている。

「手伝いたかったのか」菅原は包丁の手を止めずに言った。その口調には、ひやかしが入っていた。

「なに言うのん。キッコさんの邪魔になるやん」

「せやけど、お前がパリ商会を手伝うと言い張ったときは、困ったで。どないしょうかと思ったわ」

菅原が微笑んだ。

「まあね。ちょっと……」弥生の手に力が入る。その話には深入りしたくない。

「大丈夫や。キッコはんとは、丑松、何もないみたいやから。キッコはんが、どない思うとるかはわからんけどな」またひやかした。

「関係、あらへん。兄ちゃんも仕事始めやのに下らんこと言わんといて」弥生が怒った。

「すまん、すまん。今年も、たんと儲けなあかん。丑松に負けられへんからな」

菅原も包丁に神経を集中した。

「弥生姉ちゃん、私も手伝う」

食堂の隅のテーブルで朝食を食べていた洋子が、自分の食器類を片付けている。

「お客さんが来るまでええよ。本でも読んどき。四月から小学校やろ」弥生が言った。

「うん」と言って、洋子は本をテーブルに置いた。客が洋子にとくれた絵本だ。どこの国の話かわからないが、兄と妹が二人で青い鳥を探しに行く物語だ。戦後の教育は、敗戦後、戦時教育体制が解体され、昭和二十二年からは六・三制が実施に移されることになった。小学校六年、中学三年の義務教育だ。

しかし教育現場の施設は、まだまだ最悪の状況だった。学校施設の多くは、戦災で焼失、破壊され、大阪市内には、終戦時二百七十七の国民学校があったが、百七十三にまで減少していた。残った施設も被災者や戦争浮浪者たちが住居代わりに使用し、教育施設の任に堪《た》えうる状況ではなかった。

また両親を失ったり、生活苦であったりと、学校に通える家庭環境にない子供たちも多く存在した。復興の兆《きざ》しが見えてきたとはいえ、皆が豊かな生活を送るにはまだ道のりは遠く、小さな子どもの多くは家計を助けるために働きに出る必要があった。つまり学校に通う余裕などなかったのだ。そのため約二十万人の小中学生のうち約三千名強が未就学のままに置かれていた。

「学校はどこや？」

菅原が弥生に訊いた。弥生が答える暇もなく、洋子が「曾根崎小学校や」と大きな声で答えた。

「あそこに住んどった浮浪者の連中は、どないなったんや」

「学校が始まるまでに、どこか別の施設に移されるという話やわ」

「かわいそうやけど、子供のためや。しょうないなぁ。洋子は何が楽しみや」

菅原が訊いた。器用なものだ。包丁も止めなければ、フライパンも動かしている。

「給食！」洋子が言った。

「給食か」菅原は思わず笑った。昭和二十二年の初めごろから学校給食が始まることになっていた。連合国軍が脱脂粉乳や缶詰などを支給し始め、ようやく子供たちに栄養が満たされるようになるのだ。

「おいちゃんが作る飯の方が、給食より、めちゃ美味いと思うで」

脱脂粉乳はもちろん、給食そのものも材料、調味料不足で、きっと美味くはないだろう。

「そら、おいちゃんの作るもんは日本一や。せやけど給食がどんなに不味《まず》いか、いっぺん食べてみたいねん」洋子が答えた。

「そうか、不味いから食べてみたいんか？　怖いもん、見たさやな」菅原が、笑った。

「なんやの、給食を怖いもん見たさやて。給食代は高いんやから」弥生が苦笑した。

がらがらと音を立てて玄関の戸が開いた。

「まだ、開店やないんですけど」弥生が、テーブルを拭く手を止めて、答えた。

「久しぶりやな」この栄養不足のご時世に太って二重顎になった男が目の前に立っていた。黒革のジャンパーを肩にかけるように着ている。

「あっ」弥生が、言葉を詰まらせた。

「誰や？　お客さんか？」

菅原が厨房から顔を出して、弥生と同じように「あっ」と言ったまま、体を硬直させた。

「ねえちゃん……」

洋子が、不穏な空気を察したのか、弥生の服の裾《すそ》を小さな手でしっかりと摑んだ。

3

「見たか？」丑松は、客の相手をしている寅雄に声をかけた。

「なにを？　あっ、いらっしゃいませ」

寅雄は、すっかり商売人だ。丑松の質問に耳を傾けながら、腰を曲げ、入ってくる客の応対に余念がない。丑松は、こうした客あしらいよりも次に何をしようか、どんなイベントをやろうか、どんな商品を陳列しようか、などというアイデアを考え、実行するほうが性《しょう》に合っている。たとえばパリ商会の商品の陳列方法は、少し変わっていた。よく売れる商品や売りたい商品が、店頭のよく目立つところに置いてあるのは普通のことだが、キレイに整列させているのではなく、雑多にごちゃごちゃに陳列してあるのだ。床から天井まで、とにかく隙間という隙間には商品が詰め込まれているという状態だ。ちょっとした地震でもくれば、商品の山に埋もれてしまう可能性があった。

「なんやのこれ？」整理整頓好きのキッコが、そのあまりにも無軌道《むきどう》な商品陳列に文句を言った。

「少ない商品が、ぎょうさんあるように見えるやないか。それにあんまりきちんとならんどったら、闇市みたいやない。何や冷たい感じがする。俺は、こんなふうにごちゃごちゃしている方が、活気があるし、客も、買いたいもんを探す楽しみがあるんやないかと思う」

丑松は譲らなかった。この陳列方法が客に受け入れられる根拠はない。しかしあの闇市の活気、どうしようもないほど溢れかえったエネルギーを店の中に取り入れるには、こうした方法しかないと思ったのだ。闇市陳列とでも呼んでもいい。

「客から文句が出たら……」

「そうなったら変えればええ」

キッコの心配は杞憂だった。物不足でうんざりしていた客たちは、パリ商会の今にも崩れそうに積んである、溢れんばかりの商品に驚き、楽しそうに目当ての商品を探し始めたのだ。

「おもろい店やな」客は笑顔で買い物をし、料金を払った。客の評価は上々だった。

しかしキッコや寅雄など接客担当は大変だ。どこにどんな商品があるのか、全て記憶しておかなくてはならない。

「こっちは大変やけど、お客さんは楽しそうやわ。おかしいもんやね」

キッコが不思議そうに言った。

「おかしいことあらへん。どうせ金を使うんやったら、楽しいに使ってもらうのが、商売やと思うで」丑松は自慢げに胸を張った。寅雄は、闇市陳列で並べられた商品の中から、客が依頼した口紅を探している。頃合いを見計らって、丑松は話を続けた。

「ワシの見間違いやなければ、川崎やった……」

「川崎？」寅雄が小首を傾げた。

「菅原の前の主人や。石井の親分さんに追い出してもろたやないか？」

「あいつか……、あいつが帰ってきたんか。はい、口紅、こちらです」寅雄は客に口紅を渡す。

「これや、これや。これで綺麗になれるわ。いひひひ。兄ちゃん、おおきに」

五十歳を過ぎたと思われる、赤茶けた髪の女は大喜びだ。

「はい、お会計にどうぞ」顔一杯に笑みを浮かべ、寅雄は深々と頭を下げた。

「寅雄は、ほんまに商売人やな」

「丑松さんには、負けるで」

「よう言うわ」

「それで川崎はどないしたんや」寅雄が話を元に戻した。

「どこのだれかは分からんけど、男と、二人連れで歩いて行った」

「どこへ」

「わからんけど、菅原の食堂の方に行ったように思えたけど……」丑松は、暗い顔になった。

「見に行った方がええんやないか」寅雄が真剣な表情になった。

「店、開いたところやしなぁ」丑松は、腕を組んだ。

「丑松兄さんがおらんでも、客の扱いはちゃんとできるわ」

話を聞いていたのか、千代丸が口を挟んだ。

「行ったらええよ。なんでもなければ帰ってきたらええやん」

寅雄も丑松に菅原の食堂に行くように勧めた。

「ほなちょっと、行って来る」丑松は、千代丸の自転車に飛び乗った。

「ああ、丑松さん、それ乗ったらあかん！　もう一回、仕入れに行かなあかんねん」

千代丸が叫んだ。

「ケチッ」丑松は、自転車を降りた。確かに自転車に乗るほどでもない。菅原の食堂までは、百メートルほどだ。

4

川崎が、食堂の椅子を掴み、強引に引っ張った。床のコンクリートを傷つける音がする。

「どうぞ、湊《みなと》社長、これに座ってください」

川崎は、バカていねいに若い男に椅子を差し出した。湊と呼ばれた若い男は、その椅子に静かに腰を下ろし、ゆっくりと店内を見渡した。川崎も別の椅子を自分に引き寄せると、太った体を沈めるように座った。

「茶、くらい出さんかい！」川崎は店内に響き渡る声で叫んだ。

「お前に出す茶なんかあらへん」菅原は険しい顔で反論した。

「久しぶりに、俺の店に戻ってきたのに、なんちゅう冷たい態度や」川崎の顔が、嗤《わら》いで歪《ゆが》んだ。

「今までどないしとったんや」

菅原は、川崎の隣で、黙って座っている若い男を気にしていた。若い男はポマードで固めた髪を櫛《くし》で何度も梳《す》いた。形が崩れないかと気になるのだろうか。

「おう、よう訊いてくれた。お前らに店を騙し取られて、その後はこの湊社長の秘書として働いとったんや。これ名刺や」

川崎は、財布から名刺を取り出して、座ったまま菅原に渡した。財布は紙幣が詰まって、文庫本くらいの厚みがあった。

「難波金融株式会社取締役総務部長？　よう儲《もう》かっとるみたいやな」

菅原は、財布の厚みや川崎の太った体軀《たいく》を見て言った。

「兄ちゃん……」菅原の後ろで隠れるようにしていた弥生が不安げな声を洩らした。

「菅原のおいちゃん……」洋子は、まだしっかりと弥生の服を摑んでいる。

「大丈夫や。直ぐに帰ってもらうから」菅原は二人に向かって、強い口調で言った。

「川崎、あんまり大声で喚くんじゃない。女の子が怖がっているじゃないか」

若い男が睨むと、川崎はばつが悪そうに「へえ」と頭を掻いた。

「挨拶が遅れました」

若い男は、櫛を背広の内ポケットにしまい、すっと椅子から立ち上がり、名刺を差し出した。

「湊と申します。突然、お邪魔して申し訳ありません」湊はゆっくりと頭を下げた。

「どうも……」菅原は、名刺を両手で受け取った。

「難波金融株式会社　代表取締役社長　湊雄一郎《ゆういちろう》」と書いてある。

菅原は、名刺と顔を見比べた。社長という重々しい肩書きには相応しくない若さだ。わざと老《ふ》けた様子を作っているが、まだ二十代後半だろう。それに金融業というイメージからは程遠い、端正な顔をしている。このまま女装すれば、さぞかし美人になるだろう。歌舞伎の女形《おんながた》のようだと菅原は思った。しかしどこか醒めた、冷たい雰囲気を漂わせている。

川崎が立ち上がって、両手を湊の方に差し出し、「こちらの湊社長はな、京都帝国大学法学部をご卒業され、お父上は海軍の湊中将閣下だ。惜しくも先の大戦でお亡くなりになってしまったが……」と話し出した。湊は学徒出陣で海軍に行き、特攻要員だったが、出撃することなく生き残り、金融業を創業したという。

「この人のお陰で、どれだけの商売人が助かっていると思うのや」

川崎は、まるで水戸黄門に従う助さん、格さんのように振舞った。湊は、一歩前へ歩み出て、「私は、戦争に行き、お国のために死のうと思いました。ところが生き残ってしまいました。当時、私に国のために命を捧げろと強く言っていた上官たちは、浅ましくも軍の物資を盗み出し、ヤミ屋になってしまいました。国が敗れるということはかくも悲しいものかと私は嘆きました。そこで国よりも確実なものはなにかと思い、それは金であると信ずるに至りました。金がないから、国が貧しく、戦争になり、金がないから上官もヤミ屋になる。あらゆるものの上位に位置づけられるもの、それは金だと確信しました。金が金を生む仕組みを考え、金融業を始めたというわけです。金で世の中を変えられると信じて、真面目に事業をやっております」と、とうとうと流れるように話した。まるで役者のような流し目を弥生に送った。そして右手を伸ばし、洋子の頭を撫でた。洋子は、慌てて首をすくめた。菅原は、あっけに取られ、「はあ」とため息のような声を発するのが精一杯だった。

「うちは、借金することはありません」弥生が、流し目に逆らうような厳しい視線で湊を睨んだ。

「そのとおりや。うちは、借金なんかせえへん」

菅原はやっと我に返って、受け取った湊の名刺を返そうと突き出した。

「なに、失礼なことすんねん。名刺は大事にとっとき。今日は、金を借りろと言いに

来たのんと違う」と川崎は、菅原の前に体を乗り出し、にやりと笑みを浮かべると

「俺の店を返してもらいに来たんや」と言った。

「なんやて！　何を言うねん。今ごろ！　帰れ！」菅原は、川崎の体を両手で押した。

「おととと、乱暴やな」と川崎は薄笑いを浮かべ、「聞こえへんだのか。俺の店を返してもらいに来たんや」と繰り返した。

「それは石井の親分さんが、決着を付けてくださったやないか」菅原は興奮して言った。

「なんや、あんなクソ親分。あんな奴を頼りにしたのが、恥ずかしいわ」川崎は、床に唾を吐いた。

「やめてくれ。汚いやないか。もうすぐ十一時になる。開店、せなあかん。帰ってくれ」

菅原は眉根を寄せた。

「石井のおっちゃん、呼ぶで」洋子が、弥生の後ろから顔を出して、叫んだ。

「生意気なガキやな。卸《おろ》し金《がね》で、頭、ごしごしするぞ」川崎が大きく口を開け、頭を捕まえようと両手を大きく広げた。洋子は、恐怖で目を見開き、泣き出した。

「やめろ。怖がっとるやないか」菅原は洋子の前に立った。

「泣くんやったら、その口にチャック、しとけ。バカたれ！」

川崎が、また大きく口を開け、目を剥いた。洋子がさらに激しく泣き出した。

「川崎、私が説明するから」

湊は川崎を後ろに下げ、菅原の前に立った。川崎の騒々しさとは打って変わって静けさが漂う。

「じつは、この店は、川崎さんが俺の店とおっしゃっていますが、私の店なのですよ」

湊は淡々と話した。

「どういうことですか」菅原が驚いて訊いた。

「ご説明いたします」

湊は、抱えていたバッグのファスナーに手をかけた。大きな音を立てて、玄関が開いた。

「やっぱりお前か！　何しに来たんや！」丑松が食堂に飛び込んで来るなり、川崎の襟首を摑んだ。

「な、なにしやがる！」川崎が引きずられながら、苦しそうに顔を歪めた。

「丑松兄ちゃん！」洋子が、泣き顔で目を赤くしたまま丑松の側に走り寄った。

「あなたが丑松さんですか？」湊が微笑した。

「洋子、もう大丈夫やで」

丑松は、一瞬、優しい目になったが、すぐに険しい口調で「お前は、誰や？」と言い、川崎の襟首を摑んだ手に、ぐいっと力を込めた。

「いててて！」川崎が悲鳴を上げた。

「湊雄一郎と言います。難波金融を経営しております」

湊は静かに頭を下げた。丑松は、初めて会う若い男に戸惑いを感じていた。華奢《きゃしゃ》で女のようなのだが、なぜか周囲を威圧する雰囲気を持っている。威圧が不適当なら、冷たい氷の部屋のドアを開け、一気に冷気を全身に浴びた時のような感覚だ。首の根っこまで、ぎゅっと縮こまってしまう、あの感覚……。

5

「お茶をいただけますか？」

湊は、静かに弥生に言った。ていねいな口調だが、拒否はできない不思議な強さがある。

「は、はい」弥生は、慌てて厨房へ行った。

「ほんま、わややな。死ぬかと思うたで」

川崎が、脂肪で膨らんだ首を撫でている。湊の側にぴたりと寄り添って座っている。

「今度は、間違いないよう死なしてやるから」丑松が睨みつけた。川崎が首をすくめた。

「皆さんも、立っていないでお座りください」湊が菅原や丑松に椅子を勧めた。

「話はなんや？」丑松は、座るとすぐに湊に問い掛けた。菅原の顔が不安そうに翳《かげ》っている。

「怒ったりしないで、聞いてくださいね。あなたは喧嘩が強いそうですから」湊が微笑んだ。

「湊社長は、お前みたいに二等兵と違うぞ。海軍特攻隊の少尉さんやぞ。ゼロ戦に乗ってはったんや」川崎がフンと鼻を鳴らした。

「特攻」

丑松の背筋が伸びた。丑松は、訓練中に沈んだ特攻用の人間魚雷回天の引き上げを命じられたことがある。素潜りで、回天の船体に引き上げ用のワイヤーを繋ぐのだ。早くしないと中に閉じ込められた特攻隊員が酸欠で死んでしまう。丑松は、必死でワイヤーを握って潜る。息が切れそうになるのを我慢し、なんとかワイヤーを繋ぎ、巻き上げ機を回して船体を洋上に引き上げる。船体に飛び乗り、頑張れよ、もうすぐハッチを開けてやるぞ。必死で呼びかけ、ハッチを開ける。中を覗くと、特攻隊員が膝を曲げて座っている。今、助けるぞ。叫んでも反応がない。丑松は、両手を特攻隊員の脇に差込み、ぐいっと渾身の力を込める。特攻隊員の体がようやく船外に引きずり出される。眠ったように目を閉じている。起きろ、起きろ。丑松は、特攻隊員の頰を思い切り叩く。しかし丑松と同じくらいの若い特攻隊員は、二度と目覚めることはなかった。

それ以来、時々、丑松は、深い海の底に沈む夢を見る。暗くて冷たい海の底から無数の手が伸び、その生白い手が海草のように揺れ、丑松を搦《から》めとろうとする。足が捕まり、やがて体まで……。悲鳴を上げようとしても、喉が引きつるばかりで声にならない。特攻という言葉を聞いた瞬間に、丑松は海の底に引きずりこまれてしまうのだ。湊は命を捨てて、生きてきたに違いない。もしかしたら今も命をどこかへ置いているのだろう。それは、なんとしてでも生き抜いてやるという動物的なまでの丑松の生命力とは全く違う、対極の生き方だ。湊に会った時から感じている、奇妙な冷気の理由を丑松は直感した。

「そんな昔話は、もういいですよ」

湊がやんわりと川崎を制する。テーブルの上には、湊の名刺が置いてある。

「この店が、あなたの店だとはどういうことですやろ？」菅原が湊を食い入るように見つめている。

「じつは、私は、この川崎さんにお金を貸しているのです。一万円です」

「えっ！」菅原が顔を引きつらせた。

一万円といえば、途方もない大金だ。銀行員の初任給が約二百円、巡査が約四百円、小学校教員が三百円から五百円だ。一万円は、その数十倍だ。

「そんな金、どないしたんや」菅原は川崎に訊いた。

川崎は、へらへらと笑っているだけだ。まともに視線を合わせようとしない。

「それは川崎の話やろ。川崎から返してもろたらええ。菅原には関係ない」

丑松は湊をまともに見返した。湊は、全く動じることもなく微笑んでいる。

「お茶をどうぞ」

弥生がテーブルに茶の入った湯飲みを置いた。洋子は、端のテーブルで本を開いている。しかし読んではいない。大人たちの会話にしっかりと聞き耳を立てている。

「ありがとう……」

湊は湯飲みを両手で包み込むように抱き、ゆっくりと茶を飲んだ。白くて細い首をわずかに喉仏が上下する。弥生は、茶を配り終えると、「兄ちゃん、店を開ける時間やけど……」と菅原に言った。

「ちょっとお話が長引くかもしれません」湊が言った。

「準備中の看板をだしたままでええ。そのままにしとけ」菅原が苛々した様子で言った。

「わかった」

弥生は、引き下がり、洋子のテーブルについた。湯飲みをテーブルに置くと、湊は
「そのとおりです。丑松さんの言われるとおり川崎の借金です」と言った。

「川崎、早よ、返してしまえや」まだ川崎はへらへらと笑っている。

「うちの会社の利息は、よそと比べたらあんまり高い方ではないです。トイチです。よそではトサンやトゴというところもあるようですが、極めて良心的にやっています。なにせ貧しい人の味方になるつもりで創業しましたからね。金は全てを支配します。特に貧しい人にとっては、それは命より大事なものです。その金で、儲けようなんて考えておりませんから、利息は控えめなんですよ」

「トイチとかトサンとかトゴとか、それなんや？」丑松は、初めて聞く言葉に戸惑っていた。

「借金の利息の計算や。トイチは十日に一割、トサンは十日に三割、トゴは十日に五割の利息がつくということや。トイチが安いことなんかあらへん。ものすごう高い。まともな銀行やったら月七分か一割や」菅原が丑松に囁いた。

丑松は、それがどういうことを意味し、どの程度高いのか、実感としてわかってい

ない。

「川崎が借りたのはちょうど一年前ですので、今では元金と利息合わせて三十一万円ほどになっているんです」湊のそばで、川崎が相変わらずへらへらと笑っている。

「一年で三十倍か！」丑松は、やっとトイチの意味を少し理解した。

「わかってもらえましたか。私も貸した以上は返してもらわないといけません。借用書はこれです」

湊は、バッグの中から一枚の紙を取り出し、テーブルに置いた。金銭消費貸借契約書だ。川崎悟一の署名と捺印があり、借入金一万円などが記入してある。丑松は、それを手にとってしげしげと見つめた。

「川崎さんに返してもらってください。うちには関係ありません」菅原が、怯えたように言った。

「そこに担保のことを書いていますよね。読んでもらえますか」

「これか？」丑松が書類を指差した。湊が小さく頷いた。

「読むで。大阪市北区曾根崎……」

丑松が読み始めると、「うちの住所やないか。見せてくれ」と菅原が書類を強引に奪い取った。菅原の顔が、みるみる青ざめていく。何度も書類と湊の顔を見比べるように往復している。書類を持つ手がぶるぶると小刻みに震えだした。

「どないしたんや」丑松が呼びかけた。

「これはほんまもんか。ここの土地は俺が川崎からもらったもんや。証文もある」

菅原の唇から白い泡が吹き出ている。興奮しているのだ。

「担保として、ここの食堂をもらっているんですよ。こんな食堂では、貸した金には、とても十分な担保ではありませんでしたが、それでもないよりましです。東京の銀座の一等地なら坪十五万から二十万もしますが。でも川崎さんが直ぐに返済してくださるはずだったので、仕方がないかなと思いましてね」

湊は、また茶を飲み、「お代わり、もらえますか」と弥生に湯飲みを差し出した。

弥生が茶瓶を持ってきて、湯飲みに茶を注いだ。

「それでどないするつもりや」菅原の目が血走っている。

「菅原、どうなっとるんや」丑松が訊いた。

「ちょっと待て。後で説明するから」

菅原は、丑松の顔も見ないで答えた。怒っている。丑松は、利息や担保など、聞き慣れない言葉が飛び交い、理解できない。置いてきぼりをくった気がして、面白くない。今までのように拳で解決できないためか、尻の辺りがむずむずして仕方がない。

「返済できなくて三十一万円にもなっているということは……」

「担保権を実行する、すなわちこの土地建物は、私のものになるんです」

湊が言い終わると、川崎が、にやりと笑って「すまんなぁ。せっかく流行っとるのにな。すぐ出て行って、残らず湊社長に渡してくれや」と言った。菅原は、テーブルをドンと叩くと、立ち上がり、「あんた、あんた、ここを俺に譲ると言うたやないか」と川崎に声を荒らげた。

「だからそれはその時や。金を借りたんやからしょうがないやんか。返さんとあかんやろ」

菅原は、弥生を見て、「証文や、証文持ってこい！」と言った。弥生は、慌てて金庫に仕舞ってあった川崎との食堂に関わる土地、建物の譲渡契約書を持ってきた。

「兄ちゃん、これ」弥生は、契約書を菅原に渡した。

「こっちには、証文があるんや。間違いなく俺がもろたんや。ここは俺のもんや。借金のカタになんかならへん」菅原は、書類を湊の眼前に突きつけた。

「二重譲渡ということですな」湊は平然と言った。

「なんや、それは？」丑松が訊いた。菅原は理解できないという顔をして、湊を見つめている。

「つまり川崎さんは、あなたと私にこの食堂を譲るという契約をしたという事です。二重に譲渡契約が成立していたわけです。私自身は、川崎さんから権利書を預かって融資をしましたから二重譲渡だなんて、全く知りませんでした。ところでお茶、美味しいですよ。ありがとう」

湊は、弥生を見て、微笑んだ。

「そういうこっちゃ。お前に譲ると証文を書いたのは、事実や。しかしその後、湊社長に金を借りてしもてな、返せんわけや。それでこの食堂を湊社長に渡さなあかん。すまんこっちゃが、すぐに出て行ってくれ」川崎は、借金があるとは思えないほど嬉しそうな顔をしている。

「そんないい加減なことがあるかい！　出るところに出て、はっきりさせようやないか。こっちには証文がある！」菅原は、声を荒らげた。

「菅原さん、突然の話で驚かれたことでしょう。しかし法律上は、あなたの負けで、私の勝ちです。私は登記を済ませましたからね」

湊は、またバッグから青焼きの書類を取り出し、テーブルに置いた。

「これはこの食堂の登記簿謄本《とうほん》の写しです。ここには金を貸した事実も、私に譲渡した事実もみんな書いてあります。登記が、第三者に対して、対抗する有効な手段だとご存知ですよね」

湊の話を聞き終える間もなく、菅原は書類を見て、大きなため息をついた。何も言わない。

「ご理解いただけたようですね。それでは今日中に立ち退いて頂きたいというところですが、何かと準備もあるでしょうから、一週間の猶予をお与えします。当然、期限前に退去していただいても一向に構いません」湊は、テーブルに置いた金銭消費貸借契約書などをバッグに戻し、立ち上がった。

「わかったな」川崎も立ち上がった。菅原は机に頭を打ちつけるほどうなだれた。

「おいおい、ちょっと待てや」黙っていた丑松が、立ち上がった。

「今度ばかりは、馬鹿力のお前の出る幕やない」川崎が、皮肉たっぷりに言った。

「なんやと！」と丑松は、顔中を怒りで膨らませ、「訳のわからんことをごちゃごちゃ抜かしやがって、結局は菅原からこの食堂を取り戻しに来ただけやないか。お前ら、二人で悪事を企んだだけやろ」と大声を張り上げた。

湊は、すっと音もなく、丑松の前に立った。

「あなたのことは、なかなか喧嘩も強く、人物も興味深いと川崎さんの話から想像していましたが、悪事を企んだという言い方を聞いていますと、たんなる野獣ですね」

湊は笑った。

「なんやと！」丑松は、拳を振り上げた。

「殴りたいなら、殴ったらええやないですか。あなたを傷害罪で逮捕してもらうだけですよ。こっちはヤクザとは違うんですからね」

湊は顔を丑松に突き出した。ちっ、と舌打ちをし、丑松は拳を下ろした。どうもいつもと勝手が違う。殴って解決するには、湊はあまりに女性的な雰囲気を漂わせている。力で戦う相手なら、丑松も対抗できるのだが、湊は違う。最も苦手なタイプだ。

「なにも言わずに退去するのが、得策ですよ」

湊は踵を返して歩き出した。川崎が、まるで腰巾着《こしぎんちゃく》のようについて行く。

「おい、どないしたらお前にこの食堂を渡さんでええんや」

丑松は、湊の背中に向かって叫んだ。湊が振り返った。薄く笑みを浮かべている。冷たい、背筋がぞくぞくとするような笑みだ。

「この川崎さんの借金を肩代わりするんですね。約三十一万円、耳を揃えて返してくだされば、食堂はお返ししますよ」湊は言うと、出入り口の戸を開けた。

「そうだ」湊は急に振り返り、「お茶を淹れてくださったお嬢さん、お名前は？」と訊いた。

「弥生です」弥生は答えた。湊の思いがけない質問に引きずられてしまった。

「弥生さん、お茶、ありがとう。私を恨まないでくださいね。仕事ですから。そこの小さなお嬢さんもね」

「洋子や」洋子は怒ったように答えた。

湊は、ふっと冷笑ではない笑みを洩らすと、「弥生さんに洋子ちゃんか……。この世は、弱肉強食ということを知っておいた方がいいね。頑張りなさい」と言い残して出て行った。

「なんやあいつ、塩、塩、撒《ま》いとけ」丑松が、ガラスが割れそうな勢いで戸を閉めた。

「塩、撒いても無駄や。お終《しま》いや」

菅原が、テーブルに顔を伏せたまま、拳をなんどもテーブルに叩きつけた。菅原のあまりの嘆き様に、丑松は慰める言葉もなく、立ちすくんでいた。

6

「丑松兄ちゃん、この店、あの蛇みたいな奴に取られるんか」洋子が丑松の服を引っ張る。

「蛇とはよう言うた。大丈夫や。あんな男に取られたりせえへん」丑松は、洋子の頭を撫でた。

「丑松、やられたわ……」菅原が顔を上げた。涙で目を赤くしている。

「何がやられたや。あんな奴にこの食堂、お前と弥生ちゃんの夢が一杯詰まった食堂を渡してなるものか」丑松は、奥歯がぎしぎしと音を立てるほど嚙み締めた。

「兄ちゃん……」弥生が、菅原に駆け寄った。

「菅原、あいつの言っていた二重譲渡や登記とか、説明してくれ」丑松が頼んだ。実際のところ、起きている事態の深刻さが、今ひとつ丑松にはわかっていなかった。

「川崎が、俺にこの店を譲ると、この証文を書いた」

菅原は、テーブルに広げた譲渡書類を拳で叩いた。丑松が、うん、うんと頷く。

「あいつは難波金融から金を借りるために、もし返せなければ、この食堂を譲ると湊に約束したんや」

「二股、かけたんか、あの野郎！」

「そうや。それで二重譲渡というんやけど、俺がうかつやった……」

「この食堂は、現にお前が頑張って流行らせているわけや。俺のもんやと言い張れへんのか」

「それがうかつやったということや。譲渡されたことを登記してなかったんや。口約束と同じで、別の人間から譲渡なんかあらへんと言われたらお終いなんや」

「登記？」

「この食堂は、俺のものだと役所に届けておくべきやったんや。それを忙しくてしてなかった。しかし湊はきちんとそれをしたから、湊のもんになるんや」菅原は、頭をかきむしった。

「そんな……、アホな。この食堂はお前の命やないか。簡単に諦めんな。ワシがなんとかする」

丑松は、強く言い切った。

「おおきに。しかし今度ばっかりは、難しい。弁護士さんを雇う金もないし、雇っても勝てるかどうかわからんし……、アホやったなぁ」菅原は、今にも気絶しそうなほど小さな声で言った。

「寅ちゃん」弥生の声に振り返ると、寅雄が不機嫌そうな顔で入ってきた。

「丑松兄さん、えらい遅いやないか。公平さん、いったいどないなっとるんや。もう時間すぎとるのに準備中のままか。お客さんが、ぶつぶつ言いながら帰って行きよるで」と寅雄は言いつつ、沈み切った空気を読んで、すぐに「何かおきたんか」と訊いた。

「話せば、複雑やが、寅雄、この男、知っとるか」丑松は、湊の名刺を寅雄に見せた。

「難波金融、湊……。俺は聞いたことがないけど、石井の親分なら知っとると思う。金融も手がけとるからな」

「あの親分、手広いな」丑松が苦笑いした。

「儲かるもんには、手を出すんやろ。こういう時代や、早く手を出したもん勝ちやからな。ところでこの男が何かしたんか？」寅雄が訊いた。

「この食堂を取っていくらしい。菅原に、一週間以内に出て行けと言ってきた」

丑松は、うなだれている菅原を見つめた。

「どういうこっちゃ！」寅雄は驚いて、悲鳴のような声を上げた。

「俺から説明してええか？」

丑松は、菅原に訊いた。菅原は力なく頷いた。丑松は、川崎が湊から金を借りたこと、二重譲渡などを説明した。寅雄は深刻そうな顔で「ほな三十一万円もの金を返せと言うんか。そんな金があったら、もっと立派な食堂を作るわな」と言った。

「もっと立派は余計やろ」丑松が怒った。

寅雄が、頭を掻いた。

「石井親分に相談に行くか？」

丑松は菅原に訊いた。菅原は、首を左右に振った。すっかり弱気になっている。

「しかし川崎を梅田から所払いしたのは、石井親分や。あいつがのこのこ戻ってきたことだけでも、話しておくのが筋やないか」丑松は言った。菅原は、テーブルに顔を伏せている。また戸が開いた。

「店、まだ開けていません」弥生が言った。

「山内さん、佐郷さんも……」丑松の顔に笑みが浮かんだ。

「昼めしを食べさせてもらおうかなと思ってね。準備中なら、ここで待たせてもらうよ」

山内老人が言った。

「ちょっと寄ってみたけど、なにか雰囲気が暗いな。弥生さん、お茶、くれる?」

佐郷は、椅子に腰掛けるなり、弥生に言った。

「はい、ただいま」

弥生は、厨房に駆けた。丑松は、山内老人と佐郷なら、あのどうもつかみどころのない湊に対する対抗策を考えてくれるのではないかと思った。湊は京都帝国大学卒のインテリだ。インテリは、インテリ同士、戦わせるのが最適だ。

「おい、菅原。そんな辛気臭い、腐ったような顔をしていると負けも負けたり、こっぴどく負けてしまうぞ。ここに頭のいい二人が来てくれたのも、なにかの幸いや。もう今日は店を開けけんことにして、みんなで飯でも食いながら、作戦会議や。なにか作ってくれ」丑松は、菅原の背中を勢いよく叩いた。

「面白そうですね。なんの作戦会議ですか?」佐郷が、きょろきょろと丑松や菅原に視線を向けた。

「面白いで。今度は、コレを使わん」と丑松は、拳を突き出し、「使うのはコレや」と頭を指差した。

「頭突きか?」佐郷が言った。

「アホ言わんといて。頭突きやない。知恵や」丑松は、頭を拳で、こつこつと叩いた。

「あまり知恵が詰まった音やないですなぁ」山内老人が、顔をほころばせて言った。

「山内さんまで……。ひどいなぁ。わややなぁ」

丑松は、これ以上ないほどの情けない顔をして、頭を抱えた。その恰好がおかしくて、弥生と洋子が声に出して笑った。菅原もようやく笑みを浮かべた。

「菅原、その顔や。困った時ほど、笑わなあかん。笑う門《かど》には福来たるやで」

丑松は、大きな声で言い、寅雄の頭を平手で思いっきり叩いた。

「丑松兄さん、何、すんねん！」寅雄が、顔を歪めて抗議した。

「中身が詰まっとるか、確認したんや。期待できへんな」

丑松の笑いで食堂が満たされた。しかし湊の顔を思い出すと、たちまち冷え冷えとした気持ちに囚《とら》われる。薬籠の中で、茂一の骨が何度も音をたてた。今回ばかりは勝手が違うぞと警告を発しているようだ。

第八章　戦いと挫折

1

「青い芽を吹く♪　柳の辻に♪　花を召しませ♪　召しませ花を♪」

洋子が、岡晴夫《おかはるお》を真似て、少し鼻にかかった伸びやかな声で唄っている。腕を組み、天井を見上げ、丑松も「どこか寂しい♪　愁いを含む♪　瞳いじらし♪　あの笑くぼ♪」と口ずさむ。菅原がテーブルに肘《ひじ》をつき、ぼんやりと洋子を眺めている。顔は土気色で生気がない。目に洋子が映ってはいるが、実際は何も見えていないかのように、その表情には、感情の動きはない。「ああ東京の♪　花売娘♪」と洋子が高音で唄い上げると、「ああ東京の♪　花売娘♪」と弥生が応じて輪唱を始めた。

「うるさい！」

肘をついたまま、菅原が大きな声を出した。弥生と洋子に向かって言ったというより、自分自身のイライラが我慢できずに口をついて飛び出したのだ。

「うるさくないですよ。上手じゃないですか。洋子ちゃんは歌手になれます」

頭でリズムを取っていた山内老人が、特に興奮した様子もなく窘《たしな》めた。

「なにが花売娘や。俺は店をとられるんやぞ」菅原が弥生と洋子を睨んだ。

「おいちゃん、この歌知らんの？　よう、流行っとるんよ」

洋子が歌をやめさせられたので不満を顕《あらわ》にしている。

「岡晴夫という歌手やろ。ええ声しとるよな。あの声を聞くと、なんや知らんけど楽しぃなる。ああ東京の♪　花売娘♪」と丑松が菅原に逆らうように唄いだし、マイクを掲げるように右腕を高く上げた。「あああ」と菅原が、ため息とも泣き声ともつかぬ声を咽《のど》の奥から絞り出した。ごん、とテーブルに頭をぶつけ、両手で頭髪を掻きむしり、「誰も真剣に考えてくれとうへん！」と叫んだ。

「何を言うてんねん」丑松は立ち上がり、背後から菅原に近づき、後ろ髪を摑み、引っ張った。

「いてぇ。やめろ」

「みんなお前を心配しとるからここに来とるんや。それを真剣に考えとらへんとは、何事や。許さんぞ」

「悪ぃ、勘弁して」菅原は、後ろ髪を引っ張られ、顎《あご》を突き出し、目を吊り上げた。

「丑松さん、やめて！」弥生が、丑松の腕を摑んだ。

丑松は菅原の髪を摑んでいた手を離した。弥生が、ほっとした顔で「兄ちゃんを勘弁してあげて。もうすぐ川崎が来ると思うと、気持ちがどうかしているんよ」と丑松を見つめた。

「ようわかっとる。俺も大人気《おとなげ》なかった」と丑松は言い、「ごめん」と菅原に謝った。

「俺も、すまん」

菅原も丑松に頭を下げた。しかし表情は硬い。湊雄一郎と川崎が菅原に店からの立ち退きを要求した期限が明日に迫っている。なんとかしようと思うのだが、法律は全て湊に味方していた。学識のある山内老人にも佐郷にも良い考えがなく、ずるずると期限まで来てしまった。菅原にとっては青天の霹靂《へきれき》、寝耳に水だった。まさか自分の物と思っていた土地や建物が他人に譲渡されていたとは、夢にも思っていなかった。第三者に対抗するためには登記が必要だった。食うため、商売を軌道に乗せるために必死に働いていた菅原に登記するという知恵はなかった。返す返すも悔しい。

「彼らの金の貸し借りが虚偽だという証明がなされれば、勝てるのだが……」

山内老人は言った。湊が川崎に貸した一万円の金銭消費貸借が、そもそも存在しておらず、菅原を追い出すための虚偽の契約であり、なおかつそれを証明できれば、菅原は、自分が正当に譲渡を受けたものだとあらためて主張できるという。

「嘘にきまっとる。そやなければあんなに川崎が嬉しそうなわけはない」

菅原は、喚き散らした。しかしそれを証明することは、かなり困難だ。無理と言ってもいいだろう。今まで弥生と二人で食堂を経営し、なんとか軌道に乗ってきた矢先だけに菅原の精神が不安定になるのも仕方がない。

「俺が行ってくるわ。湊に話をしてくる。菅原の問題ではあるけど、俺の問題でもあるさかいな。このままやったら裸同然で出ていかなあかん。俺も洋子も住む場所がなくなる」

丑松は言った。深刻な顔はしていない。どちらかと言うと、平気な素振りだ。丑松は、なんとかなると楽観的に考えている。戦争にも行った。なんとか生き残った。アメリカにこれでもか、これでもかというほど爆弾を落とされた。一億玉砕と叫んでいたが、日本人はいっぱい生き残っている。木も繁り、草も生えている。夏は暑いし、冬は寒い。極論すれば、何も変わってはいない。湊は賢い奴だ。一筋縄ではいかないのは承知している。頭を下げたってどうしようもないかもしれない。その時は、その時だ。菅原をもう一度、違う場所で一からやり直そうと励ませばいいだけではないか。そう考えると、丑松は気が楽になった。この土地と建物を失ったからと言って、菅原の料理の腕が衰えるわけではない。その腕さえ持っていれば、なんとかなる。菅原、しっかりせえや。こんな土地や建物は、川崎にくれてやれ。と肩を叩いて言ってやりたい。しかし今の菅原にそんな気楽なことを言おうものなら、また喧嘩になってしまう。

「考える前に動け。悩むなら行動しろと言うやろ」丑松は、菅原を見つめて言った。

「俺も行く。丑松一人を行かせるわけにはいかん」菅原が立ち上がった。

丑松は、柔らかく笑みを浮かべて「お前はここにおれ。一緒やったら却《かえ》ってややこしい。ダメもとの話やからな」と、菅原の両肩に手をかけ、椅子に押し戻した。

「大丈夫？」弥生が不安そうに言う。

「心配するな。お守りが付いてる」

丑松は、腰にぶら下げた薬籠をぽんと叩いた。茂一の骨が、コロンと音を立てた。

「茂一は腹いっぱい飯が食いたいから食堂の社長になりたいというとった奴や。菅原を助けてくれると思うで」

「夢を見るよに♪　花籠抱いて♪　花を召しませ♪　召しませ花を♪」洋子が、また唄いだした。顔は笑顔ではちきれそうだ。頬は赤く染まり、大きく開いた口からは白い歯が飛び出している。

「ああ東京の♪　花売娘♪」丑松も歌い、「ほな、行って来る」と戸を開き、外に飛び出した。

「丑松兄ちゃん、あんな気楽で大丈夫かな」背後で洋子の大人びた声が聞こえた。

2

名刺を見ながら、難波金融の看板を探す。丑松のいる梅田を北《キタ》と呼ぶが、湊の会社がある難波は南《ミナミ》と呼ばれている。御堂筋で結ばれて、急ぎ足で三十分もあれば着く。

「北もごちゃごちゃやけど、南はもっとすごいな」

丑松はバラックのような家や壊れそうなビルが並ぶ駅前を歩いていた。看板が、道路に飛び出し、やたらと人の目をひくように取り付けられているのは、一人でも客を呼び込みたいからだ。このごちゃごちゃが大阪の活気だと言うこともできる。金融業の看板も多い。何事も始めるには、金が要る。支払う利息より儲ければ良いのだ。そんな逞《たくま》しさが金融業の看板の多さになっている。

「あれや」

薄汚れたビルが多い中でひと際目立つ黄色いビルがある。目立てばいいとばかりに外壁を黄色く塗ったのだろう。風水で黄色は金運の色だと聞いたことがある。そのことをわかってビルの持ち主は、黄色に塗ったのだろうか。黄色いビルに「難波金融」の看板がかかっていた。他にもいくつか看板が上がっているが、金融業はそれだけだった。

「行くか」

丑松に作戦はない。行き当たりばったりと言えばそうなのだが、犬も歩けば棒に当たるという諺《ことわざ》どおり、いいことに出会えると信じている。エレベーターがある。ビルは八階建てだ。難波金融は七階にある。八階は持ち主の住居になっているのだろう。エレベーターのボタンを押す。反応がない。壊れているのか。

「見掛け倒しやな。しゃあない。歩くか」

狭い階段を上り始めた。薄暗い。電球はあっても、ところどころにしか明かりはついていない。ゆっくりと階段を踏みしめながら上っていく。ドアを開けて、いきなり殴りかかるか。あかん。あいつには腕力は通用しない。それに男には珍しい端正な顔だ。殴ったら、こっちが悪者になってしまう。土下座か。そんなことに心を動かすほど、情のある奴には見えない。理屈で言い負かすか。奴の方が、学歴も知識も上だ。さあて、どうするか。

考えもまとまらないうちに七階まで上ってきてしまった。息が上がった。フロアに出て、案内板の表示にしたがって右に行く。突き当たりのドアに「難波金融」の文字が見える。もし誰もいなくて、ドアが閉まっていたら、その場に座り込んで奴が現われるまで待つだけだ。ドアの前に立った。曇りガラスの向こうは何も見えない。人の話し声も聞こえてこない。いないのか。ノブに手をかけ、回してみる。動かない。留守か。力が抜ける。丑松は、ドアを叩き、「岡本丑松や。菅原の件で来た」と中に向かって声をかけた。これで返事がなければ座り込みだ。

「今、開けます。ちょっと待ってください」

湊の声だ。床を歩く音がドアに近づいてくる。カチリと錠《じょう》が外れる音がして、ドアが開いた。

「わざわざ来てくれたのですか」

隙間から湊の顔が覗いている。口元には笑みを浮かべているが、目は笑っていない。

「入らせてもろてええか」丑松は、体でドアを押す。拒否されても、無理やり押し開けて入るつもりだったが、湊は、「どうぞ」とドアを大きく開き、丑松を中に招き入れた。

「エレベーター壊れとったで」

「電力不足で調子が悪いんですよ。大変だったでしょう。ここまで来るのは。お茶は？」

布張りの大きめのソファに座った丑松を湊は気遣った。

「いらん」丑松はあっさりと言った。顔が自然と強張っているのがわかる。

湊は、執務机に戻った。たいして立派な机ではない。まるで子供の勉強机のようだ。その上には、本や辞書、それにスタンドが一台あった。

「金をぎょうさん持っとるわりに、けち臭い部屋やな」

丑松は、頭をぐるりと回して、辺りを見渡した。

「ありがとうございます。それは誉め言葉と受け止めます。大阪ではけちは誉められることですからね」湊は心地良さそうな笑みを浮かべた。

「川崎は？」あの嫌な男の顔を見なくてすむだけでもほっとする。

「取立てにでも行ったのでしょう」と湊は言い、続けて「取立ては大事な仕事ですから」と真面目な顔になった。

「人を苦しめて、それでよう商売がやれるな。俺も小さな商売をしている。いずれは大きい商売にしたいと思うている。しかしそれは人を喜ばせる商売や」丑松の顔が険しくなる。

「いい考えです。商売は人を喜ばすもの、そのとおりです」

湊は涼しい顔だ。机の向こうで椅子の背もたれによりかかっている。

「よう言うな。金貸しは人を苦しめとるやないか。現に、菅原は明日の立ち退きの日を前にして、頭かかえとるで」

「それは大変ですね。でもね。貸した金を返してもらわないと、また新しい人に貸せないのですよ。金を必要としている人は大勢いますからね。金貸しも人を苦しめてばかりいるわけではありません。金を借りて、事業を行い、成功した人は、金貸しに感謝しています。表立ってありがとうと言う人は少ないですが……」薄笑いを浮かべている。

「あんた金はどこから持ってきているんや。他人様《ひと》に貸す金がないと仕事にならへんやろ」

「ええとこに気づきますね。これです」と湊は、新聞を丑松に投げ、「そこを見てください」と言った。丑松は、新聞を手に取り、湊が示したところには「遊金利殖。元本保証、月一割配当確約。信頼の難波金融」という広告があった。

「なんやこれ？」

「この広告で金を持っている人が預けてくれるのですよ」湊は満足そうな笑みを浮かべた。

「誰かがお前に金を預け、その金をお前が他人様に貸すというわけか」丑松は机に新聞を投げ捨てた。

「預けませんか？　金があればね」冷たい笑いだ。

「預けるもんか。預けるくらいやったら、客に配る」

「大衆は、愚かですよ。愚かな者たちが金を持っているより私のような選ばれた者に預けて、運用を任せる方が幸せになるのです。宝の持ち腐れという言葉を知っているでしょう。大衆は金を持っていても、金に使われ、奴隷になってしまうだけです」湊は、くっくっと笑いながら言った。

「思い上がりやないか。大衆とは、俺らのことか。俺は、そんなに愚かとは思わんで。あんまり馬鹿にせんほうがええんやないか」丑松は怒りが湧いた。

「丑松さんやったですね。あなたはなかなか度胸があるようだ。川崎からも話を聞いています。私と一緒に事業をやりませんか？」湊は、腰を上げ、机を離れた。

「俺は、そんなことを話しに来たわけじゃない。あんたに情というものがあるならもう少し時間をくれということや。俺や菅原は、真面目にこの戦後の混乱を生き抜こうとしているんや。それをオシャカにせんといてくれ。少し時間をくれ。金を踏み倒すことはしない。必ず返す。そやけど少しぐらい減額してくれてもええはずや。川崎が借りた金であり、菅原が借りたもんやない」

丑松もソファから離れ、湊の前に立った。

「はっはっ……」湊が声に出して笑った。

「何がおかしいねん」

「無理な頼みです。私はあの食堂の辺りの土地を買い占めて行きたいと思っています。あの食堂をその皮切りにしたいのですからね」湊は丑松を見据えた。

突然、ドーンという大きな音、続いてバシャッともガシャッとも聞こえる鼓膜を破るような破裂音がした。丑松も湊も音の方角に目を向ける。入り口のドアが床に倒れ、ガラスが粉々になっている。

「湊！　覚悟しやがれ！」

黒革のジャンパーを着た男が叫びながら部屋に飛び込んできた。男の靴が床に散乱したガラスを踏みしめる。ペキッペキッというガラスが砕ける音がし、その破片が窓からの光を反射しながら、丑松の方に飛んでくる。いてっ。頬を押さえる。手を見た。わずかだが赤く血がついている。ちきしょうと思ったが、血を見たとたんに頭が冴《さ》えた。何が起きているか、冷静に見ることができた。男がぬめぬめと光る刃物を振りかぶっている。長い。六十センチ以上はある日本刀だ。それが湊に向かって振り下ろされようとしている。湊は青ざめ、恐怖に顔を引きつらせている。丑松は、咄嗟《とっさ》に机の上のスタンドに手を伸ばした。

「このばかたれ！」

丑松は、これ以上ないほどの大音声を上げ、スタンドを男に投げた。スタンドは空中をくるくると回転しながら男に向かって飛んでいく。男は、丑松と空中のスタンドを同時に見て、先ほどの血走った目から一転して慌てふためいている。まさか湊以外の男がいるとは思ってもいなかったのだ。男がスタンドを叩き落そうと日本刀を振り下ろす。不幸にも空振りし、ヒューイと空気を切る音がする。スタンドは男の額に命中した。あっ、いてっ。この野郎と、丑松に向かって怒鳴った。湊はその隙に、机の下に身を隠した。丑松は、手当たり次第に机の上にあった辞書などを投げた。男は、まるで羽虫でも払うように日本刀を振り回す。

丑松は、ソファを抱え、両手で高く持ち上げた。山門の仁王像のように、ぐっと目を見開き、男を睨みつけた。男が、ひるんだ。ウオーッと丑松は叫び、渾身の力を込めて、ソファを投げた。ソファは、男に向かって巨大な岩石のように空をゆっくりと飛んでいく。男は、それに向かって日本刀を振りかぶったが、すぐに駄目だと判断し、日本刀を下ろした。ソファは男の目の前に落ち、ドーンと下から突き上げるような振動音を上げ、床に散らばったガラスをさらに粉々に砕いた。

「ちきしょう！」

男は丑松に向かって叫んだ。再び日本刀を振りかぶったが、丑松が今度は机を持ち上げようとしたのを見て「覚えていやがれ」と言い残して、走り去った。男が階段を急ぎ、駆け下りる音が響く。丑松は、部屋の外に出て、男が本当に逃げて行ったか、確認した。姿は見えない。

「もう、大丈夫や。出てきてええで」

丑松は、部屋に背を向けたまま言った。背後でごそごそと人が動く気配がする。湊が机の下から這い出てきた。

「めちゃくちゃですね」湊は丑松に言った。息が少し荒いが、抑揚もなく、冷静さを取り戻している。

「なんやあれ」丑松は、呆れたように言った。

「ただのアホでしょう。金を集めたり、貸したりしていると、たまにあんなアホに当たるのです」

「ふーん、せやけど気ぃつけたほうがええで。また来よるで」

床に新聞の切れ端が落ちている。何かと思って拾うと、「遊金利殖」の広告だった。男が落としたものだろう。湊に「これ」と渡した。湊は、それを受け取ると、チラッと見たが、すぐに手の中で丸めて、ゴミ箱に投げ入れた。

「頑丈なドアに作り替えますよ」

「そうしたほうがええ」

「借りが出来ましたね。あなたに」

「借り？　そうやな……、お前のことなんか、ほっといてあの男に殺された方が、こっちはよかったんやけどな」丑松は、皮肉っぽく言った。

「どこかでこの借りは返します」湊は、頭を下げた。

「菅原の、あの食堂を取り上げげんといてくれや」

「それとこれとは別です」湊は真面目な顔をした。

「阿漕《あこぎ》なことをしとったら、今度は俺が日本刀を持って来るで」丑松は薄笑いを浮かべた。

「怖いこと言わんといてください」と湊は言い、ほっとしたのか、引きつったような笑い声を上げた。丑松は頬を触った。血はすっかり乾いていた。

3

菅原は、何も映っていない空虚な目で食堂の看板が取り外されていくのを眺めている。今にもゆらりと倒れそうな体を弥生が支えている。弥生は、菅原とは正反対に怒りの籠《こも》った厳しい目で、人夫を指図する川崎を睨みつけていた。

「もうあかんわ」埃《ほこり》を舞い上げて「日本一くいだおれ食堂」の看板が地面に落ちた。同時に、菅原も崩れるように地面にしゃがみこんだ。

「兄ちゃん」弥生が、哀しい声を出す。丑松は、菅原の姿を横目で見ながら、「川崎」と声をかける。

「なんや、忙しいんや」川崎は、さも面倒だという顔で返事をする。

「お前、借金を返しもしないでこの食堂の経営者に返り咲くというのは、理屈にあわんやろ」

「なにアホなことを言うとんのや。俺は、湊社長に借金を返せへんから、この食堂の雇われ経営者になるだけや」

「お前は形だけの経営者で、全ては湊の持ちもんやというわけか。よう考えた筋書きやな」

丑松は、川崎の背中をどんと叩いた。

「あ、痛っ！　なにすんねん。暴力、振るうたら警察呼ぶで」菅原が振り向き、眉根を寄せる。

「お前ら、必ず俺が潰《つぶ》したる」丑松は、新しく付け替えられた「川崎食堂」の看板を見上げて言った。

「脅迫するんか」川崎は、丑松を睨んだ。

丑松は、口角を引き上げ、鼻で笑い、「アホ。俺も食堂をやってお前の店の客を根こそぎ取ってやるわ」と言った。

「お前、食堂やるんか」

「ああ、やるで」丑松は、拳を突き上げた。

「そないに簡単なものやあらへん。せいぜい気張りや」

川崎は、薄く笑い、再び人夫に指示し始めた。

「丑松さん」佐郷が近づき声をかけてきた。

「何かわかりましたか」

丑松は言った。丑松は、佐郷に湊の事務所で起きたことを話した。新聞記者なら、湊の抱えているトラブルがわかるかもしれないと思ったからだ。

「そうとう追い詰められていますね」

「湊が、追い詰められている？」

「あの『遊金利殖』ですよ。あれでかなり金を集めたようです」

「それが問題なんか？」

「やばい金も集めているようなんです」

あの男が振りかぶっていた日本刀を思い出した。あれは確かにやばい男だった。普通の職業の男ではない。

「あんな金利で金を集めてもええんか？」

「警察も問題にしているようです。銀行でもないのに金を集めていますからね。違法行為として、逮捕もありうると思います」

佐郷は、深刻そうな顔をした。湊のことを心配しているわけではない。大掛かりに、羽振りよくやっている湊の落日を見るかもしれないということに対する緊張感からだ。

「もし湊が逮捕されたら、あれはどうなるんやろ」

丑松は、顎を食堂に向けて上げた。川崎が、忙しそうにうろついている。菅原は、相変わらず弥生に支えられている。

「あの食堂の所有権は、今、湊の難波金融のものになっています。もし湊に何か問題が起きれば、債権者が差し押さえてしまうことになるでしょうね」

佐郷は寂しそうに言った。丑松は、菅原の背中を見た。肩を落とし、小さくなっている。

「差し押さえ……、難しいことばっかりやな。結局、菅原の手にはもどらんということか」

丑松の声が曇った。

「ええ、差し押さえられる前に菅原さんに譲渡されるなりして、所有権が移る、すなわち菅原さんのものになればいいのですが……」佐郷が呟くように言った。

「難しいことが多いなぁ」丑松は頭を掻いた。

菅原が、ふらふらと歩きながら、食堂の中に入っていった。

「兄ちゃん、どこへ行くん？」弥生の声が不安げだ。菅原は何も答えずに食堂の中に消えた。

「どうした？」丑松は、弥生に訊いた。

「兄ちゃんが、何か変や」

弥生が震え声で言った。丑松は強張った表情で、わかったと言い、食堂の中に入った。

「菅原、菅原」丑松は呼びかけた。

テーブルの上には、埃がうっすらと積もっていた。外で看板を外す作業をしている際に舞い上がったのだ。人夫は外の作業にかかりっきりになっていて、中には一人もいない。

「菅原、おらんのか」丑松は不吉な予感に囚われた。急いで調理場に飛び込んだ。

「菅原、菅原」丑松は調理場の床に倒れている菅原を見つけた。すぐに助け起こしたが、床には血が黒く広がっていた。手首から血が流れ出ている。

「しっかりせえ」丑松は叫んだ。その声を聞きつけ、佐郷と弥生が飛び込んできた。

「兄ちゃん！」弥生が泣きながら声を上げた。

「すぐに北村先生のところに運ぶ。佐郷さん、手伝ってくれ。弥生ちゃん、手ぬぐい、手ぬぐい貸せ」

丑松の声に弥生は調理場にかけてあった手ぬぐいを摑んだ。

「これ！」弥生から手ぬぐいを受け取ると、菅原の手首と、心臓に近い腕の付け根を強く縛った。

「行くぞ」丑松は菅原を背負い、外に飛び出した。佐郷が菅原の体を後ろから支えた。

弥生が「私、北村先生のところに先に行ってる」と言い、駆け出した。

「先生を逃がすなよ。おらへんだら看護婦でもええ。だれでもええから、逃がすな」

「わかったわ」弥生は、ものすごい速さで走っていった。

「どないしたんや」川崎がとぼけた顔で近づいてきた。

「あっちへいっとけ。急ぎや」丑松が怒鳴った。

「えらい剣幕やな。なんや菅原の奴、死によったのか。根性なしやな」

川崎は、堪《こら》えるように含み笑いをした。

「くそ野郎！」丑松は菅原を片腕で背負ったまま、川崎の顎に拳をめり込ませた。川崎は、ぐえっと蛙を踏みつけたような声を上げ、もんどりうって背中から地面に倒れた。

背負っていた菅原の体が大きく揺れ、「うっ」と呻いた。

「丑松さん、そんな奴にかかわりあっている時間はないよ」佐郷が、急いで病院に行けと促した。

「わかった」丑松は、気絶している川崎に向かって唾を吐き、走り出した。

4

パリ商会の店の奥にある狭い居間に菅原は眠っていた。幸い傷は浅く、一週間もすれば包帯を外すことができると北村は言った。

「ほんまに心配かけやがって」丑松は言った。

眠っている菅原がピクリと動いた。よく見ると、目じりに涙の跡があった。今、夢を見て泣いているのか、それとももっと前に泣いたのかはわからない。しかし菅原の心が絶望で満たされていることは確かなようだ。

「ご迷惑をかけました」弥生が皆に頭を下げている。

狭くて居間には上がれないので通路に寅雄、キッコ、千代丸がいる。洋子は丑松の側に座っている。

「えらいこっちゃったなぁ」寅雄が眉根を寄せた。

「その湊や川崎をぎゃふんと言わせる方法はないんやろか」キッコが悔しそうな顔で丑松を見ている。

「佐郷さんや山内さんが、いろいろ考えても法律上は向こうの勝ちや。どうしようもあらへん。湊から借りた川崎の借金が嘘やと証明されんことには、無理みたいや」丑松は目を伏せた。

「石井の親分に頼んで、川崎を締め上げてもろたらどうやろか」

千代丸が勢い込んで言った。良い考えだろうという顔で皆を見渡した。

「あかんやろな」と寅雄が暗い顔で言い、首を横に振った。

「なんで？　あかんの？　兄貴」千代丸が不満そうに言った。

「相手は、ここや」と寅雄は頭を指差し、「これにはこれは利かへん」と今度は腕を差した。

「寅雄の言うとおりや。腕力でなんとかなるんやったら、俺でもなんとかする。それがあかんから弱っとる」丑松は、腕を組み、天井を見上げた。

「丑松兄ちゃん」洋子が丑松を見上げている。

「なんや？」

「ここを食堂にしたらええやないの。ちょっと狭いけど、うち、石鹸売るより食べもん屋がええ」

洋子が嬉しそうに言った。丑松は、その言葉に先ほどの川崎とのやりとりを思い出した。売り言葉に買い言葉のように「食堂をやるで」と言ったものの本気ではなかった。しかしどこかにその考えを持っているから口に出たのだろう。

「茂一、お前、食堂をやりたいんか」丑松は、腰につけた薬籠を叩いた。コロンと乾いた音がした。

「あかんか？　石鹸よりコロッケやと思うけどな」

洋子は不満そうだ。丑松が、すぐに賛成してくれないからだ。

「洋子ちゃん、そらあかん」千代丸が慌てて言った。洋子が口を尖らせて千代丸を睨みつけた。

「何とかしてあげたいけど、パリ商会を食堂にするのはねぇ」キッコも顔をしかめた。

「皆さん、本当に申し訳ありません。うちと兄ちゃんで、もう一度ゼロから何とかやり直します」

弥生が深々と頭を下げた。目にはうっすら涙が浮かんでいる。

「なんや、湿っぽいな。今は、なんとか菅原が早く元気になることを、みんなで願おうやないか」

丑松は立ち上がり、弾んだ声で言った。丑松は、笑顔を見せながら考えていた。それはなかなかまとまらないが、洋子の提案も頭の中にきちんと入れた。洋子にコロッケを食べさせるためではない。菅原を立ち直らせるためには、絶対に食堂をやらねばならない。これは自明の理だ。たとえ意識が戻り、傷が癒えても、肝心の食堂がなければ菅原は意欲を失ったままになってしまうだろう。これではあまりにも惨めだ。なあ茂一、と丑松は、声にならない声でささやき、腰にぶら下げた薬籠を触った。俺は、自分のために何かをしたらうまくいかへん。それより他人のためになにかをしたら、その方がやりがいもあって、うまくいく。今は、誰のために働いたらええんやろか、教えてくれ。菅原のためやろか、寅雄や千代丸やキッコのためやろか。

「お前、何しにきたんや」寅雄が入り口で大きな声を出している。声が上ずり、喧嘩腰だ。

「どないしたんや？　誰か来たんか？」

丑松は入り口に向かって首を伸ばした。その視線が捉えたのは、湊だ。興奮している寅雄とは対照的に静かに微笑みながら立っている。手に果物を詰めた籠《かご》を持っている。丑松は、ゆっくりと湊に近づいて言った。

「何しにきたんや」

「お見舞いです。菅原さんがお怪我をなさったとか。川崎に聞きました」

「お前には関係ない。見舞いは必要ない」丑松は帰れというように手を払った。

「まあ、一期一会《いちごいちえ》と言いますから、お見舞いさせてください。これを受け取ってください」と果物籠を目の前に差し出して店の中に入ろうとした。丑松が「いいから、帰れ」と押し返した。

「弥生さんと言いましたね。どうぞ受け取ってくれませんか？」

湊は、丑松を無視して弥生に言った。突然の湊の呼びかけに弥生は戸惑ったが、「兄は、眠っています。せっかくですが、お引取りください」と言った。

湊は、果物籠をその場に置き、「嫌われたものですね……」と残念そうに言った。

「当たり前やろ。お前が菅原から食堂を奪ったんやないか」丑松は声を荒らげた。

「菅原さんにもしものことがあれば、寝覚めが悪いと思っていましたが、たいした怪我ではなくて安心しました」

「たいした怪我やないとはどういうこっちゃ。人が死ぬほど思いつめとるんやど」

丑松は、湊の襟首を掴んで、締め上げた。

「言葉が過ぎました。謝ります」湊は、苦しそうに言った。丑松が手を離すと、湊はさかんに首を撫でた。そして真顔になり、「ところで、ちょっと話をきいてくれますか」と丑松に言った。

「なんや。さっさと言えや」丑松は、苛立っていた。湊の慇懃《いんぎん》に構えたところが面白くない。

「丑松さん、お金を貸しましょうか？」

「はあ？」と丑松は、驚き、湊の顔をまじまじと見つめた。

「あなたはなかなか見所がある。私が金を貸すに価する男だと見込んでのことです。もし事業に入用なら貸しますよ」

湊は真剣な目で丑松を見つめていた。冗談で言っているのではない。果物籠を持って見舞いに来たのも、このことを告げるためだったのだ。

「お前なんかに金は借りん。尻の毛まで抜かれたらたまらんからな」丑松は、声を出して笑った。

「そうですか、普段は、二十パーセントくらいの年利で貸していますが、あなたなら十パーセントでもいい。もし借りるのがいやなら出資してもいい」湊は諦めない。畳み掛けてくる。

「そんなに俺に貸したいなら、借りてやる。しかしひとつ条件がある」

丑松は、湊に向かって、一歩踏み込み、ほとんど息が吹きかかるほど顔を近づけた。湊も負けてはいない。たじろがず丑松を見つめた。

「条件を聞かせてください」

「菅原に食堂を返すことや」

丑松の言葉に、湊の顔の緊張が緩み、丑松を見つめる視線も弱くなった。

「それはダメです。私は、一つ一つの仕事を完結させる主義です。あの仕事は、あれで完結しました。川崎が借金を返すべく、食堂を運営するでしょう。もう過去の話です。私は未来のあなたに金を貸したいと思っています。これは助けてもらったお礼ではなく、あくまでビジネスです」

「それならこの話は決裂や。菅原をなんとかすることは、俺にとっちゃ過去でもなんでもない。今、起きている大きな問題やさかいな」丑松は、帰れとばかりに、再び手を払った。

「残念です。まあ、ご検討なさっておいてください。この時期、こんな条件で金を貸せるのは大阪では私くらいですよ」湊は笑いながら帰って行った。

「なにを言うて来たんや」寅雄が近づいて来た。

「俺に金を貸すというんや」

「えらい見込まれたもんやな」

不思議と悪い気はしない。湊はあくどい、冷酷な守銭奴《しゅせんど》だが、その男から評価を受けたことが妙に心地良い。不思議な思いだ。憎い敵ではあるが、敵から認められることは、それだけでも自分の強さの証明だからだろうか。しかし丑松は厳しい顔で「あほくさ」と呟いた。

5

丑松は、山内老人のバラックに来ていた。大事な話があると、山内はわざわざパリ商会まで出向いてきた。そしてここでは話しづらいと丑松を自分の住まいへ案内したのだ。丑松は不吉な予感がしていた。悪い時には、悪いことが重なるものだからだ。もし良いことなら、山内老人は、パリ商会で話すに違いない。彼は、ここまで来る道すがら一言も話さなかった。

「もう少ししたら佐郷君が参ります」

「なんや緊張しますね。ええ話やないんでしょう?」

「そうですねぇ……」山内老人の表情が冴えない。

丑松は、山内老人が淹れてくれたお茶を口に運んだ。

「山内さんは、学校へ戻られるんですか?」

丑松は、ごくりと茶を飲んだ。世の中も落ち着いてきた。学校も各所で再開され、先生が不足している。山内老人なら引く手数多《あまた》に違いない。

「いろいろ話を頂いています。教え子たちがいますのでねぇ。こんな恥ずかしい暮しをするなというのですよ」山内老人は、寂しさを苦笑いで隠した。

「ここは悪くはないですが、いつまでもおられませんからね」世の中が落ち着いてきつつある。こんな不法占拠の建物にいつまでも居座り続けられるわけがない。

「そうねぇ」と山内老人は、ぐるりと見渡し、「学校は窮屈ですからね」と呟いた。

「お待たせしました」大きな声で佐郷が入ってきて、丑松の側に並んで座った。ただでさえ狭いバラックがさらに狭くなった。

「さっきから何が始まるんやろかと心配してたんです」丑松は言った。

「これを見て欲しい」と佐郷は、丑松に一枚の紙を渡した。

「これは？」

「新聞に載る前の原稿や」

佐郷の表情が硬い。丑松は、記事を読んだ。内容は、旧軍隠退蔵物資、米軍物資の横流し品などの取り締りを強化するというものだ。大阪市も政府の方針に従い、警察と協力関係を密にして、ヤミ業者の摘発を進めるという。丑松には、書いてあることは読めるが、それにどんな深い意味があるのか理解できない。丑松は、戸惑いの表情で佐郷を見つめた。

「政府は、早く経済を正常化させたいのでヤミ物資の流通を完璧に阻止する決意みたいや。徹底してやると言っている」佐郷は強く言った。

「ということは？」丑松は問い掛けた。

「パリ商会の商売もせっかく軌道に乗ったのだけれども続けるのは無理だということや。続けたら逮捕される可能性がある」

政府は、国会でヤミ業者の摘発が手ぬるいと追及を受けていた。旧軍が隠退蔵した物資の中には国民が供出した宝石などの高価なものもあったのだが、それらを横流しして大儲けするヤミ業者に対して庶民の非難が集中し始めたのだ。食うや食わずで日々を暮らす庶民に比べて、ヤミ業者は贅沢三昧《ぜいたくざんまい》の暮らしをしているといわれていた。特に非難が集まったのは、旧軍人らが隠退蔵物資の横流しで大きな利益を得ていたためだ。鬼畜米英、撃ちてし止《や》まむ、欲しがりません、勝つまではなどと庶民を戦争に駆り立てた元皇軍兵士、それも幹部たちが稼ぎに稼いでいた。その変節漢振りは、庶民のモラルを著しく下げ、戦後政府への信頼低下に繋がる懸念があった。

「俺たちはヤミ屋やない。きちんとした商売や」丑松は、強く言った。

「ちゃんと店を持った正規の商売をしているのはわかる。しかし扱っている商品には、ヤミルートで仕入れたものもある」佐郷は冷静に答えた。

「そりゃ通常の仕入れではなかなか間に合わへんからやないか。キッコの友人ルートで米軍の商品を仕入れているのは事実や。元々、それで始めたんやから」

「その仕入れルートも止まるということです。このまま続ければ、いずれ近いうちに丑松さん、あなたが逮捕される可能性がある。今度ばかりは私でも助けられない」佐郷の顔が暗く沈んだ。

「そんなアホな。ヤミの商売をしたくないから、ちゃんとした商売をしたいから、人を喜ばしたいから、儲けよりも客の喜ぶ顔が見たいから……」

丑松は佐郷が憎たらしく見えてきた。佐郷が悪いのではない。元皇軍兵士のくせをして、せこく、ずるく軍の物資を隠して商売をした奴ら、軍が崩壊するという事態につけこんだ火事場泥棒的な奴らと自分が一緒にされているようなのが悔しいのだ。

「ようわかっている。丑松さんは、きちんとした商売をしようとしている。しかしやつかむ者は多いやろな。パリ商会はよう儲けとると思われているからなぁ」

山内老人が湯飲みで茶をすすった。渋かったのか眉根を寄せた。

「客は喜んだ……。それが儲けや。だれかパリ商会を指した奴がおるんか？」

丑松は、思わず佐郷の背広の襟を掴んだ。

「丑松さん、苦しいよ」佐郷が呻いた。丑松は手を離した。

「じつは、警察にパリ商会がヤミ物資で儲けていると密告が入っている。まだ警察が動く前だから、僕がなんとかできる。僕は警察幹部と親しいからね。そのことは丑松さんもよく知っていると思うけど」丑松は、頷いた。佐郷は、警官を殴って留置された丑松をこともなげに救い出したことがある。

「もしこのまま商売を続けていると、いずれ近いうちに摘発されるのは間違いない」

佐郷の口調が冷静であればあるほど事態の深刻さが伝わってくる。

「俺は間違った商売をしとったんか？」丑松は乞うような目つきで山内老人と佐郷を見つめた。

「そんなことない。きっかけは米軍ルートの横流し品だったが、今は多様な仕入れルートに変わっているからね。正しい商売だよ」山内老人は優しく微笑んだ。

「それならなんで……」丑松は奥歯を嚙み締めた。

「警察が本気で動けばおしまいだ。梅田のヤミ市が消えたのも警察が本気で動いたせいだ」

佐郷は、記事の原稿を畳んでポケットに仕舞った。

「なんとかならんの？」

「なんともならない。僕は、伯父さんも助けなければならない」と佐郷は山内を見て、「伯父さんがもし逮捕されるようなことがあれば、大きな問題になる。なにせ教育者だからね。教育者までヤミに手を出していたのかと徹底的な非難の対象となってしまう」と言った。

「私に米軍の物資のヤミルートに力があるという噂があったからねぇ。しかし私が君にキッコを紹介したことは事実だから、もしものことがあっても私は逃げも隠れもしないよ」

山内老人は断固として言い切った。

「俺は、どうしたら？」丑松は弱気になった。自分が他人に判断をまかせるなどということはありえないと思っていたが、寅雄や千代丸の顔が浮かび冷静な判断力が奪われていく。パリ商会は、彼ら浮浪児の希望なのだ。それをむざむざ奪うことなどできるだろうか。

「早めに店を閉めるべきだ。それがみんなのためであり、丑松さんが決断すべきことだよ」

佐郷が冷静に告げた。

「最悪の年やな……」丑松は呟いた。

「決断は早い方がいい。僕が警察を止めておけるのも限度があるから。身内の話になって恐縮だが、伯父さんのためにも頼む」

佐郷が頭を下げた。丑松にひしひしと佐郷の必死さが、打ち寄せる波のように伝わってくる。

「ちょっと一日、考えさせてくれへんでしょうか？」

丑松は、両手で体を支えて立ち上がると、頼りなげな足取りで山内老人の住まいの外に出た。すっかり暗くなっていた。あかんなぁ、あかんなぁ……。勝手に弱気の文句が口をついて出てくる。菅原の店も取られた。パリ商会も取られる。せっかく生きていこうと必死になっているのに、全てを奪っていく。戦争では茂一を奪われてしまった。あかんなぁ、しっかりせなあかんなぁ……。寅雄や千代丸になんと言ったらいいのだ。彼らもやっと生活の基盤ができたというのに……。暗闇の中にうっすらと人が見える。そこだけが一層、闇が濃い。女性のようだ。近づいてくる。丑松は、うつむいたままふらふらと歩いている。もし商売をしている女性であっても関わる気はない。そのままやり過ごすつもりで歩いた。

「丑松さん」通り過ぎようとする間際に名前を呼ばれ、丑松はぎょっとして立ち止まり、暗闇の中で女性の顔を覗きこんだ。

「キッコよ」弾んだ声がした。

「なんや、キッコさんか」丑松はほっとした。

「誰やと思たん？ 遊んでいたらあかんよ」

「いてっ」キッコが腕を抓《つね》ったようだ。

「アホ、言いなや。真面目なもんや」

「元気のない感じやね。山内さんのとこから帰り？」

「ああ……」

「その様子やとパリ商会のことやね。悪い話を聞いたんやね」

キッコの話に丑松は驚いた。今日の佐郷の話をキッコにどうやって話そうかと悩んでいたからだ。パリ商会の経営の実質的な中心はキッコなのだ。

「聞いてたんか？」

「詳しくは知らん。せやけど米軍ルートがやばくなっているのは薄々感じとった。最近、取り締りがきつくなって、前みたいに十分に横流しできへんってあの人も話していたから……」

あの人というのは、キッコのかつての恋人の米兵だ。

「佐郷さんがパリ商会をやめるべきやと言うんや。警察に、密告もあったらしい。ヤミで儲けとるという内容や。ヤミ屋はしてないと言ってもしょうがない。悔しいわ」

明るいところなら絶対に流れない涙が出てきた。暗くて見えないだろうと思うと、止まらなくなってきた。洟《はなみず》をすすった。

「ちょっと歩く？」

キッコが丑松の腕に自分の腕を絡ませた。衣服を通してだが、柔らかい感触が伝わってきた。

黙って腕を組んだまま歩いていく。何も話しかけないことが、慰めになることをキッコは知っているのだ。通りの端に提灯《ちょうちん》が見える。

「飲む？」キッコが訊いた。

「ああ、少しやったら」

丑松は答えた。キッコに腕をとられていることで、悔しさや哀しさを少し忘れているのが不思議だった。提灯には大きく酒と書いてあった。ヤミ営業の店だ。多くの料理屋が農林省、内務省、厚生省の各省令により営業停止になりつつあった。ヤミ物資を扱って、客に提供しているからだ。この店もいずれ摘発されるのだろう。最後の輝きほど艶《あで》やかなものはない。キッコが戸を開けた。戸を引きずる大きな音がした。客は二、三人。静かに飲んでいる。

「いい？」キッコが指を天井に向けた。二階は空いているか、という意味だ。割烹着《かつぽうぎ》を着た女将《おかみ》が、微笑んだ。ヤミ営業らしく大きな声を上げない。キッコの馴染みの店のようだ。

「知っているんか？」

「黙って……」

キッコは二階への階段を上がる。丑松が後に続こうとしたとき、「これ、持って上がって」と女将が声をかけてきた。見ると、盆にコップに入った酒が二つと皿に盛られた野菜の煮物が載せられていた。丑松は、女将から盆を受け取ると、こぼさないように慎重に階段を上った。部屋ではキッコが足を投げ出していた。すっと伸びた足は、橙《だいだい》色の電球の下でも白く輝いていた。

「お盆、ここに置いて……」

キッコが畳を指差した。丑松は言われるままに盆を置いた。ちらっとキッコのブラウスの中を覗いてしまった。豊かな乳房の谷間が見えた。すぐに目をそらす。

「しっかりせんといかんよ」

銀杏《ぎんなん》のようなくっきりした目で丑松を見つめた。キッコの両手が首に絡んだ。丑松は慌てた。しかし振りほどくことはしない。というよりできない。キッコの目に見つめられて身動きが取れないのだ。キッコが体を寄せてきた。

「下に客……」

丑松は辛うじて言葉を発しようとしたが、キッコの赤い唇に塞がれてしまった。唇は柔らかく、熱く、湿っていた。自分の心臓の音がうるさいほど響いてくる。足を伸ばした。盆に当たったった。ガシャッと音がした。あっと声を上げようと口を開けたとき、生き物のようにキッコの舌が丑松の口中に侵入し、その火照《ほて》りをもてあましているかのように自由に動き回る。丑松の頭の中の回線が全て飛んでしまい、何も考えられなくなった。丑松は畳の上に仰向けに倒れこんだ。押しつぶされるほど、天井が近くに見える。丑松の腕は、知らず知らずにキッコの細い上体を強く抱きしめていた。

「あんまり、力、入れんといて……」キッコの囁きと息が耳を撫《な》でる。

第九章　出直し

1

「店、閉める？　なんやそれ！　聞いてへんで」寅雄が全身を震わせ、キッコに抗議する。

「ええ、どういうこっちゃ。ちゃんと言うてぇな」千代丸が今にも泣きそうだ。

「すまんけど、うちと丑松さんで決めたんや。かんにんして」

キッコがきっぱりと言った。ちらりと隣に立つ丑松を見た。

「勝手に二人で決めるんはおかしい。この店は、俺たちみんなの店やないのか。丑松さん、何か言うてぇな」寅雄は、悔しそうに顔を歪めた。

「警察の取り締りが厳しくなるんや。これ以上パリ商会を続けるのは無理になってきた。もう、進駐軍ルートやヤミルートの仕入れはできんというこっちゃ。せっかくここまでうまいことやってきたのに申し訳ない」丑松は、深く頭を下げた。

「警察の話は、今に始まった話やない。なんで突然、店、閉めるんか、それが納得いかへん。言うたら悪いけど、実質、俺たちが店を切り盛りしとったんやで」

寅雄は、千代丸を見た。千代丸は、「そのとおりや」と大きく頷いた。

「寅雄、言いすぎやろ。ここは丑松さんの店や」キッコが怒った。

「誰の店でもええねん。俺は、ここを大きいするのを夢みとったんや。ここを閉めて、もう一回、街で暮らせ、浮浪者になれと言うんか」寅雄が、激しく怒りをキッコにぶつけた。

「大きな声やな。兄ちゃんが寝られへんやないの」

弥生が奥から出てきた。自殺未遂した菅原の傷は、だいぶん、癒えてきた。しかし心が萎《な》えてしまい、菅原は、事件からすでに一週間も経つのに布団から出てこない。食堂を再開してやるのが、最上《さいじょう》の薬だとわかっているが、今はどうしようもない。

「ごめん」寅雄が弥生に謝る。寅雄は、弥生には素直だ。姉のように慕っている。

「奥で聞いていたけど、この店も続けるのが難しいんやね」弥生が、丑松を悲しそうに見つめた。

「警察の取り締りが厳しいなる。佐郷さんや山内さんも閉めたほうがええという意見や。時代が変わってきたんや」丑松は、無念そうに口元を引き締めた。

「寂しいなるね。ようやく軌道に乗ったと思ったら、あかんようになる。食堂もパリ商会も……」

弥生は、奥に寝ている菅原に視線を送った。パリ商会の行方を自分たちの食堂経営に重ねているのだ。

「人生、ままならんもんやなぁ」

丑松は、ふいに田舎に帰ろうかと思った。乱雑に積み上げられた雑貨品の中を、丹波の田舎の土の湿り気をたっぷり含んだ空気が流れた。それは丑松に幼い頃の田植の記憶を懐《なつか》しく呼び起こさせた。

空は、晴れ、どこまでも澄み渡っている。周囲の山々の緑は連々と続き、果てがない。田に水がひたひたと張られ、風が吹くと、さざなみが立つ。田植えの準備が整った。父清一が苗を投げ込む。母富江がそれを器用にぬかるんだ田に挿《さ》していく。丑松も富江を見習いながら、苗を挿していくが、なかなか真っ直ぐに挿すことができない。あぜ道では、清太と剛三がアヒルを追いかけている。ガァガァとうるさく鳴きながらアヒルがあぜ道を逃げて行く。

「おーい、丑松」顔を上げると茂一が手を振っている。

茂一とは喧嘩もするが、何かと丑松を慕ってくる。丑松の前なら悪さをしても大丈夫だと甘えている。憎めない奴だ。三個の握り飯があれば、茂一は、さっさと一個を食い、次の一個に手を出そうとする。俺の分を食うと丑松が抗議すると、ベーっと言って、次の一個を摑み、丸呑みする。そこで喧嘩になる。いつも一緒にいるから余計に喧嘩になる。そんな具合だ。時々、鬱陶しいと思うときもあるが、慕ってくる以上仕方がない。

「どうした茂一！」

「田植え手伝ってやろうか。俺のうちのは終ったから」

「おお、頼むわ」茂一が、ずぶずぶと田に入ってくる。清一が苗を投げる。茂一は、手馴れた様子で苗を田に挿していく。苗が真っ直ぐだ。

「上手いなぁ」丑松が感心する。

「お前が、へたくそなだけや」茂一が、笑いながら言う。

「なんやと、負けるもんか」丑松は、勢い込む。腰が痺れ、徐々に痛みに変わっていくが、茂一に負けるかと苗を挿し続ける。額から、首筋から、汗が滝のように滴《したた》ってくる。

「丑松兄さんは、この店を閉めたらどないするのん？」千代丸が訊いた。

「………」丑松は、黙っていた。

「うちが食べさせてあげるわ」キッコが丑松の腕を取った。

寅雄と千代丸が驚き、目を見開く。弥生も何か言いたげだが、言葉を飲み込んだ。

丑松は、キッコのするがままにさせていた。わずかに眉根を寄せた。

「なんや、そういうことか」

寅雄が、呆れたように言った。笑っているような、そうではないような複雑な顔だ。

「隅に置けんな。いつからなん?」千代丸が訊いた。

「ちょっと前からや。丑松さんと夫婦になる」

キッコが、丑松の頬に唇をつけた。丑松が顔を背けた。

「あほらし。丑松さんもそこらの大人と一緒やな。結局、俺らを捨ててしまうんや。女に目が眩《くら》むなんて最低やな」寅雄が吐き捨てるように言った。

「あほなこと言わんといて。うちらが幸せになったらあかんと言うんか」

キッコが寅雄の胸を突いた。

「キッコ、やめとき」丑松が止めた。

「また地下街にもどらなあかんのかな。やっと学校にも行けるようになったのになあ」

千代丸は、新教育制度を前に、独学で勉強を始めていた。パリ商会での稼ぎを文具

代などに充《あ》てながら仕事が終わった後、仲間と勉強し、帰宅してからは蠟燭《ろうそく》の乏しい

明かりの中で本を読む。そんな少年らしい楽しみを、千代丸は生まれて初めて味わっていた。世の中は、復興に向けて動きを早めている。しかし梅田の地下街にはまだまだ何人もの浮浪児がいた。食物もなく、真冬には気温が零下にまで下がるコンクリート通路の中で、凍死する者もいた。もう、あんな生活に二度と戻りたくない。千代丸は、泣きたくなるような気持ちで丑松を見つめた。

「みんな勝手や」

弥生が、きっと丑松を睨んだ。目が少し赤くなっている。泣いているのかもしれない。

「なんやの、みんな？　うちと丑松さんのこと、喜んでくれへんのん？」

キッコが、不満そうに口を尖らした。

「知らん、もうええわ」弥生が、奥に走って消えた。丑松は、弥生の後姿を目で追った。

「弥生ちゃん、ショックなんや。丑松兄さんのこと好きやったから」

千代丸が、ませたふうな口を利いた。

「あほなこと言うな」丑松が怒った。

「考え直してぇな。千代丸も学校へ行きたいし、洋子ちゃんかてどないすんねん。公

平さんの食堂もないなった。パリ商会もないなった。みんなないなった。丑松さんだけ、キッコはんとしっぽり暮らすなんて、おかしいやんか！」寅雄が怒りをぶつけた。

「なんやうちがみんな悪いみたいやないか」キッコがふて腐れた。

「丑松さんがやめる言うても、俺と千代丸でやる。絶対にやめへん」

寅雄が、ぐいっと丑松を睨んだ。反発心に溢れている。丑松は、眉根を寄せて、見つめ返したが、寅雄も大人になったなと妙に嬉しさがこみ上げてきた。寅雄には、自分が中心になってこのパリ商会を切り盛りしてきたという自負がある。実際、そのとおりだ。丑松は、大きな方向を決めるが、実務は寅雄が仕切っていた。それが寅雄を育てているのだ。寅雄や千代丸との関係を大事にしたい。一緒にやっていきたい。丑松は、迷っていた。このままパリ商会を続けられないこともないだろう。しかしヤミルートなどに頼ったり、長い時間をかけて東京に仕入れに行ったりしているやり方には無理がある。デパートが復活してきたら、客は、そちらに流れるに違いない。こんな小さな店では客は喜ばなくなる。それならば警察の取り締りが厳しくなることを、いいきっかけに何か違うことを始めた方がいいかもしれない。もっと客を喜ばせ、楽しませる事業だ。そして何よりも菅原を元気にしなくてはならない。何を始めたらいいのか。それはまだ決めかねていた。

2

弥生は、菅原の布団の乱れを直しながら、涙を我慢していた。心が乱れるというのは、こういうことなのだ。いらいらする。ざわざわする。考えが纏まらない。どうしてしまったのだろう。涙を流せば、すっきりするのだろうが、涙は流れない。泣きたいのに涙が出ない。悲しみではなく怒り、悔しさで心が騒いでいるからだ。

「兄ちゃん」弥生は菅原に呼びかけた。眠っているのだろう。返事はない。

「私たちみたいに、お父さんもお母さんも戦争で死んでしまうような運のない兄妹は、どこまで行っても運がないんやね。食堂が上手く行っているときは、神様っているんやなと思った。丑松さんが来て、食堂の守り神みたいやと思ってた。うちもあほや。丑松さんが、なんとかしてくれるんやないかと信じとったけど、結局、キッコさんとええ仲になって、うちらのことを忘れてどこかへ行ってしまうんやろな」

弥生は、ふらふらと立ち上がって、「ふう」とため息をつき、「なんやどうでもようなってしまったわ」と呟いた。戦争が終わり、焼け野原になった大阪に来て、兄と必死に生きてきた。大阪は徐々に復興し始めている。破壊された建物も新しく建て直されている。街に希望が戻り始めたにもかかわらず弥生は疲れていた。兄は、失意の沼に沈んでしまい、いっこうに浮かび上がってこない。このままいつまで待てばいいのだろうか。頼みの綱の丑松もどこかへ行ってしまいそうだ。どうして自分は幸せになれないのだろうか？　目の前に幸せの青い鳥が飛んできて、摑み取れそうになった途端に、するりと逃げて行ってしまった。

「粉、油……」菅原が掠れた声で言った。

「なに？　兄ちゃん？」弥生が、膝を進めて、顔を近づけた。菅原は眠っている。寝言だ。調理場で弥生に声をかけている夢でも見ているのだろう。

「兄ちゃんたら……」

弥生は、自然と笑みがこぼれた。その時、後頭部を何かで強く殴られたような衝撃を受けた。兄は、まだやる気を失っていない。夢の中でも調理場に立ち、熱い炎を前にして、フライパンを振っているのだ。弥生、醬油が足らん、塩をもってこい、はい！　兄ちゃん、フライ饅一丁あがり！

菅原の顔をじっと見つめた。弥生の体の隅々から、だんだんと血が沸き立ち、熱くなっていく。

「がんばらなあかん。うちががんばらなあかんねや、うちががんばらなあかん……」

弥生はうなされたようになんども言った。

「兄ちゃん、うちがなんとかするから」

弥生は、菅原の耳元で囁き、先ほどとはうって変わって、しゃんと背筋を伸ばして立ち上がった。

弱気になったり、やる気を失ったりしてはいけない。弥生は、自分が意欲を失えば、兄の心の奥に、まだ燃えている料理への意欲の火を消してしまうことになると思ったのだ。弥生は、まっすぐに玄関に向かって歩き出した。そこにはまだ丑松らがいた。パリ商会をどうするか議論していた。

「弥生ちゃん、どこに行くんや？」

丑松の声が聞こえる。弥生は、無視した。何かに憑《つ》かれたように正面をじっと見つめて歩いた。外に出た。弥生さんも相当、怒っとるなぁという寅雄の声が聞こえる。怒っとる？　そんな問題やない。人生の問題や。自分たち兄妹のことは自分たちで解決せな、他人に頼ったらあかんねん。そんなことしてたらこの大阪で生きて行けへん。どんなことをしてもあの食堂を取り戻すんや。それしか兄ちゃんを助ける方法はないんや。頭の中で、ぐるぐると考えが巡る。自分がどこへ向かっているのかはわかっている。湊雄一郎、目指すはあの金貸し男だ。

3

寅雄は棚の商品を下ろし始めた。

「何をするねん?」丑松が、慌てて止めた。

「なんで止めんねん? 丑松さんは、この店、やめるんやろ。そしたら商品はいらんやんか。俺と千代丸が、別の場所で売る。商売は続ける」

寅雄が、丑松の手を払いのけ、「千代丸、商品を運び出せ」と命じた。

「わかった」千代丸も商品を棚から下ろし始めた。

「好きにさせたらええんやないの。この商品が売れてしまうまでのことやさかい」

キッコが冷静に言った。

「もし寅雄や千代丸が捕まってしもたら、どないすんねん」丑松が反論した。

パリ商会にある商品を売りつくすだけなら、ここで今から始めてもいい。だが、それをやれば皆が警察に捕まってしまう可能性がある。パリ商会は、派手に商売をしているという密告が警察に寄せられているはずだ。佐郷や山内老人が、丑松に真剣にパリ商会を閉めるように忠告したのには、それなりに根拠があるはずだ。もし丑松らが逮捕されれば、芋づる式に山内老人も同様の目に遭うかもしれない。そうなるとヤミ商売に手をつけた元校長ということになってしまう。そのことを山内老人というより佐郷が最も恐れているのだ。

「やめろ言うたら、やめんかい」丑松は、大声で怒鳴った。寅雄と千代丸の手が止まった。

「売ったらあかん。時代が変わったんや。警察に捕まってみい。誰から仕入れた、どないして商売始めたと訊かれて、殴られ、蹴られしてみい。みんなゲロってしまったら、山内さんらにご迷惑をかけることになるやろ。せやからあかんと言うとるんや。わからんか！」

「わからん！」

寅雄が、喚いて、丑松に飛び掛ってきた。ふいをつかれ丑松は、後ろによろめき、尻餅をついた。寅雄は、丑松の体にしがみ付き、胸に顔を埋《うず》め、両手を何度も振り下ろした。ウォーン、ウォーン。搾《しぼ》り出すような声。寅雄が泣いている。激しく泣いている。丑松は、尻餅をついたまま、寅雄を強く抱きしめた。寅雄の体温が直に伝わってくる。

「もう嫌や。ガード下でなんか眠りとうない。一生懸命、商売したやないか。丑松さんが言うように客を喜ばす商売や。どれだけ大勢の人が、喜んでくれたかわからへん。ものすごい数の人が喜んでくれた。そうやないか？」寅雄が顔を上げた。涙で目が真っ赤だ。流れ出した洟を何度も啜り上げる。

「それがなんで警察に捕まらなあかんねん。悪いことをしたんか？　ええことをしたんやなかったんか？」

「お前の言うとおりや。大勢が喜んでくれたで。おおきに言うてな。ええことをしたんや」

丑松は、寅雄を見つめた。千代丸も抱きついてきた。さすがの丑松も身動きが取れない。

「俺たちは、身よりもない。誰も助けてくれへん。せやから盗んだり、騙したりして暮らしてきた。それがパリ商会をやって、人が喜んでくれて、金が稼げる世界があるなんて信じられへんかった」

「それが商売の基本や。騙したり、盗んだりするんは商売やない」

「それを教えてくれたんは、丑松さんや。それならなんでまた俺らを騙したり、盗んだりする道に戻すんや」寅雄が丑松を睨んだ。まるで裏切り者を見る目つきのように憎しみが籠っている。パンッ！　いきなり乾いた音が店の中に響いた。寅雄が横倒しに飛んだ。

「なんでワシが、寅雄や千代丸を見捨てるんや。そんなことするわけがないやろ！」

丑松は、がばりと立ち上がった。丑松の服を握り締めていた千代丸が手を離し、尻餅をついた。慄《おのの》いたような目で丑松を見上げている。

「やめたいわけやない。別の生きる道を考えるんや。もっともっと大勢の客に喜んでもらうんや。そのためや」寅雄は、頬を手で押さえて、丑松を見つめている。頬が赤く染まっている。

「この在庫だけでも売らしてくれ。俺が東京から必死の思いで仕入れてきたもんや。頼む。丑松さん」寅雄が、床に正座し、両手をつき、頭を地面に擦りつけた。

「山内さんに迷惑かけとうないんや」

「絶対にかけへん。頼むさかいに売らしてくれ。ようやく商売の面白さ、よろこびがわかってきたんや。次に何するか、わからん状態で毎日を過ごすのは嫌や」

寅雄は、さらに強く床に頭を擦りつけた。

「俺らには、警察は友達みたいなもんや。毎日、おいかけっこしているみたいなもんや。怖いことあらへん。頼むさかい、商売やらしてくれ」寅雄のそばで千代丸も必死で頭を下げている。

「丑松さんはね、悩んだんよ。あんたらがしょっちゅう警察の厄介になってたいうのも百も承知やわ。せやけどもうそんな目に遭わしとうないと思うたんよ。もう十分、大人になったからね」とキッコはバッグから煙草を取り出し、火をつけた。キッコは、ふうと白い煙を吐き出し、「うちも警察の厄介になったことがある。そりゃ酷い扱いやった。米兵相手に股、開きやがってとののしられて、警棒をあそこに突っ込もうとする奴もおった。取調室は地獄やで。警官のやりたい放題や。誰も見とらんからな。突然、椅子から蹴り倒されて、体を押さえられて、米兵に汚された体を日本男児が清めたると言うてズボンを下ろす奴もおった。ほんま鋏《はさみ》があったら、あいつらのチンポコを切ってやりたかった……」と寅雄を正面から見つめ、「警察をあなどったらあかんで。憲兵とちょっとも変わってぇへん」と呟いた。

「キッコ、もうええ。俺ももう一回、佐郷さんと山内さんに実情を聞いてくる。それから判断するわ」寅雄と千代丸の顔が明るくなった。丑松が心変わりしてくれる可能性が出てきたからだ。

「寅雄、千代丸」と丑松は両手を差し出した。二人は、その手を摑んだ。丑松が力を込めて引っ張り、二人を立ち上がらせた。丑松はしゃがみ、二人のズボンの膝についた埃を払った。

「丑松さん、ええよ。自分でやるから」

寅雄が、恐縮して逃げようとする。千代丸も体をよじって丑松の手を避けようとした。

「ええから、ええから。こんな綺麗なズボンを汚したらあかん。やっとまともな仕事ができるようになったんやからな」と丑松は、小さな埃も見逃がさないように払い、

「少しは金もできた。お前らを路頭に迷わすようなことはせえへん。絶対にせえへんから心配するな」ともう一度、寅雄と千代丸を強く抱き締めた。

「しっかりせなあかんなぁ。弱気になったらあかんなぁ」丑松の目からぽろりと涙がこぼれた。

4

弥生は、雑然とした街の中の黄色いビルを見上げていた。熱があるのか、目の周りが火照っている感じがする。いや、熱があるのではなく、自分の熱情とも言える思いに突き動かされているのだ。兄を助けられるのは、自分だけだ。その思いが、弥生をここまで連れて来た。

「難波金融の看板がある」

弥生は、自らに言い聞かせるように呟くと、ごくりと唾を呑みこんだ。ビルの中に入る。エレベーターは故障中のようだ。階段を歩く。気分が高揚してくる。階段を上がる速度が速まってくる。自分が今、何をしようとしているのか、わかっている。思った以上に冷静だ。でも本当に冷静なのかどうか？　熱くなるのも、冷たくなるのも同じようなものだ。熱くても火傷《やけど》をするし、冷たくても火傷をする。人も熱くなれば、意外と冷静に物事を見ている自分を発見するのかもしれない。今の弥生は、そんな気分だ。熱いけど、冷たい気分。

ドアがある。周囲の壁に比べれば、新しいドアだ。最近、取り替えたのかもしれない。中に人はいるのだろうか。もし誰もいなかったら？　外で待つ覚悟はできている。もうこれしかない。この方法でしか、兄を助けることはできない。ドアを叩いた。中で人が動く気配がする。もう一度ドアを叩く。少し力が入った。カチリ。錠が外れた。用心深そうにドアが少し開く。しかし鎖《くさり》が繋いであり、一定の幅以上開かないようにしてある。

「どちらさまですか？」

ドアの隙間から、半分、顔が覗いている。弥生は、慌てて「菅原弥生です。日本一くいだおれ食堂の者です」とその半分の顔に話しかけた。驚いたように「えっ、弥生さん？」と中から声がした。鎖が外され、ドアが大きく開いた。笑みを浮かべて男が立っている。湊だ。

「いきなりお訪ねして申し訳ありません」弥生は湊の目も見ないで頭を下げた。

「どうぞどうぞ、中へお入りください。殺風景な事務所ですが」

湊は、弥生を招きいれた。弥生は、びくびくせず中に入った。自分にこれほどの勇気、あるいは無謀さがあったことに驚いてしまう。事務所は、本当に殺風景だ。何もない。花も絵もない。あるのは小さな机と少しの本だけ。

「何もないので驚いているようですね」と湊は、弥生の驚きようを楽しんでいるかのように微笑んだ。

「どうせ死に行く身ですから、物を溜め込むことができないんですよ。必要な物だけあればいい」

「もっと豪勢な暮らしをしておられるのだと想像していました」

弥生は、思ったことを素直に言った。多くの人に金を貸し、もし返せなくなれば強引に身ぐるみ剝《は》いでしまうと恐れられている金貸し業者は、もっと自らを飾り、きらびやかにすることに熱心だと思っていたのだ。

「そこにお座りください。お茶でもいれますから」湊は、ソファを指差した。

「いえ、お構いなく」

弥生は言ったが、湊は「ちょうどお湯を沸かしたところでしたから」と言って、ソファの前の小さなテーブルに湯飲みを置き、それに茶を注いだ。弥生は、ソファに座り、茶を飲んだ。口中に香りがふっくらと漂ういい茶だ。ここまでの興奮が収まっていく気がする。

「おいしい」とうとう最後まで飲み干した。

「おいしいですか。もう一杯、いかがですか？」

「いただきます」弥生は湯飲みを差し出した。湊は、弥生の湯飲みに茶を注ぎ足した。

「さて、用件はなんでしょうか？」

湊は、湯飲みを両手で抱えるようにして口に運んだ。弥生は、強い口調で、「用件は一つだけです」と答えた。

「食堂の件ですね」

「そうです。兄に返してください。お願いします」弥生は頭を下げた。

「うーん」湊は、腕を組み、わざと難しそうな顔をしている。目が笑っている。

「難しいのはわかっています。でもお願いします」

「もう川崎に任していますからね」

「兄は、あの食堂を奪われて生きる気力を失っています。あの食堂は川崎さんのものではありません。あなたのものです。あなたが川崎さんに任せるのがいいのか、兄に任せるのがいいのか、決めることができます。本当に食堂を愛し、料理を愛し、お客様を愛しているのは、兄です。経営者なら、兄に任せる方が、ずっと上手くいくと考えるはずです。ぜひご再考ください」

弥生は、湊の反応を確かめるようにじっと目を見つめた。

「なかなかおっしゃいますね。でも再考できないと申し上げたらどうするのですか？」

湊も弥生の目を見つめた。弥生は、下唇に白い歯を当て、少し強めに嚙んだ。痛い。ちゃんと痛みが感じられるということは、冷静さを保っているということだ。だから今から行なうことは、頭がおかしくなったからではない。兄を助けるためには、自分ができる最大の努力を払いたい。弥生は立ち上がった。湊を見つめ、弥生は、着ていたセーターを脱いだ。湊は、その瞬間に戸惑いを見せた。しかし何も言わない。今から何を始めるのかと固唾《かたず》を呑んで見つめている。

ブラウスを脱いだ。両肩がさらけ出された。とても寒い。上半身は、薄いシュミーズと、その下は、パリ商会の商品のブラジャーが乳房を覆っている。こんなものを身に着けたのは初めてのことだった。キッコが、これを着けてみたらとプレゼントしてくれたのだ。なにやら恥ずかしかった。身に着けたのに、裸を見られているような不思議な気持ちになった。キッコは、こんな下着をいつも着けているのだろうか？　だから丑松さんと親しくなれたのだろうか？　弥生は、もう一度湊を見つめた。心から怒っていた。ここまで自分が追い詰められたのは、あなたのせいだ。あなたが現れなければ、平和だった。何もかも順調だった……。

弥生は、唾を、音を立てて飲み込み、シュミーズに手をかけた。ふいに湊が立ち上がった。固い顔だ。弥生は、緊張した。覚悟を決めてきたはずなのに、いざとなると身体が震えだし、膝が崩れそうになる。湊は、弥生に背を向けると、椅子の背もたれに掛けた自分の背広の上着を手に取った。そしてそれを脇に抱え、弥生の側にやってきた。湊は、悲しそうな目で弥生を見つめた。泣いているような目だ。少年が、何か大切なものを失って、悲しんでいる目だ。

弥生は、急に恥ずかしくなった。シュミーズ姿で肩をさらけ出している。弥生にしてみれば裸同然だ。男の人の前でこんな姿になったことはない。覚悟をしてきたはずだった。湊に、自分の体を捧げることで、兄を助けて欲しいと懇願する計画だった。ここまで自分を犠牲にすれば、湊の心も動くに違いない。そう思ってやってきた。しかし今、悲しい目で湊に見つめられると、体が熱くなるほど、恥ずかしい。湊が、いやらしい目で見つめてくれれば、覚悟が揺らぐことはなかったかもしれない。しかし湊は、全く逆の目で見つめた……。

湊は、両手で上着を広げ、それを弥生の肩にかけた。ふんわりと柔らかく、弥生の肩を包んだ。弥生は、腰が抜けたように床にしゃがんだ。涙が一気に溢れてきた。嗚《お》咽《えつ》が漏れる。

「弥生さん、人間ってどこまでも悲しいね」湊が呟いた。

5

丑松は、佐郷の勤務する朝毎新聞社の中にいた。驚くほど雑然とした職場だった。佐郷ばかりでなく他の記者たちの机の上も書類や新聞が山積みになっていた。

「四月から新しい学校制度が始まるのを丑松さんも知っているやろ」

佐郷は、煙草をふかしながら言った。灰皿には煙草が針山のように差し込まれていた。

「ええ、いずれは千代丸も新制中学へ通わせてやろうと思うています」丑松は答えた。

「それはいい。ぜひそうしてやってくれ。これからの日本を造るのは、教育しかない。戦前の教育は、国民や子供達を戦士にするための教育やった。これからは違う。平和のための教育や。新聞も大きな間違いを犯してきたんや。戦争中は、国民を戦地に送るための報道をしてきたんやからな。大本営発表や。これからは変わる。みんな平和のための報道にするよ」

佐郷は、勢い込んで話した。確かに社内は活気に溢れている。電話が鳴り響き、怒声が飛んでいる。

「時代は変わっていくんですね」

「そうだよ。どんどん変わる。全てはいい方向にね。それで山内の伯父さんも学校に戻ることになった。以前は中等学校にいたから、本来なら新制高等学校にいくのが筋なんだけど、新制中学の校長に迎えてもらうことになったんだ。僕も少し運動したがね」

佐郷は、得意そうに笑みを浮かべた。

「そうですか。それはよかった」丑松は言った。山内老人なら立派な校長になるだろう。

「伯父さんは、ぐずぐず言っていたがね。子供たちの多くを戦地に送って、死なしてしまったという後悔の念が強いからね。でもそれはもう過去のことだと割り切って、前に進む以外にない。それが、時代が変わるということだから」

佐郷も時代の変化に必死でついていこうとしている。新聞記事で戦争を煽《あお》り、国民の戦意を高揚させてきた。その反省から新しい新聞を作ることに意欲を燃やしているのだ。誰もかれもが新しく出直すことで過去を振り切り、忘れようとしていた。

「ということは、もうパリ商会に関わることもできないんですね」

「仕方がないな。前にも言ったようにヤミルートや進駐軍の払い下げ物資を当てにした仕事は、早晩、無理になる。早くやめるべきだ。警察は本気なんだよ。経済を建て直すためには、ヤミルートを撲滅《ぼくめつ》することが先決だと思っているからね。いつか丑松さんらに累《るい》が及ぶことになるかもしれない。もちろん、このまま伯父さんが、なんらかの関与をすれば、伯父さんも無事ではいられない。僕は、それだけは絶対に避けたいと思っているんだよ。わかってもらえるだろうと思うけどな」

佐郷は、わずかに顔を曇らせた。

「はい。これまでお世話になったのに、これ以上、ご迷惑をおかけできません」丑松は頭を下げた。

「それで、警察は本気だということですが、このままパリ商会を続けるというのは、無理でしょうか？」丑松の問い掛けに、佐郷は腕を組み、考え込んだ。

「警察に捕まるかどうか、断言はできない。運がよければ、捕まらないだろう。しかし経営をそんな運に任せていいのだろうか？　もし絶対に捕まりたくないなら、パリ商会は正規の仕入れルートだけに頼るべきだろうね。しかしそれでは品を揃えられないだろう？　それにもうすぐ経済が元通りになれば、パリ商会が扱っているような舶来品などは、大手のデパートが扱うようになるだろうね。そうなればまともに戦うことはできないと思う」佐郷は、真剣な顔で、丑松を見つめた。

「いずれ廃《すた》れることがわかっている商売を、今、たまたま上手くいっているからと言ってずるずる続けるのは、本当の商売人だろうか。丑松さんのことを僕は買っている。評価しているんだ。度胸があるからね。必ず大物になると信じている」佐郷は、にっと笑った。頑張るんだと言ってくれている。

「ちょうど昼だ。難しい話ばかりでもなんだから、飯でも食いに行こうか?」佐郷が、丑松の肩を叩いた。

「はい」丑松は立ち上がった。

佐郷の言うことは、当たっている。デパートと競争して勝てるはずがない。商売は、今、上手くいっているからと言って、未来永劫ずっと上手くいくとは限らない。必ず転機が訪れる。むしろ上手くいっているときこそが転機なのかもしれないのだ。佐郷の話は、丑松の胸にぐさりと刺さった。外に出た。陽の光がまぶしい。

「いい天気だね。ぶらぶら歩くか」佐郷は、通りをゆっくりと歩き始めた。

「空襲で新聞社はやられんかったのですね」丑松は、青空に聳《そび》えるビルを見上げた。

「運がよかったんだ。でも貴重な写真の原板などを金庫に入れて、ここに沈めたんだよ」

佐郷は、静かな流れの土佐堀川を指差した。水辺には、石段があり、白いワイシャツにネクタイを締めた男性社員たち、紺の制服をきた女性社員たちがのんびりと腰をかけていた。戦時中なら、こうやって男女が同じ場所で寄り添って座る姿を見せていれば、非国民といわれて、憲兵の嫌がらせを受けただろう。

「みんな楽しそうやな」丑松は、石段に腰掛ける男女の笑顔をみて呟いた。

「戦争が終るということは、あの笑顔を取り戻すということなんだよ」

佐郷は嬉しそうに言い、目を細めた。丑松は、菅原、弥生、キッコ、寅雄、千代丸、洋子の顔を次々に思い浮かべた。ここにいる会社員たちに比べるとまだまだ十分な幸せを得ていない。不幸の度合いは、寅雄たちの方が圧倒的に大きいだろう。しかしその埋め合わせは、十分ではないのだ。待っていては誰も埋め合わせしてくれない。それをなんとかするのが、自分の役割だと、丑松は強く思った。

「ここだ。なかなか美味いよ」大通りから少し脇に入ったところにある店だ。大きな字で「寿司源」と書いた暖簾が下がっている。佐郷は、その暖簾を払いながら、戸を開けた。

「いらっしゃい」威勢のいい声が響く。

握り寿司？　初めて経験する食べ物だ。丑松は、腹の虫が大声で騒ぎ出すのを思いっきり強く抑えた。

6

「丑松兄さん、遅いなあ。どないしたんやろ」千代丸が、心配そうな顔を寅雄に向けた。

寅雄は、店内の椅子にじっと座ったままだ。丑松が出て行ってから、そこを動こうともしない。

「千代丸君、あのゲランの香水はもう売りきれたんかな？」

客の相手をしているキッコが千代丸に話しかけてきた。

「あれ人気やからな。もうないわ」

「売り切れたんやね」キッコは、仕方がないという顔で客に謝った。

「なあ、キッコはん、もう仕入れは難しいのかな」

ようやく寅雄が口を開いた。難しい顔をしている。

「うーん……」とキッコは首を傾げ、「人気の商品は、寅雄がアメ横に行ってもあるかどうかやね。どこも買いに来るから。米兵の奥さん連中に話をつけてもええんやけどね。確実やないね」と言った。

「そうか……」寅雄はまた口を閉じた。

「何を考えてんねん？」千代丸が、寅雄の顔を覗きこんだ。

「汚い顔をこっちに向けるなよ」

「汚い顔やなんて酷いな」千代丸が頬を膨らませた。

「この商売の将来を考えているんか？」キッコが訊いた。

「ああ、将来のことを考えられるようになっただけでもマシやと思うけどな。しかし将来のことなんか考えてない、その日をなんとか生き延びとった時の方が、気が楽やったな」

寅雄がしみじみ言った。

「ほんまや。明日になったら死んどるかもしれんときは、余計なことを考えへんかった。しかし今は、余計なことを考えてしまうから」キッコも小さく頷き返す。

「丑松兄さんも同じなんやろな。このままでええんかと考えているんやろな」寅雄が言った。

「まさか丑松兄さんは、キッコはんとの所帯のことを考えて、度胸がなくなったん違うやろな」

千代丸がキッコを冷やかした。

「そうかも知れんな」キッコがにんまりと笑みを作った。

「あほくさ。ほんまに丑松さんと所帯もつんか？」

寅雄が睨んだ。虫の居所が悪い。キッコのニヤつき振りがなんとなく気に障る。

「ほんまや。まあ、しっかりと約束をしたわけやないけどな。ルンルンや」

キッコは嬉しそうに言った。

「なにがルンルンや。キッコはんと一晩寝ただけで、所帯持つんやったら、何人、旦那がおるんや」

寅雄が言い捨てた。

「ああ、寅雄、お前、失礼なこと言うなぁ。お前かって、ついこの間まで浮浪児やないか」

「言うたな。もう浮浪児やないわい！」寅雄が怒った。

「なに喧嘩しとるん？」洋子が店に飛び込んできた。

「寅雄が苛めんねん」キッコが洋子に同情を誘うように言った。

「寅雄兄ちゃん、苛めたらあかんよ。苛めたら洋子は嫌いになるよ」

「ごめんなさい」

「うちに謝るんやのうてキッコ姉さんに謝りなさい」洋子は、寅雄にきっちりと言った。

「しゃあないな。キッコはん、言いすぎました。すんまへん」寅雄が頭を下げた。

「洋子ちゃんの顔を立てて許してやるけど、うちかて傷つくんやからな。あんな商売しとったから、まともな結婚なんかできへんと思う。せやけど好きになったんやから、夢くらい見てもええやろ」

キッコは、笑いながら、じんわりと滲んだ涙を指先で拭った。丑松と知り合って、パリ商会を始めてからキッコは夜の商売をきっぱりとやめていた。寅雄は、キッコの涙を見て、酷いことを言ったといまさらながら反省した。

「ごめんなさい。キッコはん、許してください」寅雄は、先ほどより真剣な顔で謝った。

「ええよ、そない何回も謝らんでも。もう気にしてないから」キッコが微笑んだ。

「キッコはんにとってもこのパリ商会は大事なんか？」寅雄が訊いた。

「そりゃ大事や。やめとうない。これがなかったら、また前の仕事に戻らなあかんかも知れへんさかいな。せやけど警察やら、仕入れやら、難しいなることは事実やからな」キッコの顔が曇った。

「みんなえらい辛気臭いねんな。これ食べるか？」洋子が、鞄の中から紙包みを出した。

「なんや、なんや」千代丸が覗き込む。

「マカロニや。小学校の給食ででたんやて。おいしいで。友達のお姉ちゃんがくれたんやけど、みんなのために少しだけ残してきたんや」

7

弥生は、肩に触れる湊の手の優しさを感じていた。この人は、金の亡者ではないのではないか。

「弥生さん、僕は、いっぱい人の死や裏切りを見てきました。戦争というものは、優しさや信頼などという言葉とは無縁です。あの戦争の間、そんなものはどこにも存在しませんでした。ですから何が信じられるかと思ったとき、僕は金だと思ったのです。それで金融業になりました。結局、人生は悲しいことばかりだと悟りました」

湊の顔を見た。弥生の顔を見つめているのだが、どこか遠くを見つめているようだ。

弥生は黙っていた。

「僕は、あなたに悲しい思いをさせたようだ。でも今日、お兄さんを思うあなたの純粋さを知りました。あの食堂のことですが……」

弥生は、胸の高鳴りを覚えた。湊が、食堂を返してくれるかもしれない。ふとそんな期待が湧いて来た。

「川崎に任せると契約しました。金融業にとって契約は絶対です。もし川崎が経営に失敗し、私に食堂を諦めると言ってくれれば、考え直すかもしれませんが、今は無理です」

「兄の生きがいなのです。なんとかなりませんか」

「申し訳ありません」と湊は弥生に言い、肩から手を離した。弥生は、脱いだブラウスに袖を通した。

「弥生さん、聞いてくれますか。じつは……、僕は、あの食堂に初めて出向いたときから、あなたのことが気になってしかたがなかったのです。もう人を愛するとか、信ずるとか、そんな気持ちはすべて封じ込めたはずでした。ところがあなたを見たとき、その固い気持ちに亀裂が入ったのです」と湊は弥生をじっと見つめた。弥生は戸惑った。湊は、何を言っているのだろうか。愛する？　私を？

「驚かないでください。いえ、笑っていただいて結構です。金しか信じないと思っていたのに、この体《てい》たらくですから。今日、あなたを見て、あなたのお兄さんを思う犠牲的な心をひしひしと感じて、僕の心はすっかり熱くなり、固い氷が解け出しました」

湊は、両手を伸ばし、弥生の手を握った。弥生は金縛りにあったように体を固くした。何か言わなくては、と思うのだが、言葉にならない。

「僕と付き合ってくれませんか？　それが食堂を返す条件などと無粋《ぶすい》なことは言いません。僕は、真剣に弥生さん、あなたと付き合いたいと思っています」

湊は、弥生の手を強く握った。とっさに弥生は、湊の手を振り払った。床に落としたセーターを摑むと「すみません」と言い、ドアに駆け寄った。

「弥生さん……」湊が声をかけた。

弥生は振り向いた。湊と目が合った。しかし言葉は出なかった。弥生は、力いっぱいドアを開け、逃げるように部屋の外に飛び出した。急いで階段を駆け下りた。胸が痛いほど、強く鼓動を感じる。なんだろう？　この気持ちは？　兄を苦しめている男から、付き合いたいと言われてしまった。嬉しいのか？　まさか？　嫌なの？　良くわからない。嘘でしょう？　からかわれているに違いない。混乱した気持ちのままでビルの外に出た。振り返った。黄色いビルに難波金融の看板が見えた。

「いったいどうしたらええの？」弥生は、ざわつく心に呟いた。

第十章　新たな挑戦

1

菅原は、足下をふらつかせながら御堂筋を歩いていた。季節も夏に近づき始め、菅原の額にうっすらと汗が滲んできた。世の中、だいぶ落ち着いてきたように見える。すれ違う人の着ている服もこざっぱりしているし、表情も明るい。しかし菅原は憂鬱だった。仕事もせずに、だらだらと眠ったり、起きたりするだけの毎日だからだ。体の傷はとうに癒えたが、心の傷は癒えない。やる気がさっぱり出てこない。料理に対する関心がなくなったというわけではない。頭の中では、ふと新しいメニューが浮かんでくることがある。しかし終戦のごたごたの中で、必死に食堂を営んできたにもかかわらずそれをあっさりと川崎に奪われてしまった。そのショックが大きい。どうやってこの先を生きていけばいいのだと思えば思うほど、憂鬱の虜《とりこ》になってしまうのだ。

気がつくと、元の食堂、「日本一くいだおれ食堂」と大げさな名前を付けた食堂の前に来ていた。今は、川崎食堂という名前に変わっている。かつての夢の城だ。この食堂の方角に歩いてくるのは避けていた。だから看板を見るのは、久しぶりだった。腹が立つとか、悔しいとかいう気持ちは起きてこない。少し懐かしいだけだ。菅原は、無意識に食堂に近づき、気がつくと戸を開けて中に入り、つっ立ったままぼんやりと壁のメニューを眺めていた。

「おいおい、菅原やないか。体はようなったんか？　なんやえらい辛気臭い顔やな」

厨房から、川崎が、慌てて飛び出してきた。金貸しの湊の秘書めいたことをしていたときは、背広を着て会社員のようだったが、今は、すっかり油で染まった前垂れを掛け、食堂のオヤジになっている。

「ああ、すんません。ここに座ってもええですか」

菅原は、川崎の返事を待たずに椅子を引いて、座った。

「何しにきたんや。なんかいちゃもんか。ええかげんにせえや」

川崎は、いきなり頭ごなしに怒り出した。

「そんなんやないです。なんやふらふらっと来てしもただけです。客としてきたんやからええでしょう？」菅原は、眠ったような目で壁のメニュー表を見た。

「注文してくれたら、客やけどな」川崎は、不満そうに口を尖《とが》らせた。

「コロッケライスをもらいます。それにしても客、少ないですね。時間が悪いんやろか」

菅原は、周りを見渡した。自分以外にもう一人いるだけだ。以前の活気はない。

「うるさいな。たまたまや。余計なことを言うな」川崎は、苛立たしげに顔を歪めた。

「私がやっていたときは、いつも満員やったもんですから」菅原は、おっとりと言った。

客が立った。

「とんかつ、なんぼや」

「へえ、百円だす」

「こんなもんで百円も取るんか。美味《うもう》ないのに、値段だけいっちょまえやなぁ」

客はぶつぶつ言いながら、財布から金を取り出し、テーブルに置いた。

「えろう、すんません」川崎が頭をかいた。客は、ふんと不機嫌そうな顔で帰った。

「何が美味ないや。塩、撒いたろか。もったいないからやめとくけどな」

「あんまり流行らんみたいですね」

「余計なことを言うな。お前がやっていたときよりもっと食糧事情が悪化しとるんや。仕入れかて難しい。それに湊社長に借金を返さなあかんから大変なんや」

川崎は、ぷいっと踵《きびす》を返して、厨房へ消えた。奥から使い古した油の嫌な臭いが漂ってくる。

「これじゃあ、美味ないはずやなぁ」

これでは古くなって草臥《くたび》れた油で揚げられる豚肉がかわいそうだ。料理とは、材料との対話だ。野菜や肉や卵、それぞれの材料を育《はぐく》んでくれた大自然に感謝し、そしてそれぞれの材料と対話する。耳を澄ませば、川崎にだって豚肉の声が聞こえるはずだ。最も美味《おい》しくなるように料理してくださいという豚肉の声が……。菅原は、食べる気が失せ、立ち上がった。

「注文、取り消しです」川崎に向かって大きな声で言った。

「作り始めたぞ」川崎の怒った声がした。

「すんません。用事を思い出しましたんで帰ります」

「勝手にせえ！」川崎の怒声を背に、菅原は外に出た。

菅原は、なぜか足取りが軽くなっているのに気付いた。——やっぱり俺がやらんと食堂はうまくいかん。川崎の店はあかん。料理も下手や。仕入れが難しかったら、自分で仕入れてこいや。客のあしらいも下手や。もっと笑顔で客を迎えんかい。ざまあ、こんこんちきや。菅原は、歌いたくなった。フフフーンと鼻歌を歌った。力が戻ってくる。指先に血が通い、温かくなる気さえする。これが気力を取り戻すという感覚なのだ。食堂を川崎に奪われ、すっかりやる気をなくしていたが、あの川崎食堂の寂《さび》れた様子を見て、反対に自信を深めたのだ。

——もういっぺん食堂やるぞ。やってやるぞ。川崎になんか負けへんぞ。菅原は、いつのまにかステップを踏んでいた。食堂は、誰がやっても成功するものではない。やはり料理をするのが好きで、みんなに美味しいものを食べさせてやろうという気持ちがないといけない。この気持ちが最高に強い人が食堂をやるべきなのだ。丑松に、今の気持ちを伝えよう。そして丑松と一緒に食堂をやろう。あいつとやったら一緒にやれる。菅原は、パリ商会に急いだ。

「あれ？」御堂筋の反対側に目が留まった。

「弥生じゃないのか？」菅原は、目を擦《こす》った。間違いない。あれは弥生だ。菅原は、立ち止まった。弥生を見つめた。弥生は、親しそうに男と話をしている。

「だれと一緒におるんやろ」菅原は、目を凝らした。男がこっちを向いた。あの顔は、忘れたくても忘れられない。弾んでいた気分がみるみると萎え、すうっと体が、冷えていく。

「なんでやねん！」菅原は思わず叫んだ。弥生が、湊と一緒に歩いているのだ。

2

「なんやて！」丑松が千代丸の胸ぐらを摑んだ。

「昨日の夜、寅やんとキッコ姉さんが逮捕された。ほんまや」

「理由はなんや」

「取り締りにひっかかったんや」

「二人揃ってか？」丑松は手を放した。

「大阪城公園の山内先生が家を引越ししたんや。佐郷さんが豊中《とよなか》に引越しさせはったんや。秋から学校の校長先生になるのに大阪城公園に住んどったらまずいやろ」

千代丸は、丑松の顔をうかがうように見た。丑松の鼻息が荒い。今にも爆発しそうだ。

「山内老人の話を聞いとんのやない！」丑松は、もう一度、首ねっこを摑もうと手を伸ばした。

「それで引越しの手伝いにいったんや。それが終って、宴会になって……。夜に公園を歩いて、店まで帰る途中やった……」

「ふらふら公園を歩いとったんか？」

「そしたら警官がトラックで来て、その辺におった女と一緒に、あっという間に連れて行かれた」

「寅雄は……」

「ポン引きに間違えられてしもた」

「どこの署や。どこがもっていきよったんや」丑松は、千代丸の頭を揺すった。

「そんなんわからへん。暗かったし、逃げるのに必死やったから。寅やんが、はよう逃げぇ言うし……」

千代丸が泣き出した。最近、夜の女たちへの取り締りが厳しくなった。夜、街を歩いていただけで警察の保安風紀取締隊に捕まり、連行されることがあった。一般の女性が捕まってしまうこともあった。逮捕され、性病などの検査を命じられ、屈辱に感じた若い女性が、「ゼアリズ・ライフ、ゼアリズ・ホープ」、即《すなわ》ち「命あれば希望あり」という遺書を残し、警察に抗議して青酸カリ自殺を図るという不幸な事件も起きていた。まさかキッコや寅雄は、警察に抗議して自殺するような玉ではないが、早く誤解を解いてやり、釈放してやらねば可哀想だ。

「千代丸、店番しとけよ」丑松は、千代丸にきつく言った。

「丑松兄さんはどこへ行くんや？」千代丸が心配そうに訊いた。

「曾根崎署に行ってくる。そこで調べてもらう」

丑松は駆け出した。曾根崎署は、御堂筋沿いにある。パリ商会から走ればすぐだ。丑松は、曾根崎署に着くと、入り口の石段を一気に駆け上がり、中に飛び込んだ。はあはあと荒い息をしながら、警察署の中を見回した。警官がすぐに飛んできた。

「コラ！　何事だ」警官は、丑松を見上げて言い、腕を掴んだ。

「なにすんねん。触んな」丑松は、警官の腕を振り払った。

「おうっ、抵抗するのか！」警官は、大げさに体をのけぞらせながら叫んだ。

「あほたれ、喧嘩しにきたんと違う。人を探して欲しいんや」

「人を探して欲しいと頼む割には態度が大きいな」

「そんなことどないでもええ。昨日の夜、大阪城公園で俺の友達が風紀取り締りに捕まったんや。どこに連行されとるんか、教えてくれ」丑松は警官の制服を掴んで、体を揺らした。

「パンパンの居所など探すかいな」警官は、バカにしたように笑った。

「なんやと！　パンパンやと」丑松は、警官の制服の襟首を握り、締め上げた。

「そんなことしたら逮捕するぞ」警官は苦しい息を吐いた。

「パンパンやあらへん。間違えられただけや。どこにおるのか言いさらせ！」

丑松は険しい顔で言った。警官は「放せ、手を放せ。ここは警察署の中や」と叫び、ごほっとむせた。

「おい、丑松やないか。また警官と喧嘩か？　豚箱入りになるぞ」後ろから丑松の名を呼び、肩を叩く者がいる。丑松が振り返ると、石井の親分がいた。丑松は、手を放した。ごほっ、ごほっ。警官は、体を半分に折り、両手を膝につき、背中を揺らすほど、咳込んだ。

「石井の親分、ご無沙汰しています」丑松は、頭を下げた。

「なんや、石井さん、あんたの知り合いか？　ほんま殺されるかと思うたで」

喉を擦りながら、警官が言った。

「へえ、副署長、ちょっとした知り合いでございます。すぐカッとなるところはありますが、根はとてもええ奴でして、失礼を勘弁してやってください」石井は警官に頭を下げた。

「いやあ、えらい勢いで入ってきていきなりこれやろ。石井さんの知り合いやなかったら、もう確実に傷害か、公務執行妨害で逮捕やったな」副署長は丑松を睨んだ。

「副署長さんやったんですか。失礼しました。私は、岡本丑松といいます。近くで雑貨屋を経営しております」丑松は挨拶をした。

「副署長の岸野《きしの》です。よろしくな。それでここに来た用件は？　パンパン……」

岸野副署長の言葉に丑松の顔がみるみる険しくなる。

「おお、また怖い顔になった。おもろい奴やな。反応が正直や。偉い男になれるか、ヤクザと喧嘩して命を落とすか、どっちかやな」岸野が笑みを浮かべた。

「私の組に入れと誘ってるんですが、断りよんですわ」石井も微笑んだ。

「頼みはですね。風紀係に捕まった二人を探して欲しいんです」

丑松は、石井と岸野の両方を見ながら言った。

「だれや、捕まったんは」石井が訊いた。

「キッコと寅雄です」

「元パンパンと元不良やな」石井がからかい気味に言った。

「親分！　二人とも真面目に仕事をしてくれる、私の右腕です。怒りまっせ」

丑松が言った。早く助けてやらなければ、二人とも無実のままで起訴されかねない。とにかく警察に捕まったら、否定しようが、泣こうが、喚こうが、犯罪者にされてしまう。なにもやっていないと否定すればするほど、問題は大きくなり、ややこしくなる。若い女性が自殺して、新聞沙汰になったのも警察の不当な取調べが原因だ。罪を犯したと認めれば、留置場から出してやる……。キッコも寅雄もそんなふうに警察に迫られているはずだ。

「副署長、話のとおりです。この男の仕事仲間が、間違って捕まっているようです。ちょっと調べて、出してやってくれませんか」

「わかった。石井さんに頼まれたら、一肌脱がんといかんな。正式な名前と人相風体を言え。私の方から手を回しておくから。大丈夫や。また首を絞められたらえらいこっちゃ」岸野は笑いながら、首筋を撫でた。丑松は、岸野にキッコと寅雄のことを説明して、何度も頭を下げた。

「もうええやろ。副署長に任せとけば大丈夫や」

石井は、丑松に警察署から出ようと言った。丑松は石井と並んで歩き出した。

「今日は、親分はなにか面倒なことでも？」

「闇市の取り締りやもろもろ警察に頼まれてな。一緒にやることになった。警察も人手が足りんから、ワシらに協力を求めてきたんや。梅田の治安維持やな」梅田や大阪北の界隈は、ひったくりや強盗などの犯罪が多発していた。原因の一端は、貧しさにあった。

「大変ですね」丑松は、ヤクザに治安を維持させる警察にも驚いたが、持ちつ持たれつなのだろう。どこにも行き場のない若者をヤクザが受け入れ、暴走しないように制御しているのも実態だった。

「商売はどうや？　順調か？」

「へえ、順調は順調なんですが……」丑松は顔を曇らせた。

「なんや丑松らしいないな。心配でもあるんか？」

「このまま続けてもええんかと……。親分がやってはる闇市の取り締りのせいですわ」

「ワシのか……」

「うちらのパリ商会も米軍の払い下げや隠匿《いんとく》物資の一部を仕入れて販売してます。これに対する取り締りが厳しくなる一方で……。それに段々高くなる仕入れ商品にほんの少し利益を乗せて右から左へ動かすだけの商売は、そんなに将来性はないんやないかと思うんですわ」

丑松は、正直に言った。石井は確かにヤクザの親分ではあるが、暴力を使って金儲けをするのではなく、寅雄や千代丸ら浮浪児の世話をするなど、村で言えば村長のような立場の人物だった。

「そろそろ商売替えを考えなあかんということか」石井が何か思案顔で呟いた。

「そんなところです」丑松は石井の顔を見つめた。

「なあ、丑松、お前、食いもん屋やらへんか？　寿司屋やけどな。やり方は教えてやるぞ」

石井は、真剣な顔で言った。

「寿司屋でっか……」丑松の心に、佐郷に連れて行ってもらって食べた寿司の味が蘇ってきた。

3

弥生は湊の目をじっと見つめていた。湊が、弥生の手を握った。弥生は、少し抵抗しようと思ったが、止めて、湊のなすがままにしていた。辺りは暗くなっている。御堂筋を走る車のライトが時折、二人を照らしていく。

「今日は、ありがとうございました」

「散歩して、レストランでオムライスを食べただけですよ。そんなに恐縮しないでください」

「あのオムライスとても美味しかったです。でも兄が作る方がもっと美味しいと思います」

「弥生さんは、いつもお兄さんのことばかりですね。あのオムライスは僕が気に入っているものです。僕は、お兄さんのお作りになるオムライスを食べたことがないから、比較できませんよ」湊は笑った。

「一度、食べてください。きっと気に入られると思います」弥生は微笑んだ。

湊の事務所に押しかけてから、三ヵ月が経った。あの時の悲壮な行動を考えると、今のこの状態は信じられない。あの後、なぜか事務所に戻ってしまった。あのまま逃げ帰れば、それっきりだったかもしれない。戻ってきた弥生を見て、湊は「必ず戻ってきてくれると思っていました」と自信たっぷりに言った。その傲慢さには、少し反感を覚えたが、このごろは弥生も負けてはいなかった。

「あなたは兄のことを思う私に感激して好きだとおっしゃったわ。だけど兄に店を返さない。それは私を苦しめて、喜ぼうということなのですか」

「そういうことではありません。僕は、あなたと付き合いたいと思った。だけどそれと川崎に任せた店をあなたのお兄さんに返すのとは別の話だと申し上げただけです。あなたとのことは心の問題です。もし許していただけるなら恋といってもいい。しかし食堂のことは経済、金の問題です。僕は、この二つをしっかりと分けないといけないと考えています」

「でも心の問題とお金の問題を一緒にできれば、これほど素晴らしいことはありませんわ」

弥生は、恋とは言わなかった。

「それは弥生さんが、僕と付き合ってくれるという返事なのでしょうか。そうなれば恋と金とが一致します」

「そういうことではありません」弥生のきっぱりした返事に湊は肩を落とした。

「やはり無理ですか。こうして時々弥生さんと会っていますが、会うほどに僕はあなたがいとおしくなる。実際、胸が苦しくなることだってあるんです。それなのに弥生さんは、そんな僕の気持ちをわかってくれない」湊は口元を悔しそうに歪めた。

「私は、湊さんのことを世間の人が言うほど悪い人だとは思っていません。こうしてお会いしているととてもいい方だなと思います。でもやはり兄の食堂を取り上げたことは許せません。私が、心とお金が一致すればいいと申し上げたのは、人に感謝されてお金が儲かるということが大事だということです。丑松さんや兄さんは、いつもそのことを考えています。人に感謝されてこそ商売だって……。湊さんは、感謝されることよりも、それ以上にお金儲けが大事なように見えます。それにはまだ私はついていけません」

弥生は湊の手を振り解《ほど》いた。湊は、しばらく口を閉ざしていたが、「僕は、人を信じません。戦争で裏切り者をいっぱい見てきました。人を信じた者は、死んでいきました。人を信じなかった者が生き残りました。僕はそれ以来、人を信じるのをやめました」と淡々と話した。

「可哀想な方……」弥生は涙を浮かべた。御堂筋の車の騒音が急にうるさくなった。

「僕のために泣いてくれるのですか」湊が言った。

「ええ、それくらいしかしてあげられることはありませんもの」

弥生が言った。湊の目が輝き、何かを決意したような顔になった。

「僕は、今から川崎食堂に行ってきます。店を任せてから、行っておりませんのでどんな具合に経営しているか見てきます」

「それは私のため？」

「結果として弥生さんの希望を叶《かな》えることになるかどうかはまだわかりません。しかし心とお金を一緒にできる道を探ることになるかもしれません。しかし川崎が、きっちりとお客に支持され、お金を儲けていれば、それを否定できません」湊は、歩き出した。

「結果をお待ちしています」

弥生は、湊の背中に向かって叫んだ。湊は、その声に、一瞬、立ち止まったが、振り返ることなく再び歩き始めた。弥生は、湊の姿が見えなくなるまでその場に立っていたが、兄の待つアパートに帰ることにした。いつまでもパリ商会に寝泊りするわけにはいかず、借りた小さなアパートだ。弥生の心は、ほのかに温かかった。湊が着実に変化してくれているからだ。最初は、頑《かたく》なで冷たい考えの持ち主だった。ところが氷が解けるように冷たさ、頑なさは消え、温かい心が芽ばえ始めた。これは私が、兄ちゃんのために打算的に付き合っているせいやないわ。私の湊さんへの心も真実のものになってきたから……。弥生は自然と微笑んだ。兄にいい報告ができるかもしれない。もしそうなればその時は……。アパートの前まで来た。鉄の手すりがすっかり錆《さ》びている。それに手をかけ、階段を上がる。顔を上げた。

「兄ちゃんが、いるんやわ」

部屋の明かりが外に漏れている。兄ちゃんも、最近ようやく外に出るようになった。

早く、以前のような元気な兄ちゃんと一緒に働きたい。

「ただいま」

弥生は、ドアを開けた。顔を上げると、そこに菅原が仁王立ちになっていた。髪の毛は逆立ち、目は吊りあがり、口は堅く閉じられ、鼻からは荒い息が吹き出ていた。全身の毛穴から憤怒の汗が吹き出ているのがわかった。弥生は息を呑んだ。こんな兄を見たことがない。これが兄ちゃんなの？

「兄ちゃん……どうしたん？」

弥生は、言葉をかけながらも兄の姿から目を離して、靴を脱ごうとした。

「この売女《ばいた》！」

菅原の大声が聞こえたかと思うと、パンッと激しい音がした。弥生は左の頬に強烈な痛みと熱を感じ、頬を押さえた。ゆっくりと顔を上げた。そこには怒りに燃えた目で睨む菅原がいた。

4

湊は、川崎食堂の前に立っていた。愕然とした。以前、この食堂の前に立ったときに感じた強いエネルギーが全くない。明かりは点いているが、店の中から勢いのいい笑い声も聞こえず、かぐわしい油の匂いも漂ってこない。この食堂を取り戻して欲しいと川崎に頼まれたとき、最初は、それほど熱意があったわけではない。自分と一緒に働いている川崎から、「騙されて食堂を奪われた」と訴えられ、多少の義憤と大いなる利益を考えて、なんとかしようと答えただけだ。どうやって食堂を取り戻すかと考えながら、ここにやって来た。

その時、湊は衝撃を受けた。不幸な時代にこの食堂だけは別世界だった。明るさ、陽気さに溢れ、生きる力で満たされていた。人々は、笑い、歌い、騒いでいた。そこに弥生がいた。軽やかで、にこやかで、不幸に打ちのめされた客たちに食べ物と一緒に幸せを運んでいた。弥生には話していないが、目立たぬようにこっそりと食堂に入り、コロッケライスを頼んだ。弥生が、元気よく運んできた。その姿を見ているだけで明日の希望を得られるような気がした。コロッケを食べた。今まで食べたどのコロッケより美味しかった。思わず幸せの笑みをこぼしそうになったのだが、その時、強烈にこの食堂を自分の物にする、即ち川崎に取り戻すと決意した。この幸せを自分の物にしたいと思ったのかもしれない。また他人が余りにも幸せそうにしているのを壊してやりたいと願う悪魔に取り憑かれたのかもしれない。はっきりと自分の心を説明できないが、絶対に自分の物にすると誓った。するとすぐに二重譲渡の知恵が湧き出てきたのだった。この食堂を川崎に取り戻した。その結果、この場所からは、あの生きる力に満ちたエネルギーが消えてしまったように見える。それで自分は幸せになったか？　喜びを得られたか？　湊は自問しながら食堂に入った。

「湊社長！」テーブルに肘をつき、ぼんやりと煙草をふかしていた川崎が、驚いて声を上げた。

「久しぶりだな」

湊は、食堂の中を見渡した。客は誰もいない。空気が冷たい気がする。火や油を使っていないのだ。あまり日中も客が入らなかったということだろう。部屋の天井の隅に蜘蛛《くも》の巣が張っている。床も客がこぼした汁がそのままになって染みになっている。掃除が行き届いていないのがわかる。

「どうぞこちらへ」

川崎が立ち上がり、椅子を引いて、湊に座るように勧める。湊は、川崎の勧める椅子ではなく、自分のすぐそばの椅子に座った。

「どうだ調子は？」

「ぼちぼちですと言いたいところですが、さっぱりです」

「原因はなんだい？」

「世間がまだ悪すぎます。景気も悪いし、食材も仕入れられへんのです」

「前の時は、よう流行っていたけど……」

「あれは、食い物が、今以上に何にもないときやったからですよ。今は、少し落ち着いてきましたからね。違いますよ」川崎は、当然のように言い訳をした。

「この食堂をただでお前にやったわけやない」湊は厳しい顔になった。

「へえ」と川崎も深刻そうな顔で湊の言葉を待っている。

「金利二十パーセントや。ちゃんと利息を納めろよ」

「わかっています」川崎は、暗い顔で頭をかいた。

「なにか食べさせてもらおうかな」

「へえ、なんにしましょうか？」川崎が少し明るい顔になった。料理なら任せておけという態度だ。

「オムライス作ってくれ」

「オムライスですか？　社長はオムライスがお好きなんですか？　子供みたいでんなあ」

川崎は、笑いながら「すぐに作ります。うちのオムライスは美味いでっせ」と言い、厨房に入った。湊は、今日、弥生と一緒に食べたオムライスの味を思い出していた。とても美味しかった。しかしあれは弥生と一緒であるということがオムライスを美味しくしたのだろうと思う。食べ物というのは、何を食べるかということも大事だが、誰と食べるかの方がもっと大事かもしれない。

「はい、社長、でけました」

川崎が白い皿に大振りの黄色い玉子焼で包んだオムライスを載せて運んできた。さすがに自慢するだけあって形といい、色といい見かけは完璧だ。どろりとケチャップと色の違うソースがかかっている。

「このソースはなに？」

「西洋のソースですよ。残った肉や骨を煮詰めて作ったんです。オムライスにあいまっせ」

川崎は自慢げに言った。湊は、添えられたスプーンで玉子焼を切り、中のご飯を包むようにして口に運んだ。

「うっ」湊は、喉が詰まった声を出した。川崎が心配そうに見ている。湊は、「不味《まず》い」と言って、皿ごと前に押し出した。

「不味いですか？」川崎は驚いて、「失礼します」と言い、湊のスプーンでオムライスを食べた。何度も首を傾げている。

「不味くないかい？　油が悪いのかな、少し臭いだろう。ご飯も冷たいし……。見かけは完璧だから期待したけど、味はおかしい」

「そうですか？」川崎は、スプーンで何度もオムライスを掬《すく》っては、口に運んでいる。

「川崎、舌がおかしくなっているんじゃないか？　医者に診てもらえ」

湊は美味しそうに食べる川崎に同情するような目で言った。

「医者？　どこも悪いところなんかありません」川崎は、胸を張った。

「いや、絶対に味覚細胞に異常があると思う。この油臭いオムライスを美味しいと思うのは信じられない。これでは食堂は流行るわけがない。金利も払えないぞ」

「社長！」川崎は、厳しい湊の言い方にショックを受けた顔で言った。

「客が来ないのも当然だ。君は、食堂の仕事から離れている間に味覚音痴になってしまったに違いない。だから流行らないんだ。客は正直だよ」湊は立ち上がった。

「社長、そんなに酷い……」川崎はテーブルにオムライスを置いた。

「君には、食堂は無理だよ」

川崎の顔が変わった。事態が飲み込めずおろおろしている。

「私を見捨てるんですか？」川崎が湊の背広を摑んだ。

「放せよ。もう帰るから。もう一度言うよ。君には食堂は無理だ」湊は、川崎の手を払いのけた。

「社長、見捨てないでください。ちゃんと流行らせますから。金利も元金も払いますから」

川崎が、なおも背広を摑もうとする。

「いい加減にしろ！」湊は、川崎を押した。川崎が、あっと言って床に尻餅をついた。

「大丈夫か？」湊は、声をかけた。すこしやりすぎたかと不安になった。

「ええ、自分で立てます」

川崎は、ゆっくりと立ち上がり、湊を見つめた。その目は、暗く絶望に沈んでいた。

「社長は、冷たい人だ」川崎がぽつりと言った。

「なにが冷たいものか。不味いものを不味いと言っただけだ」

湊は、言い捨てて外に出た。なんだか無性に悲しい。弥生を幸せにしようと思ったら、今度は川崎を不幸にしてしまった。あのオムライス、あれほどひどく拒否するほど不味かっただろうか。今思えば、多少油臭かった程度ではないのか。弥生と食べたオムライスが、あまりにも美味しかったために、川崎に作らせたものが不味く感じただけではないのか。味覚細胞がおかしくなっているのは自分ではないか？

「どうして自分は、人の心を温かくできないのだろうか」湊はこのままだと自分の本業である金貸し業も上手くいかないのではないかという漠然とした不安を抱いた。

5

「ほんまに参ったわ」

キッコが大きな声で騒いだ。パリ商会の中は、まるで祭りだ。キッコがどこからか調達してきた安物のウイスキーのビンが転がっている。

「出所祝いや。飲んで、飲んで」寅雄が、丑松に酒を注ぐ。

千代丸もコップを差し出そうとすると、洋子が「未成年は飲んだらあかん」と叱る。

「洋子、勘弁したりいな。心配した褒美やから。お前が千代丸を好きなんは知っとるから」

丑松が洋子を宥《なだ》める。

「丑松兄ちゃん、ええ加減なこと言わんといて」洋子が、丑松の手をつねった。

「しかし身体検査や病気の検査をしろと言われたんは、腹立ったで」キッコが言った。

「パンパンに見えたんやろか」千代丸が言った。

「もうとっくに足、洗《あろ》たんよ。見えるわけがないやないの」キッコが怒った。

「俺もポン引きや言われて。しかしあんなに女の人ばっかりの車に乗せられたんは初めてや。ええ経験したわ」寅雄がウイスキーを呷《あお》った。

「化粧臭かったやろ」丑松が言った。

「それにしても丑松さん、おおきに。助かったわ」キッコが、丑松の首に腕を回す。目がとろんとしている。

「やめんかい！　洋子が見とるやんか」

横目で洋子を見た。怒っている。丑松は、キッコの腕を外した。

「石井の親分さんに、よう礼を言わなあかんで。あの人がおらんかったら、今頃、起訴されてしもとるやろ」丑松はキッコと寅雄に言った。

「ほんまや。留置場を出されるとき、他の女の人から冷たい目で見られたもん」寅雄は言った。

「もう間違えられたらあかんよ」洋子が言った。

「はい。夜歩く時は、キッコ姉さんやのうて、洋子ちゃんと歩くことにします」寅雄がおどけて言った。

「なんやの、その言い方は！」キッコが怒った。

「何か歌えや、洋子」丑松が言った。

「啼《な》くな小鳩よ、岡晴夫あらため榊洋子が歌います」洋子が胸を張って言った。

「おお、ええぞ」千代丸が手を叩いて、喜んだ。朗々と澄んだ声で洋子が歌い上げる。誰もが、うっとりと歌の世界に入り込んだ。がらがらと大きな音がして、店の戸が開いた。

「だれや。もう店は閉まっとるぞ」丑松が叫んだ。洋子が歌を止め、入り口を見つめている。

「今頃、だれやろ？」寅雄が玄関に向かう。

「弥生さん、どないしたん？　その顔は！」寅雄が叫んだ。弥生が涙目で頬を腫らして立っていた。

「おい、丑松、弥生が、弥生が、裏切りよった」

弥生の背後から菅原が顔を出して、大声で叫んだ。丑松は、ただならぬ気配を感じて、入り口に向かった。そこには怒りをむき出しにした菅原と青い顔をして今にも泣き出しそうな弥生がいた。

「どないしたんや？」丑松が心配した顔で言うと、ワッと弥生が泣き出して、丑松の胸に飛び込んできた。シャツが濡れるほど、弥生は肩を震わせて泣いた。

「弥生ちゃん、泣いてたらわからへんやろ。ちゃんと説明してくれや」

丑松は、弥生の背中を擦《さす》りながら言った。そして「おい、菅原。弥生ちゃんの顔を叩いたのはお前か。えらい腫れとるやないか。なんでそんなひどいことをすんねん」と睨んだ。

「聞いてくれ。弥生が裏切って、湊と付き合《お》うとんねん。俺から食堂を奪った奴と乳くり合うてんねん！　これが許せるか！」

菅原は、弥生の背中に唾を吐きかけるほどの勢いで言った。丑松は、驚いた。菅原は嘘を言っている風ではない。弥生が湊と付き合っているとはどういうことだ。

「弥生ちゃん、ほんまか？」丑松は優しく訊いた。

「乳くり合うてへん！　兄ちゃんのあほ!!」弥生は、涙を撒《ま》き散らしながら、菅原に向かって叫んだ。

「なに言うてんねん。俺は見たんや。お前ら、二人が手ぇつないで、仲ようしとるんをな！」

菅原が、また手を上げた。その手を寅雄が摑んだ。

「一人しかおらへん肉親に手ぇ上げてどないすんねん。俺は、手ぇ上げとうても上げる肉親がおらへんねやど」寅雄がすごんだ。菅原は、寅雄の勢いに押されて首をすくめた。

「どういうことにしろ、弥生ちゃんの言い分も聞こうやないか。それで決めたらええ。後からみんなに相談しようと思っとることに菅原と弥生ちゃんの協力が絶対に必要やからな」丑松が言った。

「丑松兄ちゃん、なに、考えてんのん？」洋子が丑松を見上げて訊いた。

「後でな」丑松は、洋子の頭をぽんと叩いた。

6

弥生は、みんなの前で湊との関係を説明した。菅原が、一向にやる気を見せないので、一人で湊の事務所に行き、捨て身で食堂を返してくれと頼んだことを話した。

「妹に体まで売らして、食堂を取り返そうとは思わへん」菅原が言った。

「体なんか売っとらへん！　何回、言ったらわかるんや」弥生が本気で怒っている。

「昨日、うちはパンパンに間違われたんや。体を売って生きるというんは、並大抵の覚悟やないで。菅原さん、あんた、女の子が一人で獣みたいな奴の事務所に乗り込んで行くんやで。これも並大抵の覚悟でできることやない。それをあんたのためにやったんや。感謝せなあかんやないの」

キッコが菅原に諄々《じゅんじゅん》と説いた。

「キッコの言うとおりや。菅原、よう心して聞けよ」丑松も言う。菅原の顔から少しずつ怒りが消えていく。弥生は、湊に付き合って欲しいと言われ、最初は拒否したけれども、湊の隠れた誠実さ、優しさに触れるにつれて付き合ってもいいと思うようになったことを正直に話した。

「それで時々会って話するようになったんや。でもどんなときも食堂のことを忘れたわけやない。自分でも食堂のために湊さんと会《お》うとんのか、自分のためだけに会うとんのか、よくわからんようになった」

「湊のことを好きなんか」丑松は訊いた。

「わからん。ええ人やと思う。でも可哀想な人や」弥生は、顔を曇らせた。

「可哀想な人？」丑松は訊いた。

「お金以外、信じてないんや。他にもいっぱいええことがあるのに、それだけを信じているんや」

弥生は目を潤ませた。

「あいつも戦争で裏切られてきたんやろ」丑松は、呟いた。

「せやからうちは言うたんや。心とお金が一緒になることを考えたらええんやないの。人を喜ばして、感謝されて、それでお金が儲かったらええ。これは丑松さんの言葉やけど、これを湊さんに言うた」丑松は、恥ずかしい気持ちになった。弥生に誉められるほど人に喜ばれ、感謝されているだろうか、まだまだ足りないのではないかと思ったからだ。

「そうしたら湊さんは、川崎食堂に行ってくるって。もし川崎さんがちゃんと経営してなかったら、何か考えるって」

弥生の言葉を聞いて、菅原の顔が明るくなった。

「返してくれるんか？」菅原は、弥生にすがりついた。

「そんなんわからへん。私のことを何も信用してくれへん兄ちゃんなんかに、湊さんが食堂を返してくれるわけがないやないの！」弥生は、顔をしかめて菅原に言い募《つの》った。

「弥生ちゃんの言うとおりやわ。ここまで弥生ちゃんが頑張っているのに菅原さんは、ただ毎日ぶらぶらしとっただけやないの。謝んなさいよ。若い娘のほっぺを殴ったりして」キッコが怒った。

「まず謝らんといかん。ちゃんと事情を聞いたら、よかったんや」寅雄も言った。

「謝るべきやな」千代丸も言った。

「ごめんって言い」洋子も言った。菅原は、周りを見渡し、頭を掻《か》きながら「悪かった。お前にそんなに心配かけて悪かった」と弥生に謝った。

「どうする？　弥生ちゃん、許してやるんか？」丑松は訊いた。

「しゃあないな。私たち兄妹二人だけやから」弥生は微笑んだ。

「痛ないか？」菅原は弥生の頬を触った。

「あほ！　今さら遅いわ」弥生が笑った。

「これからどないするねん。湊とのことは？」丑松が訊いた。

弥生は、丑松を見つめて「わからへん。でも悪い人ではないと思う」と言った。

「そやな。焦ることはあらへん。自分がいちばん正しい、幸せになる道を選べばええんやから」

「ねえ、弥生ちゃん、私が丑松さんを獲《と》ったもんやから、ヤケクソになったんと違うよね」

キッコが、真面目な顔で訊いた。

「アホなこと言わんでください」弥生が顔を赤らめた。

「もてる男は辛いなあ。啼くな小鳩よ、心の妻よ、やなあ」

洋子が、生意気そうに、男の口真似で言った。

「ぼけ！　ませたこと言うな」丑松が洋子の頭を叩いた。

「えへっ」洋子が、ばつが悪そうに舌を出した。その顔がおかしくて弥生が笑った。

それにつられて丑松たちも笑った。

「寿司屋をやることにした。そこでこのパリ商会を閉める。ここでやるから」丑松は言った。

7

「えーっ」寅雄が目を丸くした。

「そこで菅原、弥生ちゃんにも寿司屋を手伝ってほしい。特に菅原には絶対に手伝ってほしい。俺はお前が元気になるようにと思うてこの案を出したんやからな」

丑松は菅原に向かって手を差し出した。菅原は、その手を握った。

「俺は、食い物屋をやりたい。じつは、川崎の店に行ってみた。全然流行っていなかった。客は不味いと吐き捨てるように言うとった。その時、やっぱり俺は食い物屋をやらんといかんと思ったんや。いろんな食材が、美味しい料理に作ってくれと叫んどるのが聞こえたんよ」菅原は目を輝かせて話した。

「その意気や。客に美味いものを食わせよやないか」

「兄ちゃん、よかったね」弥生が笑みを浮かべた。顔の腫れはやっと引いてきたようだった。

「寿司屋は俺も行ったことがある。ものすごく客の回転がええ。値段も自分で決められる。今のように右から左へ物を移すだけやない。自分の工夫の分だけ、儲かるんや。それに食い物は、圧倒的に人に喜んでもらえる。俺は寿司を手軽に食べられる店を作りたいんや」丑松は言った。

「反対や。前、言ったようにパリ商会を止《や》めるのは反対や」寅雄が口を挟んだ。

「あかんか？」とたんに丑松は情けない顔になった。

「丑松さんが、寿司屋をやりたいのはわかった。誰が握るねん？　誰が材料を仕入れるねん？」

「それは石井の親分が世話したると言うてくれた。これは心強いで」

「石井の親分が、協力してくれたらうまくいくやろ。しかし俺らは何をしたらええんや。公平さんかて、寿司は握ったことはないやろ」寅雄が徐々に怒り始めている。

「全くの他人を雇うということは、金もいるし、なにより一緒に生きてきた俺らの立場も変わることや。ここはまず寿司屋で少しの間でも修業してきてから店を始めようということを言いたいんや。寿司のことを全くわからんで商売できへんやろ」寅雄が言った。

「もっともやな。誰かが寿司のことを少しはわかってないとあかんということやな」丑松が言った。

「そやったら俺が寿司屋に修業に行く」菅原が言った。

「俺も行く」千代丸が手を上げた。

「千代丸は、ちゃんと学校に行かなあかん」丑松がたしなめた。

「公平さんは、今、何もすることがない状態や。せやから寿司のことを勉強してきてもらうのはええことやないか」寅雄が丑松に同意を求めた。

「本格的に寿司職人になるというなら何年もかかるけど、寿司屋を経営するやり方は半年くらいで勉強できへんやろか」丑松は言った。

「やってみる。修業する店は、石井の親分に紹介してもらったらええ」

菅原は、やる気満々の顔になった。

「菅原がやる気をだしてくれたんは嬉しいな」丑松は弥生に言った。

「はい」弥生は頷いた。顔が笑みで満たされている。

「ちょっと、この店はどないするん？」キッコが言った。

「当面キッコがやる。ヤミ商品の取り締りがあると思うけど、そうなったら、キッコが捕まり役や。それでええやろ」丑松がにんまりとした。

「ええ、いくらウチが捕まりやすい言うてもあんまりや。寅雄はどないするねん？」

キッコが寅雄を指さした。

「寅雄には別の勉強をしてもらう」

丑松は寅雄を見つめた。寅雄は何も言わずに真剣な顔で丑松を見つめ返している。

「なに勉強するん？　寅雄兄ちゃんは？」洋子が訊いた。

「酒や。キャバレーに行って、酒や接客の勉強をしてきてくれ」丑松が言った。

「なんでや？」寅雄が驚いた。

「頼む。考えがあるねん」

「俺もてっきり寿司屋に行けいわれると思うとったのに。キャバレーとはなんや？　ポン引きの真似をさせるんか」寅雄が憤慨した。

「なにアホなことを言うねん。今に世の中はどんどん変化する。まだ問題は多い。貧乏人は多いし、いろんな物が足りひん。しかし周りをよく見ていたら、少しずつ豊かになっていきよる。ワシらかてそうや。パリ商会で稼いだお蔭で、少しは美味いものも食べ、学校にも行くことができる。ワシは、寿司屋で上手いことといったら、その次は寿司も洋食も酒も出して、だれもが来たくなるような店を作りたいねん。喜ばす人、感謝してくれる人は多いほどええ。すぐにみんなが楽しんで飲んで食べる店が必要になる時代が来ると思うねん」

丑松は気持ちの高ぶりが抑えられなかった。

寿司屋をやらないかと石井に言われ、その気になった。そのとき、突然、菅原の洋食の腕、寅雄の接客、キッコの仕入れ、弥生の明るさ、千代丸の真面目さ、洋子の歌などを生かそうという思いが頭の中でまるでコーラスのように歌い始めた。

「すぐに食べて飲んで楽しむ時代が来ますな」丑松は石井に言った。

「そんな時代をみんなが待ちのぞんでいるんやろな」石井はしみじみと言った。丑松は、石井の顔の中に、多くの人の希望を見つけた気になった。やっと自分の進む道が見えたのだ。

「やるで」菅原が言った。

「俺もこうなったら丑松さんにとことんついて行く」寅雄も千代丸も言った。

「私だけ刑務所にいれんといてね」キッコが情けない声で言った。

「大丈夫。ねえさん、私が手伝うから」弥生が言った。

「うれしい。女同士で助け合おうな」キッコが弥生の手を握った。

「丑松兄ちゃん、そんな店ができたら、ウチ、そこで歌を唄ってもええ？」洋子が訊いた。

「ええよ。洋子はそこで日本一の歌手になるねんで」

丑松は、洋子の頭を撫でた。入り口の戸が激しく開いた。

「まただれか来たんか？　今日は客が多いな」丑松は入り口に向かって「だれや？」と言った。

「佐郷や。丑松さん、大変や」佐郷が大きな体を揺らすようにして入ってきた。

「警察の捜査か？」丑松は緊張して訊いた。

「そうやない。湊が刺された。今、医専病院に搬送された」

佐郷は息を整えながら言った。ここまで走ってきたのだろう。

「犯人はだれや？」丑松は緊張して訊いた。

「それがなんと川崎や」佐郷は言った。

「えーっ」丑松ばかりでなく誰もが驚いて、同時に声を上げた。

「弥生！」菅原が大きな声を出した。弥生が床に崩れ落ちそうになっている。丑松は、慌てて弥生の体を支えた。

「なんで？　なんで川崎が？」丑松は、先ほどまでの高揚した気分が、すっかり冷めていくのを感じながら、腕の中で弥生の重みを感じていた。

第十一章　湊の思い

1

湊の容態《ようだい》は芳《かんば》しくなかった。傷は、意外と深く、内臓を傷つけていたのだ。

「どうや？」丑松は、見舞いから帰ってきた弥生に訊いた。パリ商会で丑松たちは湊を見舞いに行った弥生が帰って来るのを待っていた。だが弥生は帰ってきても、暗い顔のままで何も答えなかった。

「もう事件から三日も経つのにまだ調子悪いんか？」

丑松も暗い顔になった。好きな男ではないが、弥生が付き合っているというのであれば、話は別だ。なんとか回復してもらいたいと思っていた。

「元気になるさ」と菅原は弥生を慰めた。菅原も湊のことは、食堂を奪った憎い奴と思っているのだが、可愛い妹が惚《ほ》れているために悪《あ》し様《ざま》に言うわけにはいかない。

「川崎はどうしているんや？」丑松は佐郷に言った。

「自宅に引きこもったきりだ。警察は逮捕していない。川崎は自分がやったと言っているが、湊は自殺するつもりだったと言ったようで、警察もあまり熱心に捜査する気がないみたいだ。湊は、川崎を助けるつもりのようだな」佐郷が言った。

「あの食堂はどうなるんやろ……」

菅原が誰に訊くともなく言った。湊の容態も、川崎のことも心配だが、菅原にとっては、食堂が人手に渡らないかが、もっとも気がかりだ。

「湊が刺されたにしろ、自殺しようとしたにしろ、倒れたというニュースが流れた途端に難波金融は大騒ぎだ」佐郷は大げさに両手を広げた。

「人が、津波みたいに押し寄せたみたいやな」丑松が言った。

「湊に金を預けている人が不安になったのだろうね。少し前から、難波金融の信用不安情報が流れていたし、警察も捜査するかもしれないという話だった。川崎との間にどんなトラブルがあったのかはわからないが、湊のいない難波金融は存在しえないから、客が自分の金を心配するのは当然だ」

佐郷が言った。

「しかしあの事務所、めぼしい財産はあらへんで」丑松が言った。

「湊に金を預けている人は、その金を取り戻そうとするから、土地や建物、預金を含めて湊の財産をみんな差し押さえるだろう。だからあの食堂もそうなるだろう」佐郷が言った。

「ということは湊に金を預けた連中のもんになるというわけやな？」丑松が訊いた。

「湊が回復して、金を預けた人が安心したら大丈夫だけれども、もしこのまま回復しなかったら、難波金融は破産するでしょう。そうなったら財産は債権者に分配されることになります。でもまだまだ先の話ですけど」佐郷が言った。

「もうこっちには戻ってはこないんやな」

菅原がため息をついた。縁がなかったと思うしかないのか。川崎に奪われた時点で諦めてはいたものの、ひょっとしたらというささやかな期待を抱かないわけではなかった。もはやそれは期待できないと佐郷に言われ、菅原は全身の力が抜けるような気がした。

「あの……」弥生が口を開いた。

「どうした弥生」菅原が訊いた。

「湊さんが」

「湊がどないしたんや」

「オムライス食べたいって」弥生は菅原を見つめた。

「なんやて、オムライス？　なんやそれ？」菅原は目を丸くした。

「詳しく話してえや」丑松は、弥生の真剣な顔を見て、何かあると思った。

2

湊は今日、見舞いに行った際、意識を回復した。刺し傷は深く、まだこのまま順調に回復するかどうかはわからないという医者の話だった。

「湊さん」弥生は呼びかけた。湊は、弥生を見つけ、かすかに微笑んだ。そして医者に身振りで酸素マスクを外すように要求した。何か話したいことがあるようだ。

「少しだけですよ」医者は、湊に注意した。酸素マスクが外された。湊の顔が、ゆっくりと自分を見つめている弥生の方向に動く。何かを言いたいのか唇が震えている。

弥生が慌てて、耳を近づけた。

「話して。ちゃんと聞くさかいね」弥生は、湊を励ました。

「オムライス……」湊はオムライスと言った。

「オムライス？　オムライスがどうしたんや？」

弥生は、咄嗟に二人で食べたオムライスを思い出した。

「オムライスを食べたい……」

「わかった。兄ちゃんに作ってもらってあげる。だから元気になって」

湊は、オムライスの夢を見ているのだ。生死の境に迷い込みながら、私と食べたオムライスのことを考えているなんて……と思うだけで弥生は涙が出てきた。

「お兄さんのオムライスと、川崎のオムライスとを食べ比べて……、美味しい方に店を任せる……」

湊は、か細い声で切れ切れに言った。

「えっ？　なんやて！」

弥生は、訊き返した。とても重要なことを話しているのだ。聞き間違いは許されない。

「お兄さんと川崎とでオムライス対決をして、勝った方に店を任せる……」

湊の顔が、ぐらりと揺れた。意識を失ったのだ。

「それまで！」医者が言った。湊の顔に再び酸素マスクがつけられた。

「湊さん、わかったわ。早く元気になるんよ。オムライス対決を実現させるから」弥生は涙を拭った。

「オムライス対決か」丑松は腕を組み、呟いた。

「湊さんと一緒にオムライスを食べたんよ。それがとても美味しかった。湊さんは、オムライスが大好きなの。話はせえへんかったけど、きっとお母さんの思い出が詰まっているんとちがうかな。まるで子供に戻ったような顔で食べてはったから」弥生が言った。

「オムライスが好物なんて子供みたいな奴だな。冷血漢らしくない」

佐郷が腕を組んで、気難しそうな顔で言った。

「湊さんは冷血漢ではありません。付き合ってみると分かります」弥生が抗議した。

「すみません。金貸し一般についての私の感想です」佐郷は、素直に、弥生に謝った。

「なあ、弥生」菅原が、問い掛けた。

「なあに、兄ちゃん」

「湊の奴、そのオムライス対決に勝った者に店を任せると、ほんまに言ったんか。間違いないんか」

「間違いない。そう言ったんや」弥生は、大きく頷いた。菅原は目を輝かせて、丑松を見た。

「やろうやないか。やってやろうやないか」菅原は言った。目が輝いている。

「オムライスは作れるんか」丑松は訊いた。

「まかせとけ。得意や。川崎なんかに絶対に負けへん」と菅原は鼻息を荒くし、「あの食堂を取り戻したら、洋食屋にでも、寿司屋にでもしたらええやろ。いや洋食屋と寿司屋と一緒の店にしたらええ。なあ、ええ考えやろ」と丑松にすがりついた。もう気持ちは食堂を取り戻した後に飛んでいるようだ。

「しかしなぜオムライス対決なんて言いだしたのでしょうか。いくら好きでも……」

佐郷が首を傾げた。

「生きようとしとるんじゃないかな。何か目標がないと生きられへんやろ。人間、いざとなったら些細なことが目標になるもんや。軍隊でも、ものすごい辛い日があった。そんなときはオカンが作ったおはぎをもう一回、食べるまでは死なれへんと思ったもんや。それだけ、あいつ、苦しいんやと思う」

丑松は、ポンと腰につけた薬籠を叩いた。茂一と一緒に腹を空かした日々が蘇ってきた。

「弥生、オムライス対決、やるって言ってこい。湊が、退院したらなって。だから頑張れって。早う、退院しろ、言うて来い！」菅原は興奮していた。

「オムライスってどないして作るんや」丑松が訊いた。

「炒めご飯を卵で包んだもんや。材料はな、卵、ご飯、塩、胡椒、醤油や。ニンニクがあれば、香りがええんやけどな。ご飯を炒めて、塩、胡椒、醤油で味付けするやろ。ケチャップがあれば最高やけど、なかなか手に入らんから、塩胡椒でええやろ。次に、卵二個をボウルで混ぜる。そこに牛乳があれば牛乳、なかったら水でええから、それを大さじ一杯いれる。これがふわふわになる秘訣や。フライパンに油を入れて、しっかり熱くして、いったん、油を外に出して、もう一回、油をひくんや。バターがあったら最高やけど。ないから油でええやろ。しっかりフライパンを熱くしとらんと焦げ付くんや。卵は、手早く焼かないかんねん！　フライパンに卵を入れたら、勢いよくかき混ぜながら焼く。半熟になったら、それを炒めご飯に載せて、包むんや。炒めご飯にふわふわ卵を絡ませて食べたら、ほっぺたが落ちるで」

菅原は目を輝かせ、フライパンを持っているかのように腕を動かした。

「美味そうやな」丑松が目を細めた。

「聞いているだけで涎がでそうです」佐郷が言った。

「美味そうやない。美味いんや。特に俺が作るオムライスは最高やで」

菅原は、自信ありげに言った。

「さっきから聞いてたら、えらい美味しそうやな」

キッコが、寅雄や千代丸と一緒に集まってきた。客の応対が、一段落したのだ。

「俺たちの分も作ってくれるんか？」寅雄が舌舐《したな》めずりをしている。

「審査員になるで」千代丸の顔が笑みで輝いている。

「あほ、卵は贅沢品やから、そんなに手に入らへん。食堂をやっている川崎がやる気になってくれんと、でけへんやろ。材料を仕入れなあかんからな」菅原の顔がわずかに曇った。

「川崎は、やるやろか？」丑松は心配そうな顔をした。

「俺が説得してくる」菅原はくるりと背を向けると、たちまち外に飛び出した。

「あいつ勝つ気十分やな。せやけど湊が入院したままやし、ほんまにできるんやろか……」

丑松の気持ちが落ち込みそうになった。しかしやらねばならないと思った。湊の生きる希望のオムライス対決は、菅原の生きる希望でもあるからだ。

「やらなあかんな」丑松は、自分に言い聞かせた。

3

菅原には自信があった。川崎なんかに負けない。川崎の食堂は、こんな食糧不足の時代にもかかわらず閑古鳥《かんこどり》が鳴いている。客に美味いものを提供していないからだ。飢えた時代だからといっても口に入れられれば、味なんかどうでもいいと言うわけではない。やはり美味いものを客は求めているのだ。美味いものを作る気がない男が作るオムライスが美味いわけがない。当たり前のことだ。オムライス対決をやる前から、俺の勝ちだ。

　菅原は、食堂が自分の手に戻ってきたときのことを考えていた。久しぶりに全身に力が漲《みなぎ》ってくる。川崎食堂の暖簾を勢いよく撥ね上げ、菅原は「川崎、いるか？」と大声で叫んだ。店は、開店休業状態だ。客は誰もいない。テーブルも椅子も静かに口を閉ざしている。菅原は、哀れさえもよおした。本来なら、客を座らせ、その重みに踏ん張ることが役割の椅子、客の大騒ぎする声や、呑んだり食べたりこぼしたりするのを楽しそうに受け止めるのが役割のテーブルが、何もすることがないのだ。待ってろよ。俺がなんとかしてやるさかいな。菅原は、心の中で誓った。店の奥にある部屋に足を踏み入れる。川崎がいるとすれば、そこだ。

「菅原だ。川崎、いるか？」最近、泥棒が多い。間違えられては困るので自分の名前を名乗ったのだ。遠慮せずに奥の部屋を覗いてみると、布団が人の形に膨らんでいる。

「起きろや」思い切り布団を剝ぐ。膝を折り曲げ、まるでカブトムシの幼虫みたいな恰好で川崎が横になっている。

「おい、川崎、起きろ」菅原が、体を揺する。

「ほっといてくれ。ワシは人殺しや」

「そのお前が殺そうとした湊のことで来たんや」

「死んだんか？」川崎が、がばりと起きて、血の気のない土色の顔を菅原に向けた。

目の焦点が、怯えたように揺れている。

「大丈夫や。まだ生きとる。それより面白い話になった。まあ、聞けや」

菅原は、両手を川崎の肩に載せ、体を揺すった。

「わかった。ちゃんと聞くから、揺するんはやめてくれ」川崎が、顔をしかめた。

「オムライス対決や」菅原は言った。

「オムライス？」川崎の顔が引きつった。

「どないしたんや？　気分、悪いんか？」

「オムライス！　ワーッ」

川崎が布団を摑むと、またそれで全身を包んでしまった。今度は、がたがた震えている。

「川崎、川崎！」菅原が布団を剝がそうとするが、川崎が摑んで放さない。

「帰ってくれ。オムライスの話なんか聞きとうない！」

布団の中で、川崎が喚いている。菅原は、布団を摑んでいた手を放した。

「勝手に喋るで。ちゃんと聞けよ」菅原は、盛り上がった布団に向かって話しかけた。

「湊がな、俺とお前にオムライスを作らせて、オムライス対決をせえという話や。どっちが美味いか競わせたいんや。その勝負に勝った方、美味い方にこの店を任すと言うんや。なあ、川崎、俺は、食堂をやりたいんや。美味いもんをみんなに出したいんや。金儲けやない。腹いっぱい、美味いもんを食べさせたいねん。お前に店を取られてから、だいぶなるけど、やっぱり腑抜けになってしもうた。俺は、食堂をやってないとあかん人間なんや。今度、丑松と寿司屋をやろうと決めた。この店を俺に任せてくれたら、一階は寿司屋、二階は洋食屋という風に、ほんまに日本一の食堂にしたる。なあ、川崎、あんたがやっていたら流行らへんやないか。オムライス対決をせえへんなら、湊にこの店を返して、菅原にやらせてくれと頼んでくれよ」菅原は、その場に両手をついて頭を下げた。

「なんで湊社長は俺を警察につきださへんねん……」布団の中で川崎が呟く。

「そんなん知らんがな。なんでやろな？　ほんまにお前が刺したんか？」菅原は顔を上げた。

「間違いない。俺が刺した。カーッとなってしまったんや。あほなことをした。警察が来たけど、湊社長は自殺や、自殺やと俺のことを言わへん。警察も、直接見た奴がおるわけやなし、とりあえず湊社長の体の回復を待ってからにしようということになって、俺は釈放されたんや」

「お前を警察にやりたくないんやろなぁ。なんでカーッとなったんや？」

菅原は、布団の中に話しかけた。

「それが……、それがオムライスなんや」川崎がくぐもった声で答えた。

「なんやて？」

「俺が作ったオムライスを不味いと、腐しよった」

「湊が？」

「そうや。舌がおかしい。食堂はやめてしまえと言ったんや。何があったんかしらん。急に変わってしもた。確かにお前の時に比べて流行っとらへん。しかし俺は俺なりに努力しようとしてた。それやのに突然、オムライスを食べただけで、そんなことを言われて、気がついたら湊社長が店の前で倒れとんねん。直ぐに救急車と警察を呼んだ。俺が刺したんやからな。俺を捕まえてくれ。湊社長を助けてくれと言うて騒いだんや」川崎は、布団の中で涙声になった。

「でも警察は捕まえへんかったんやな……」

「ああ、苦しそうな顔をして、湊社長が、自分でやったと言ったからやと思う」

「罪ほろぼしやろか？」菅原は、ぽつりと言った。布団の中から、川崎が顔を出した。

「罪ほろぼしってなんや？」

「お前のオムライスを貶《けな》したやろ。せやからきちんと判定しようというのやないのかな」

「それで負けたらどないなんねん？」

「食堂は、俺に返されるというわけや」菅原は、笑みを浮かべた。

「体《てい》のええ理屈をつけて、俺から食堂を取り上げるつもりなんやろか？　お前もぐるになっとるのか」川崎は、布団を撥ね、上半身を起こした。

「なんちゅうことを言うねん。何で俺が湊とぐるにならんとあかんねん」

「せやかてここへ湊の伝言を伝えに来たっちゅうことは、ぐるということやろ」

川崎の目が暗く光った。

「あほ！」菅原の手が動いた。その瞬間に乾いた音が響き、川崎が頬を押さえて、横に倒れた。

「なにさらす！」川崎が憎々しげな目で睨んだ。

「ほんまにひねくれた奴やな。お前が、料理に使う大事な包丁、料理人の魂で人を刺してしもうたんやど。反省せえ！」菅原の一喝で、川崎はがっくりと肩を落とした。はらはらと涙を落としている。

「よう聞けよ。その刺された人が、俺とお前の作るオムライスを食いたいと言うとんねや。何がぐるや、何が食堂を取り上げるや、ええ加減にせえ。このオムライス対決は湊が言い出したんや。お前のオムライスを不味いと言ったことを後悔しとるんかもしれへんし、そんなこと全然関係ないかもしれへん。せやけど俺とお前の料理を食いたい人がいて、腕を振るえるんやったら、やろうやないか。なあ、川崎」

菅原は、この上ない真剣な顔で、川崎に迫った。湊の真意がどこにあるのかわからない。最初は、食堂を菅原に返す手段としてオムライス対決を言い出したのかと思った。湊が、弥生に惚れていることを知ったから、余計にそう思った。しかしオムライスがきっかけでこの事件が起きたのなら、少し様相が違ってくる。

「湊は、お前のオムライスを貶したことをすごい後悔して、お前に罪ほろぼしのつもりで、やる気をださせるためにこんなオムライス対決を考え出したんかもしれへんな」

今回のオムライス対決の提案は、湊の罪ほろぼしの上を行く罪ほろぼし。川崎に本気を出させようとする湊の心配りなのではないか。菅原は、甘い期待をしないほうがよさそうだと思った。

「湊社長は、俺にもう一回チャンスをくれるっちゅうのか。自分を殺そうとした人間やで。その男にもう一回やり直しをしろということなんやろか」

川崎は、布団に顔を埋めると、おいおいと泣き出した。

「なあ、川崎。あんたの店が流行らんのは、あんたのやる気がないからや。俺に店を取られてからというもの、悔しい、悔しい、取り返したるの一点張りやったやろ。それで取り返したら、目標がなくなったんと違うか。張りがなくなったんやろ。それが料理にも現れている。この間、ちょっと寄ったけど、油が臭いし、手抜きやと思った。昔のあんたやない」

菅原はまるで川崎を励ますように言った。初めて出あった時の熱心な料理人としての川崎の姿が浮かんできた。なんで俺がこいつを元気付けなあかんねん？　泣き顔のまま、川崎が菅原を見た。

「湊社長は、俺に立ち直れと言うとんねやろか？　そやのに俺は、俺は、なんてことをしたんやろ」

川崎は、再び布団に顔を伏せ、激しく嗚咽を繰り返した。

「きっとそうや。川崎、あんたに立ち直って欲しいんや。せやからワシとのオムライス対決をさせたがっとるんやろ。あんたを傷つけたオムライスで、あんたを立ち直らせようとしとるんやで」

「湊社長！」川崎の嗚咽は再び号泣《ごうきゅう》に変わった。

オムライス対決に川崎をひっぱりださないといけないと思う余りに、余計なことを言ってしまったと菅原は激しく後悔していた。自分が勝たなければ、食堂は戻らない。川崎を、あまり立ち直らせてはいけない。本音を言えば、やる気は起こさないで、オムライス対決だけに同意してくれればいいのだが……。しかし泣いている川崎を見ているとそんな打算はいつの間にか吹っ飛んでしまった。

「やろうやないか。オムライス対決。美味いオムライスを食べさせれば、湊も元気になるで」

菅原は勢い込んだ。川崎は、顔を上げた。菅原の手を握った。

「湊社長の容態は？」

菅原は、眉根を寄せ、顔を歪め、「今のところ、結構厳しいみたいや」と言った。

川崎は、がくりと肩を落とした。

「せやからこのオムライス対決も湊が退院してからになるやろな。湊も、これを目標に元気になるつもりなんや」

菅原の言葉に川崎が、鋭く反応した。

「オムライス対決を受けると言うたら、湊社長が元気になるんか？」

川崎は、菅原の顔を強く見つめた。

「そうや、絶対に元気になる」菅原は、川崎の手を握り返した。

「わかった。やる。俺はやる。湊社長が元気になるんやったら、菅原」と川崎は光の戻った目で菅原を見つめ、「オムライス対決をやるぞ」と言った。

「負けへんで」

「こっちこそ。お前、俺に勝てると思うな。本気だすぞ」川崎が不敵な笑みを浮かべた。

「俺だって本気や。絶対にこの食堂を取り戻してみせるからな」

菅原は言い返した。ふと川崎に対する憎しみが和らぐのを感じた。これではあかん、川崎のことはいくら憎んでも憎み足りないと思わないといけない。勝負に情けは禁物だ。しかしなぜか握った川崎の手から、温かさを感じてしまったのだ。人を憎んでいては、美味しい物は作られへん。そういうこっちゃな。菅原は自分の心の変化を納得させつつ、「必ず勝つ」と心に誓った。

4

「川崎が、オムライス対決を了承したで」菅原が急いで帰ってきた。

「私、湊さんに言いに行ってくる」弥生が出かけようとした。

「俺も一緒に行く」丑松が言った。弥生の顔が明るくなった。心強くなったのだ。

「ええ知らせ待ってるでぇ。こっちは川崎とどんなルールでやるか、どんな材料でやるか、決めとくから」菅原が弾んだ声で言った。

丑松は嬉しくなった。菅原に元気が戻ったからだ。

「行こうか」弥生に言った。

「はい」弥生が微笑んだ。弥生も同じ気持ちなのだろう。大阪市立医専附属病院は、阿倍野《あべの》にある。やっと順調に動き出した国鉄の城東線に乗り、天王寺《てんのうじ》駅に行く。そこから歩けばすぐだ。大阪駅から電車に乗る。車内は比較的すいていた。丑松は、まず弥生を座らせ、その隣に座った。

「よかったな。座れて」丑松は、弥生に言った。

「湊さん、退院できるやろか」弥生は心配そうな顔で言った。

「大丈夫や。オムライス対決を楽しみに、必ず元気になるで」

「せやったらええねやけど」

「審査員は、公平にやらないかんからな、だれがええやろ」

「一般のお客さんがええんやろな」

「しかしなんでオムライス対決なんて言い出したんやろ？」丑松は納得がいかないと首を傾《かし》げた。

「弥生ちゃんのアイデアじゃないんやろ？」

「なんで？」

「食堂を取り戻そうとしてたやないか。それで湊もどうにかしようと思ったんやないのか」

丑松は弥生の目を見た。

「私が湊さんをそそのかしたわけやない。湊さんが自分で言い出したんや。確かに兄ちゃんに食堂を返してほしいと言ったけど、そんなに簡単にはいかへんって……」

「菅原に、合理的な理由をつけて食堂を返そうとしているんかな。弥生ちゃんのために」

「このオムライス対決は、兄ちゃんに食堂を返すヤラセみたいなもんやと言うの？」

弥生は首を傾げた。

「どうかわからん。美味しいオムライスが食べたかっただけかもしれへん」丑松は答えた。

「でも心とお金儲けが一緒になるかどうかって、気にしていたから。オムライスにそんな意味が込められているんかもしれへんなあ」

「心と金儲けか」丑松は、遠くを見つめた。電車の窓から復興を急ぐ大阪の街の景色が眺められた。窓の向こうから槌音が聞こえてくるようだ。コロンと薬籠が鳴った。

茂一の骨が動いたのだ。

「茂一、ようやくやることが見つかりそうや。お前がやりたかった食堂やで」

丑松は薬籠に話しかけた。

「それ友達の骨が入っているんやろ？」弥生が言った。

「戦争で死んだ幼馴染や。こいつ、電車から見える大阪の景色を見て、うれしがっとるのか、怒っとるのか、どやろなぁ……」丑松は、薬籠を指で弾いた。

「怒っとるのん？」

「そらそやろ。弥生ちゃんの両親も空襲で死んでしもたやないか。洋子の親もどうなったんかわからん。この茂一も好きなもんも食べず、やりたいこともせず、恋もせんと死んでしもたんやで。そんな奴が大勢いる。それを忘れたように大阪の街はどんどん変わっていく。死んだもんは死に損や。怒っても当然やろ」

「それじゃあ、うれしがっとるというのは？」

「生き残った俺たちが幸せに暮らしたり、美味しいものを食べたりするのを天国から見てるときやないかな。自分の分まで幸せになれよ、世の中の役に立てよって言っている気がするんや。俺のお守りなんや。俺も、くじけたり、嘘をついたり、いい加減なことをしたりするけど、それでも茂一に申し訳ないなと思うだけで、なんとか頑張れる気がするんや」

「ひょっとしたら湊さんは、戦争で、自分のいいところをみんななくして、心は死んでしまったのかもしれへんなあ。それを今、少しずつ取り戻してはるんやろか。そんな気がするわ」

「そうかも知れへんな。それがオムライス対決になったんかもな」

愛情の籠ったオムライス、おそらく湊の思い出のメニューなのだろうが、それを菅原と川崎に作らせることで、自分の失った何かを取り戻そうとしているのだろう。湊が何を考えているのかはわからない。しかし菅原がオムライスの作り方を説明するときの生き生きとした目を見たとき、丑松はうれしくなった。やっと菅原が生き返ったという気がしたのだ。それだけでも湊に感謝しなければならない。

「天王寺に着いた」弥生が腰を上げた。

「少しでも元気になっとったらええんやけどな」丑松も席を立った。

5

「そんなに深刻ですか？」

医者の話を聞き、丑松は絶望的な気分に襲われた。弥生も真っ青な顔で、唇を震わせている。医者は、湊が回復するのは、医者が使う言葉ではないが、と前置きし「奇跡」と言った。相変わらず、手術するにも危険な状態だという。

「話をしていいですか」丑松は、医者に許可を求めた。

「少しなら」という条件で、丑松と弥生は病室に入った。ベッドの側には、弥生が持ってきたという花が花瓶に生けられていた。湊はあれほど手広く商売をしていたのに、見舞い客は、丑松たち以外は、全くないと医者は言った。今日は、酸素マスクを外していた。顔色は良い。

「どうや？　具合は？」丑松は、湊に顔を近づけた。

「ありがとう。見てのとおりです」湊は、荒い息で言った。

「弥生ちゃんと一緒や」丑松は、背後にひっそりと立っている弥生に視線を向けた。

湊の目が動き、弥生を捉えると、ゆっくりと微笑んだ。

「オムライス対決はどうなりましたか？」

「おお、そのことや。川崎も菅原も承知や。やる気十分や。あんたが回復してきたら日取りを決めようやないか」

「あきません。それならすぐやる……」湊が真剣な顔をした。

「えっ、すぐ？　それは無理やろ。第一、あんたが退院してないやないか」丑松は、反論した。

「自分のことはいちばんわかっています。僕は助からない。だから一日でも早く、ここでやってほしい」

「病院でか？」丑松の問いに湊が頷く。

「僕は、人の心のことなんか何も考えずに仕事をしてきました。戦争で何度も裏切られたから。でも……」と弥生を見つめて「弥生さんに会ってそれは間違いだと知りました。だから僕は人の心に残る仕事をしたい。最後のお願いです。頼みます。丑松さん」湊は、力なく手を上げた。丑松は、その手を握った。

「わかった。医者に頼んでみる。審査員は、どうするんや？　やるとなったら、公平にやらんといかん」

「お医者先生と看護婦さん、それに僕の三人」

丑松は、湊が審査員のことまで考えているのを知り、オムライス対決を本気でやりたいのだと、いまさらながら思った。

「なぜこんなことを思いついたんや？」

「オムライスが好きなんです。亡くなった母がよく作ってくれました。この間、弥生さんと一緒に食べて、母の味を思い出したんです。ところが僕は、そんな大切な思い出のオムライスで川崎を傷つけてしまった。川崎が作ったオムライスをけなしたんですよ。お前の舌はおかしい。もう食堂をやめろって。それでこんな事件になったんだけど、僕は生きる希望を失っていたから、ちょうど良かった。川崎には罪はない……」湊は悲しそうな顔を弥生に向けた。

「生きる希望をなくしたなんて言うたらあかん。湊さん、生きなあかん」

弥生は、湊の側に近づき、その手を握った。涙が溢れていた。

「弥生さん、僕のために涙を流してくれてありがとう。弥生さんに会って、もう少し生きてみようと思ったんだ。でも無理みたいだ。それで僕は大好きなオムライスで、苦しめたみんなにお返ししたいと思った……」湊の息が苦しそうになった。

「休ませてあげてください」そばで見ていた医者が言った。

湊は酸素マスクをつけられ、目を閉じた。

「ちょっと外へ出よか」丑松は弥生の袖を引いた。湊の側で、手を握っていた弥生が、小さく頷き、立ち上がった。廊下に出て、丑松は「なあ、どうしたもんやろ」と弥生に訊いた。

「オムライス対決をやらせてあげてほしい。審査員まで考えてはるんやから、ものすごい本気やと思う」弥生は、丑松を食い入るように見つめた。

「せやけどこのオムライス対決が終ったら……」

「終ったら、なんやの？」

「湊は死んでしまうんちがうか？　がっくりして……。それでもええんか」

丑松は、弥生の真意を探るような目をした。弥生は、唇を噛み締め、一瞬、言葉を飲み込んだが、「やらせてあげて。心残りがないように」ときっぱりと言った。弥生の目には涙が溢れていた。

「湊の、思いを実現せなあかんなぁ」丑松は弥生の肩を優しく抱いた。医者が病室から出てきた。

「先生！」丑松は医者に駆け寄った。

「はい、なんでしょうか」と医者は丑松を振り向いた。

「湊は、どないです？　先生はさっき、そうとうヤバイと言いはったけど、やっぱりほんまですか？　素人目には元気になりそうな気がするんですが？」

丑松の問いに、医者は眉根を寄せた。表情が暗い。

「やっぱりあかんのですか？」

「正直申し上げて、かなり危険な状況です。ここ数日が山でしょうね」

医者は、丑松を見つめて、冷静な口調で言った。

「そんなに悪いんですか」丑松は眉根を寄せた。

「傷が深いんです。相当、内臓がやられていますから」

医者の苦しそうな顔を見つめ、丑松は姿勢を正した。

「そやったらお願いがあります」

「なんでしょうか？」

「先生も聞いてはったでしょう？　湊の願いを。オムライスを食べたいって言ってましたでしょう？」丑松は、真剣な顔で言った。

「ええ、まあ、しかしなんのことかわかりませんが」医者は戸惑った表情を見せた。

「湊は、二人の料理人にどっちが美味いオムライスを作るか競争をさせたがっとるんです。やらせてください。あいつが命を懸けた頼みです。この病院でオムライス対決をやって、先生にも審査員になってもらいたいんです」

「病院でですか？」医者は驚いた。

「ぜひお願いします」丑松は廊下に座り、頭を床につけた。

「ちょっと、おやめください。土下座されたってできるわけがないでしょう。重篤な怪我人を刺激するようなことはできません。今は、安静にすることが肝心です」医者は真面目な顔で言った。

「先生、お願いします。もし湊さんが、危ないんやったら、なおさらです。あの人の願いを叶えさせてあげてください」弥生が、声を上げて泣き出した。医者は、困惑した。

「先生、お願いです」丑松は、湊が金融業者で、弥生の兄である菅原から食堂を奪ったこと、それを川崎に任せたこと、食堂の経営が上手くいっていないこと、そこで食堂の経営をオムライスの味で決めようとしていることなどを説明した。

「湊の奴が、何を考えているのか本当のところは、私らにもようわかりません。しかし罪ほろぼしをしたいようなのです。もしこのまま、逝《い》ってしまったら、湊は心残りに違いありません。先生、お願いします」丑松は、頭を廊下に擦りつけた。

「罪ほろぼしねぇ」医者は、腕組みをして思案していた。

「戦争や、金貸しや、湊の人生の罪ほろぼしやないでしょうか？」

丑松はじっと医者の顔を見た。医者は、しばらく考えていたが、病室のドアを開け、中に向かって「婦長」と呼んだ。少し太った看護婦が、病室から出てきた。二人で相談をしている。

「無理でしょう……」婦長が顔をしかめている。

「しかし……」医者が腕を組んで、考え込んでいる。

ようやく医者が、丑松の方に歩いてきた。話し合いが纏まったようだ。

「どうですやろか？」丑松は、医者の顔を覗きこんだ。

「なんとかしましょう。ただし興奮して、容態が悪化したら責任を持ってくださいね。一筆入れてもらいます」医者が固い顔で言った。

「おおきに、ありがとうございます。一筆どころか、何筆でも入れますさかい」丑松は、頭を下げた。

「ありがとうございます。湊さんも喜ぶんやないかと思います。これを励みに元気になるかもしれません。ほんまにおおきに……」弥生が涙を拭った。

「審査員もやってくれはりますか」丑松は訊いた。

「ここまで来たら、患者の容態を監視する意味でも、わたしと婦長が審査員を務めましょう」

医者が笑みを浮かべた。弥生が、胸に手を当て、「よかった」と喜んだ。医者は、オムライスは病院の厨房で、料理人一人につき、一つだけ作ること、会場は、湊の病室近くの待合スペースにすること、大騒ぎしないことなどの条件をつけ、「湊さんの体調が急変したら中止です。その意味で、早いほうがいいでしょう」と言った。

「丑松さん、明日でもええやん。兄ちゃんもやりたがっているしね」

「よし、帰って、直ぐに材料集めや」丑松は、医者に礼を言うと、飛び出して行った。

6

菅原と川崎は、病院の厨房に材料を持ち込んだ。

「卵は、ええのんが手に入ったんや。河内《かわち》の農家で仕入れてきたんや。美味いぞ」

川崎は菅原に自慢した。

「使わせてもろてええんか」菅原は言った。

「食堂をやっとる俺が材料を仕入れるのは当たり前や。使《つこ》うてくれよ。とにかく美味しいオムライスを湊社長に食べてもらうんや」

「準備できたんか」丑松が厨房に入ってきた。

「できた。同じ材料、同じ道具で勝負や。負けへんで」

「こっちこそ」

「丑松兄さん、こっちも準備完了や。みんな待機してるから」千代丸が言った。

「よっしゃ。それじゃあ、料理開始！」丑松が宣言した。

「行くで！」菅原が力強く言った。

「よっしゃ！」川崎が叫んだ。

二人は、同時にコンロの火を点けた。フライパンを温め、あらかじめ炊き上げていたご飯を入れ、炒めはじめた。油が弾ける音やご飯が炒められる音が厨房に響く。二人とも真剣な顔で、腕を振る。そのたびにぱらぱらになったご飯が宙を舞う。コンロの炎の熱で二人の額に汗が滲んでいる。オムライスは卵も大事だが、中に入れる炒めご飯の味わいが重要だ。ケチャップライスにするのがいいのだが、ケチャップがない。そこで味付けは塩、胡椒と醤油だけだ。単純だから、かえって難しい。

「ええ姿やな」丑松は、思わず呟いた。

菅原と川崎が、仲良く並んでフライパンを振る姿を見るのは、初めてだ。丑松が、菅原の食堂に転がり込んできたときは、すでに二人は問題を起こし、別れていた。それからというもの二人は何かといがみ合い、結局、それがもとで菅原は自分が命より大事にしている食堂を失うはめになった。今、二人が必死の形相でフライパンを振っているオムライス対決が、さらに二人の関係を悪化させるのかどうかはわからない。

しかし少なくとも今の時点では、二人は美味しいものを作る、美味しいものを湊に食べさせるという同じ目標に向かって進んでいる。それが丑松の目には、とてもすがすがしく映ったのだ。湊が考えていたことは、これなのか、とふと思った。二人は、同時に卵の殻を割った。丑松が菅原のボウルを覗き込むと、透明な中に、黄色というより赤く見える黄身が盛り上がっている。元気のいい、栄養がたっぷり詰まった卵だ。

「ええ卵やな」丑松は、涎を流しそうになった。

「これ見てみいや」川崎が、箸で黄身だけを持ち上げた。

「すごいなぁ」丑松は感激した。田舎で鶏を飼っていて、卵を食べたが、箸で摑めるほど黄身がしっかりしたものは見たことがない。

「特別に美味い餌《えさ》を食べた鶏から生れた卵や。今は貴重品やけど、誰もが美味しいて、栄養いっぱいの卵が食べられる時代が、きっとくるで」川崎は言った。

「俺の子供の頃、卵は病気になったときに食べさせてもろうた。母ちゃんに『お母ちゃんは食べへんのか』と訊いたら『喉がイガイガするから、嫌いやねん』と言うとったけど、ほんまは食べたかったんやろな。俺に食べさせたいばっかりに嘘をついたんやろな」

菅原は、ぐずぐずと鼻を鳴らした。亡くなった母を思い出しているのだろう。

「これは一個、三十円もする卵や」

川崎が自慢げに言った。通常は、十円ぐらいだから相当な高級品だ。

「ゴールデンバットの十倍やないか。大事に使わせてもらうわ」

菅原は箸で卵をかき混ぜた。ここでかき混ぜ過ぎて泡立てたりすると、美味しい玉子焼きにならない。フライパンに煙が出始めた。十分に熱くなったようだ。ジャッ。勢いのいい音がした。二人が、フライパンに卵を入れたのだ。オムライスの違いは卵の焼き加減にある。半熟か、少し固めかで同じ材料を使っても全く違うオムライスになる。菅原は、半熟にこだわったオムライスを作る。

「丑松、そこの皿を取ってくれ」

菅原が丑松の近くのテーブルに置いてある白い皿を取れと指示した。

「えっ、もう焼けたんか？」丑松は、慌てて皿を取り、菅原に渡した。

「ほいっ」

菅原は、半熟に仕上げた玉子焼きをフライパンから、皿に盛った炒めご飯の上にそっと滑らせた。

「できた！」白い皿の上に、鮮やかな黄色のオムライスが載った。ほくほくと湯気が上がっている。

「見ててくれ」菅原は、皿の上のオムライスにナイフをすっと滑らした。

「おおっ！」オムライスの黄色い玉子焼きが縦に真ん中から二つに割れ、とろとろの半熟玉子焼きが炒めご飯を包み込みながら皿全体に広がった。

「きれいやろ」菅原が胸を張った。

「ああ、見事なもんや」丑松は心底、驚いた。

「丑松さん、こっちにも皿をくれ」

川崎が明るい声で呼んだ。丑松が、皿を渡すと、こちらはフライパンに皿で蓋をしたかと思うと、「えいっ！」という掛け声とともに素早くひっくり返した。皿の上にきれいに整った紡錘《ぼうすい》状のオムライスが載っている。黄色というより黄金色に輝いている。

「とろとろやないんや」丑松が言った。

「俺のは、オーソドックスなオムライスなんや」川崎は、自信ありげに言った。

「二人とも、急げ！　審査会場へ行け！」

丑松が叫んだ。二人は、オムライスが載った皿を持って走り出した。丑松も負けじと走った。

7

「まだかな」千代丸が厨房に続く階段の方を見ている。

「美味そうやったか？」寅雄が訊いた。

「作るところは見れへんかったけど、卵が大きかったわ」千代丸が、両手を広げた。

「あほ、そんなに大きな卵があるかいな」

キッコが千代丸の頭をこつんと叩いた。湊の病室があるフロアの待合には、ベッドに横たわったままの湊、医者、婦長が審査員の札をつけてオムライスが来るのを、いまかいまかと待っていた。彼らを見守っているのは、寅雄、千代丸、洋子、キッコ、佐郷、それに湊のベッドの側には弥生がいた。一般の患者も遠巻きに何が始まるのか眺めていた。

「湊さん、もうすぐオムライスが来ますよ」弥生は、湊に話しかけた。湊は弱々しい微笑を浮かべた。

「できたぞ」丑松が階段を駆け上がってきた。菅原と川崎が、皿を高く掲げて現れた。黄色く輝くオムライスは、まるで宝石のようだ。くすんだ病院の壁が一気に明るくなった。

「ワーッ」と一般の患者からも歓声が沸きあがった。白いテーブルクロスのかけられたテーブルの前に、湊、医者、婦長がいる。湊は目を閉じている。顔色は青く、沈み込んでいる。医者と婦長はやや緊張した面持ちだ。

「丑松さん、始めよう」佐郷が促した。丑松は、緊張した顔で頷いた。

「菅原、川崎、テーブルにオムライスを置いてくれ」二人は、そっとオムライスをテーブルに置いた。湊が目を開けた。オムライスの黄色が顔に映ったかのように暗く沈んだ顔が明るくなった。

「美味そうやな」千代丸が思わず呟いた。

「しっ」洋子が注意した。

「それでは皆さん、お待ちかねのオムライス対決を始めまっせ。選手は菅原さん、川崎さんです」

丑松が紹介すると、二人は固い表情で腰を曲げた。

「今回のオムライス対決は、湊さんの発案です。そして当病院の温かいご配慮で実現しました。ほんまにありがとうございます」

丑松の言葉に、医者と婦長が応えて頭を下げた。首からぶら下げた審査員という札が揺れた。

「さてルールです。湊さん、先生、婦長さんの、三人の審査員の方々に、この二人が作ったオムライスを試食してもらいます」

「ええなあ」千代丸の声がした。

「あほ、黙っとき」キッコが、千代丸の頭を平手で叩いた。

「静かにしといてんか。さて厳正な審査で、二票を取った方が勝ちになります。勝利者には、今、川崎食堂、以前は日本一くいだおれ食堂の経営権が湊さんから授与されることになっています。それでええんですね」丑松は、ベッドに横たわる湊に問い掛けた。湊はかすかに頭を動かし、頷いた。

「では試食を始めて頂きます。試食の順番を決めるため、二人にじゃんけんをしてもらいます」

菅原と川崎が、「じゃんけん、ぽん」と掛け声をかけ、グーとパーで菅原が勝った。

「では菅原さんのオムライスから食べて頂きます。とろとろの半熟卵のオムライスでっせ。ほんまに美味そうやな」

丑松が目を輝かせた。洋子が歩み出てきて、三人にスプーンを渡した。湊のスプーンは弥生が受け取った。湊は、内臓が傷ついているため、咀嚼《そしやく》して飲み込むことはできない。そのため弥生は手に小皿を持っている。丑松が、菅原のオムライスを載せた皿を持って三人の前に立った。最初に医者がスプーンでオムライスをすくった。

「見事な半熟ですね」医者が感心したように言った。

上手く玉子焼きと一緒に炒めご飯をスプーンに載せ、口に運んだ。上目遣いになり、うん、うんとなにやら頷きながら咀嚼した。婦長は、一口では満足いかないのか、二口食べた。

「よく玉子焼きとご飯が絡みますわね」婦長が笑みをこぼした。

「ああっ。二口、食べたで」千代丸が嘆いた。

「もう、静かにせんとあかん。追い出されるで」洋子が注意した。

「残してくれるんやろか」千代丸はまだあきらめ切れない様子で言った。

「あほ。卑《いや》しいこと言ったらあかん」洋子が、また怒った。

「それでは湊さん、食べてください」

丑松の言葉に湊の目が、ぐっと開いた。全身の力を集中している。弥生がスプーンでオムライスを取り、湊の口に運んだ。黄色いオムライスが湊の口の中に消えた。ゆっくりと噛む。

「飲み込んだらダメだよ」医者が慌てて注意する。湊はまだ噛んでいる。幸せそうに微笑が洩れている。弥生が小皿を差し出した。湊は、名残惜しそうにオムライスを小皿に吐き出した。

「次が川崎さんのオムライスです。形のきれいなオーソドックスなオムライスです。これも美味そうやな。涎が出るわ」丑松の声に、川崎が緊張している。菅原の場合と同じように三人にオムライスの載った皿が回された。

「きれいな形ですね。壊すのがもったいない」医者は、言葉とは裏腹に大胆にスプーンを入れた。

「あんなにぎょうさん……」また千代丸が嘆いた。

「まるで茶巾《ちゃきん》寿司のようですわ」婦長が言った。

「茶巾寿司ってなんや」千代丸がキッコに聞いた。

「玉子焼きで包んだお寿司や」キッコが小声で答えた。

「そんなん見たことも、食べたこともない」千代丸が悔しそうに言った。

「ちょっと黙っとき」またキッコが、千代丸の頭を平手で叩いた。弥生のスプーンが湊の口に運ばれた。湊は、目を閉じ、ゆっくりと咀嚼した。何も言わないで、弥生の用意した皿に口中の物を吐き出した。試食時間が終った。

「それでは審査に移りまっせ。テーブルにS、Kと書いた札があります。Sは菅原さん、Kは川崎さんです。さあ、勝つのはどっちや。さあ、どうぞ、札を上げてください！」丑松が声を張り上げた。

「パンパカパーン、パパパパーン」

洋子が澄んだ声でラッパの真似をした。先ず医者が、何度も首を傾げながらも「エイッ」とSの札を上げた。菅原の顔が、ぱっと明るくなり、川崎が顔を伏せた。ウオーッと喚声が上がった。次に婦長が、にっこりと周囲を見渡して「甲乙つけがたいけれど、ここは鬼になるわ」と言い、Kの札を上げた。今度は川崎の顔が輝き、菅原が沈んだ。

「さあ、最後は湊さんです。さあ、これで決まりやで。Sか、Kか、どっちや！」

丑松が叫んだ。全員の視線が、湊に集まった。

「ジャジャジャジャーン」

洋子が、ベートーベンの〝運命〟を奏でた。まさに運命の瞬間だ。菅原と川崎が生唾を飲む音がごくりと聞こえる。弥生が湊の口元に耳を近づけた。弥生の手には二枚の札が握られている。

湊の口が動いた。弥生の顔が厳しくなった。唇を嚙み締めている。弥生が札を選んでいる。全員が緊張して、どちらの札が上がるか、固唾を飲んでいる。弥生の手が上がり、札が示された。ウウオォーと、どよめきがあがった。札はKだった。川崎の勝ちだ。丑松は、菅原を見た。がっくりと肩を落としている。

「勝ったんは、川崎さんです」

丑松は拍手をした。菅原の落胆振りは、かわいそうで見ていられないほどだが、勝負は勝負だ。仕方が無い。医者も婦長も、見ていたみんなも拍手をした。

「どんなもんや！　やっぱり俺の腕が一番や。湊社長、おおきに！」

川崎が両手を上げて、喜びを溢れさせた。菅原が、川崎に近づいた。諦めたのか、表情は、明るさを取り戻していた。

「一緒にオムライスを作っていて昔を思い出しましたわ。もう一回、やる気出してぇえ食堂にしてくれなあかんで。お願いしまっせ」菅原は、川崎の手を握った。

「任せとけ。やるぞ。もう一回、やり直すわ。菅原、悪いな」

川崎は、菅原の手を握って、振り回すほど喜んでいる。

「川崎……」湊が口を開いた。必死に体を起こそうとしている。弥生が支えている。

「社長！」川崎が泣きながら駆け寄った。

8

「美味しかった。お前のオムライス、懐かしい味がした。お袋が作ったようだった。この間は、悪かった……」湊の息遣いは荒い。言葉が切れ切れになる。

「何を言わはりまんねん。許してください。こっちこそとんでもないことを……」

川崎は声を詰まらせる。

「川崎……」

「はい」川崎が、湊を見つめ、湊の手を握った。

「こんなに美味しいオムライスが作れるんじゃないか。驚いたよ。この間より、ずいぶん、美味しくなっていた。努力の跡が見えた」

「この間は、すんませんでした。美味しいもんを作る気を忘れていました。だから不味かったんやないかと……」

「お前のオムライスを食べる前までは、この間、不味いと言った罪ほろぼしの気持ちもあったけど、今は無い。本当に美味しかったよ。ありがとう。お前も僕も、人を信用しない、愛さないばかりに金儲けや目先のことばかりに目を奪われていたんではないだろうか。これをきっかけにいい店を作ってください。お前の借金は、全て放棄する。思う存分やりなさい。借金がなくなったのだから、店はお前のものだ」

「借金を消してくれはったんですか」川崎は目を見張った。

「ああ、手続きは済んだ」湊が薄く微笑んだ。

「川崎、よかったやないか」丑松が言った。

「よかったな」菅原が笑みを浮かべた。

「菅原、ほんまに喜んでくれるんか」川崎が訊いた。

「なにあほなことを言うとんねん。さっき、お前のオムライスをちょっと食べてみたんや。ほんまに美味かったで」

「おおきに」川崎が頭を下げた。

「川崎……」と湊が、また呼びかけた。川崎が湊に顔を近づけた。

「一つだけ、僕からのお願いは、菅原さんと力をあわせてほしいということだ。僕はオムライス対決をきっかけに君と菅原さんが仲良くなればいいと思った。僕も一つぐらいいいことをしたいと思ったから……」

「社長……」と川崎は、涙を拭った。

「これが湊の罪ほろぼしやったんか……。二人で一緒にやれということや。心と心を結び合わせぇということや」丑松が呟いた。

「社長、しかし私は食堂をやる資格はありません」川崎は苦しそうに言った。

「なぜそんなことを言うのか」湊は悲しそうに訊いた。

「私は社長からオムライスが不味い、舌がおかしい、食堂をやめろと言われたとき、本気で社長を殺そうとしたんです。私は警察に行きます。罪を償《つぐな》ってからでないとやり直せません。私は、社長に包丁を向けながら、思いました。なんのために菅原に意地悪をして食堂を取り返したのか、美味しい料理を提供するためではなかったのかと……。でもその時には、私の包丁が社長の腹に……」

川崎は、涙で、これ以上言葉にならない。

「川崎、僕は君を許す。僕が死にたいと思ったのだ。君のせいじゃない。警察などに行く必要はない」と湊は思いがけない強い口調で言い、「丑松さん」と目で丑松を探した。

「ここにおるよ」丑松が顔を見せた。

「お願いです。この川崎と菅原さんを仲直りさせ、いい店を作ってください。あなたが二人を監督してください。僕は川崎を煽《あお》って、菅原さんや弥生さんを苦しめた。それをなんとかしたいのです。僕にできることはそれだけです」湊は涙を流した。

「湊社長、私は、菅原とこんなええ勝負をさせてもらっただけで十分です」

川崎は頭を下げた。湊は、川崎に答えず、「菅原さん、美味しいオムライスでした。どちらが勝ってもよいと思いました。でも僕は、川崎を深く傷つけました。そのためにも川崎に勝ってもらいたいという気持ちが無かったかといえば嘘になります。でも間違いなく川崎のオムライスは、おいしかった。二人で仲良くやってください」と微笑んだ。そして湊は、菅原の手を握り、川崎の手に重ねあわせた。

「社長……」川崎が嗚咽した。

「湊さんの気持ち、わかっています。川崎とは今までいろいろあったけど、今回、一緒に料理をやってみて、昔と同じように力を合わせられると思います。大丈夫です」

菅原はしっかりとした口調で言った。

「湊さん、よかったね」弥生が話しかけた。

「よかった……、ほんまによかった……」湊は目を閉じた。

弥生に支えられていたが、頭が落ちた。意識を失ったようだ。医者が駆け寄った。

湊の顔を上げ、目を覗き込んだ。

「ここでは処置ができない、病室へ、急げ!」医者が婦長に命じた。

「社長!」川崎がその場に泣き崩れた。

「湊さん！」弥生が湊の手を強く握った。湊の顔が、かすかに微笑んだ。看護婦が集まってきた。湊を乗せたベッドを病室にものすごいスピードで運んでいった。

「菅原、丑松さん」川崎が湊を見送りながら言った。丑松が「なんや？」と訊いた。

「やっぱり警察に行く。俺の罪ほろぼしをしないとあかんやろ。それに食堂は俺の物になったらしいけど、その資格はない」川崎は固い顔で言った。

「それは湊さんの意向に反するやないか」菅原が言った。

「あの許すという言葉は重いぞ」丑松は言った。

「それでも俺の心が許さんねや。湊社長のありがたい思いがわかった今となっては、余計に食堂をやる資格が自分にはない。あの思いにふさわしい自分になってからや」

川崎は菅原を見つめた。

「湊さんは、お前を選んだんや。俺がやるわけにはいかん」菅原が厳しい顔で言った。

「そやったら、あの食堂をせめて菅原、お前との共同名義にしてほしい。その上で俺は警察に行く。後は丑松さんと菅原でやってくれ。俺が罪を償ったら仲間に入れてくれ。お願いや」

川崎は深く頭を下げた。

「せやけど……」菅原は困惑した。

「湊社長も、俺が欲張らずに菅原と分け合うかどうかを見ている思うんや」川崎は強く言った。

「共同名義か。仲間ということではいいのかもしれへんな。佐郷さん、そういう手続き、できるんか」丑松が言った。

「大丈夫です。僕が請け合います」佐郷が胸を叩いた。

「よかった……」弥生が言った。

「何がよかったんや」丑松が訊いた。

「さっき、札を上げるとき、川崎のためにKの札を上げるけど、二人は本当に仲良くやってくれるだろうか。僕は経営に心を入れたい。それは今まで敵同士やった者たちが力を合わせるということだと話していたから……」

弥生が目を拭った。

「食堂は、ここにいるみんなの宝物としてやって行こうやないか」丑松が川崎の手を握った。

「丑松さん、よろしくお願いします。俺は曾根崎署に出頭してきます」

川崎は丑松の手を強く握り返した。

「ほんまに行くんか」丑松は、ぐっと胸がつかえた。

「行きます」川崎は答えた。さっぱりと憑き物が取れた顔だ。

「待ってるからな」丑松は言った。

「立派な店にして待っとるからな」菅原が言った。

「おおきに。きれいな体になって帰って来るから。今までのことは許してくれや」

川崎は、深く頭を下げた。そして白いテーブルに近づき、まだ黄色く輝いている菅原のオムライスを一口食べた。

「美味いな……。ほんまは俺の負けや。湊社長は、俺が勝つように仕組んだに違いないわ」

川崎は愉快そうに笑った。

第十二章　新装開店

1

——昭和二十九年春。

「日本は、もう一回、アメリカと戦争するで。その時は、絶対勝つ」

千代丸が、空手チョップで空を切りながら歩いてくる。鼻息が荒い。

「なにやっとんねん」丑松は、職人が新しい看板を掲げるのを見上げていた。

「昨日、見たやろ？　力道山《りきどうざん》。シュッ、シュッ」

「強かったな。シャープ兄弟との試合やろ。引き分けは惜しかったけど、力道山はたいしたもんや。正々堂々の勝負やったな」丑松の隣で職人に指示をだしていた寅雄が言った。

「それでもう一回、アメリカと戦争かい？」

「そや、力道山がおったら、いっぺんや。アメリカ兵をめちゃくちゃにやっつけたるねん」

昭和二十九年二月十九日金曜日、アメリカからやってきたマイクとベンのシャープ兄弟に日本の力道山、木村政彦《きむらまさひこ》組が戦いを挑んだ。

「寅雄も見とったんか」

「丑松さんは、見んかったんか。日本中の人が見たんやないかな」

「日本中はオーバーやろ。梅田の街頭テレビで見たんか」

「ものすごい人やったで」

電器店の街頭テレビの前は、試合を見る人たちで、まさに黒山の人だかりになっていた。目を輝かせた群集に囲まれ、テレビのブラウン管は、神々《こうごう》しく輝き、そこに映される黒いタイツ姿の力道山は、敵国アメリカを打ち倒す英雄だった。

「力道山が、ベン・シャープを、こうやってロープに」と千代丸が、力道山の真似をして両手を伸ばして振りまわし、ベン・シャープをロープに投げ飛ばした。千代丸は、くるりと体を反転させると、今度はベン・シャープになって、見えないロープに跳ね飛ばされた。再び力道山に変わり、エイッとばかりに腕を振りまわす。空手チョップが、ベン・シャープの首に打ち据えられた。

「ウエッ」千代丸は、ひき蛙がつぶれたような声をあげ、大げさに両手を振り上げ、後じさりして、そのまま地面に仰向きに倒れた。

「あっ、パンツが見えた」倒れた千代丸の目に女性のスカートの中が飛び込んできた。

「あほか」洋子が、足先で千代丸の頭を蹴った。

「なんや、洋子ちゃんか。見て、損したわ」千代丸が、むっくりと起き上がる。

「何が損や。銭、取るで」洋子が怒った。

「銭、払えるかいな。小さい時から洋子ちゃんのパンツなんか見放題やったからな。そや、見るばっかりやない。俺が、洗うてやったこともあるがな」千代丸がからかった。

「千代丸、なに、あほなこと言うとんねん。それより洋子、準備は、どないや」丑松が訊いた。

「ばっちりや。ぜったいに鐘を鳴らすさかい」洋子が、自信たっぷりに力こぶを作った。

「洋子ちゃん、大丈夫や。歌う時、ちらっと観客にパンツ見せたれや。一発で、キンコンカンやで」

千代丸が、笑った。

「ええかげんにしてんか。そんなん、せえへんでも鐘、鳴らす」洋子が顔をしかめた。

「洋子は、昔から、歌がうまかったから、大丈夫や。みんなで応援に行くから」

洋子は、今日、大阪城公園で行なわれる素人のど自慢大会に出場するのだ。ＮＨＫのど自慢が、テレビで放送されるようになり、人気を博していた。そのため全国各地でいろいろなのど自慢大会が開催されるようになった。大阪でも市や商工会が主催して小学生から大人まで参加したのど自慢大会が行なわれることになった。洋子は、見事、予選を突破して、今日行なわれる本選出場を勝ち取ったのだ。

「もしやで」と千代丸は、洋子をじっと見つめ、「のど自慢で認められて、美空ひばりみたいな歌手になったら、こりゃ、たいへんやで。今からサインもろとこか」と言った。

「ベーッ」と洋子は、舌を出し、「千代丸なんかにサイン、やるかい」と悪態をついた。

「千代丸、もうそれくらいにしとき。お前が使う厨房や。よう点検しておけよ」

「はい、丑松兄さん」

千代丸は、とたんに真顔になった。丑松は、学校を卒業した千代丸を寿司屋に修業に出していたが、ついこの間、自分の手元に呼び戻したのだった。丑松は、目の前に建つ五階建のビルを見上げていた。養生のために張りめぐらされていた幕も外され、白いタイル張りの壁は、海の底の真珠貝のように、艶やかに、なめらかに輝いていた。その正面に職人が「みなと茶屋」の看板を備えつけようとしている。その名前は、昭和二十二年に悲しい最期を遂げた湊雄一郎の名前から取った。「みなと茶屋」の看板の文字は、新制中学の校長先生から、大阪大学の教授に転じた山内老人に揮毫《きごう》してもらった。

「あれから七年か。早いものだな」丑松は呟いた。

2

川崎が、誤解から湊を傷つけてしまった。その傷が元で湊は帰らぬ人になった。川崎は自首し、傷害致死で懲役十年の実刑判決を受けた。湊の会社は倒産し、多くの債権者が金を返せと群がった。湊の高利運用話を信用して、金を預けた人が多く、被害を受けた。今、五階建のビルを建てた土地は、丑松が大阪に来た時、菅原が食堂を経営していた土地だ。その土地は湊が姦計によって奪ってしまった。湊は死ぬ前に川崎に譲ると遺言したが、川崎の考えで菅原との共同名義での所有になるはずだった。ところが湊の急死で、彼の遺言をそのまま実行できなくなった。

事件の翌年、昭和二十三年の暮れ、丑松のところに弁護士がやってきた。小柄で、いかにも真面目で融通が利かなそうな男だった。彼が差し出した名刺には、「難波金融被害者弁護団　代表弁護士　山村一太《やまむらいちた》」と書いてあった。

「あなたは湊と共犯ですな。共謀して、一般庶民のなけなしの金を詐取していたんやろ。許されないことです。告発します」きんきんと耳障りな声で、山村はまくし立てた。

丑松は、苛々して「なんやねん。おっさん」とすごんで見せた。すると、山村は、急に剣道の中段の構えをして「いざ、参れ。本性を現したな。ヤクザもん！」と大きな声を出した。

「なにが、ヤクザもんや。俺は、ヤクザやないで」

「ヤクザやなかったら、あの土地を私たち被害者に返しなさい」山村は、命令口調で言った。

「あの土地？　食堂の土地か？」

「そうです。あれを私たち被害者に返しなさい。あなたがたのものやない」

「なに、言うてんねん？　あんた正気か？」

丑松は、首を傾げた。食堂の土地は、かつては川崎の所有していたものだった。川崎は、その土地を菅原に譲渡すると約束しながら、もう一方で湊に譲渡していた。二重譲渡していたわけだが、譲渡するという約束を信じていた菅原は、所有権登記をしなかったために、湊に対抗できず、そこから追い出されてしまった。川崎は、湊への借金が返せず土地を譲渡し、さらに借金をしてがんじがらめになっていたが、湊は亡くなる前に川崎に対する債権を放棄し、土地所有権も川崎に戻すことを公正証書遺言として残していた。湊は、この遺言を川崎との事件が起きる前に作成していた。自ら知人を証人に立て、公証人役場に出向いたという。おそらく自分の身に何か起きることを予測していたのだろう。

川崎は、このことを知って号泣した。菅原も同じように泣いた。オムライス対決をしたが、やはり全てのシナリオは湊があらかじめ決めていたのだ。なぜそこまで湊があの食堂にこだわったのか。それは弥生と交際する過程で、優しさを取り戻し、人との絆《きずな》を取り戻しつつあったからだ。そのためにはあくどい手段で手に入れた食堂の土地を元に戻す必要があると考えたのだろう。あの食堂は人と人との絆の象徴だったのかも知れない。湊の遺志が、菅原や丑松たちと協同して食堂を経営してほしいということにあると理解した川崎は、食堂の土地を菅原との共同名義にして所有する手続きを行なった。

丑松と菅原は、刑務所に収監されていく川崎に、「安心して刑に服して、できるだけ早く帰って来い。みんなで食堂を立派に守っているから」と約束した。川崎のときに評判の落ちた食堂をどうやって立て直すか、丑松の構想である寿司屋を経営するために誰が寿司職人として修業するのかなどをみんなで集まって協議していた。まさに再出発の協議の最中だった。

そんなときに闖入《ちんにゅう》してきたのが山村だった。山村は、湊の経営していた難波金融に多くの資金を預けて、損をした被害者の代表だ。湊の残した財産を処分し、被害者に配当するために働いているという。非常に社会的に意義のある仕事だが、山村の風体《ふうてい》から受ける印象は、それほどよくない。どちらかというとこすっからい感じだ。丑松は、「言われていることが、ようわかりません。被害者、被害者って言いはりますけど、欲の皮がつっぱった人ばかりやないんですか」と厳しい口調で言った。山村の表情が、険しくなった。

「なに、言うとんのですか。これ見なさい」

山村は新聞記事を丑松の目の前に提示した。それは佐郷が勤務する朝毎新聞だ。「難波金融破たん。投資資金返らず」「私のお金を返して！」「悲しみに暮れる老後資金を失ったAさん」などの悲惨な見出しが躍っている。

佐郷さんに聞いてみなあかん、と丑松が記事を読んでいると、

「私は、湊に騙された人の被害を回復する役割を担っているのです」と山村は強い口調で言った。

「ああ、そうなんか」

「ああ、そうなんかとはなんですか。この人たちをかわいそうだとは思わへんのですか」

「かわいそうなんは湊も一緒や。戦争で身も心もぼろぼろになって……。やっと幸せになると思ったら、死んでしもうた」丑松は、目頭を押さえた。

「自業自得です」山村は、なんの感情もなく言い放った。

「なんやと！」丑松は、殴りかからんばかりに身を乗り出した。

「まあまあまあ、興奮したらあかん」と山村は丑松を制し、「さっそく本題にはいりましょうか」と言った。

「早《は》よ、本題に入らんか」

丑松の要望に、山村は、咳払いを一つ発した。じろりと疑い深そうな目つきで丑松を見た。

「あなた方は、湊と相当、仲が良かったみたいやね。それで会社が破綻する直前に、この食堂の土地を手に入れたんやろ。それは私たち被害者に対する背任行為です。詐《さ》害《がい》行為と言いますが、従ってあなた方、川崎さんと菅原さんの土地取得は無効だということです。この食堂の土地は、私たち被害者のものなんです。お返しいただきます。わかりますやろ」

丑松は、黙って耳を傾けた。わかりますやろ、と言われても、実際のところはよくわからない。急に、この土地を、自分たちのものやと言われても、はい、そうですかと言うわけにはいかない。

その時、菅原が食堂から出てきた。

「この人は？」菅原は、訝《いぶか》しげに頭を下げた。

「山村という弁護士さんや」

「弁護士？　なんやたいそうやな」菅原は、警戒心を溢れさせた目で山村を見つめた。

「菅原公平さんですね」山村は訊いた。

「へえ、そうですが、なにか？」

「菅原、この人、変わったことを言いよんねん」丑松は呆れ顔で言った。

「なんや？」菅原は、少し不安そうな顔を丑松に向けた。弁護士という職業の人間に会ったのが初めてなことも菅原を不安にさせていた。

「この食堂の土地は、自分たちのもんや、返してくれと言いはんねん。この人」

「えっ、なんやて！」菅原は、目を剝いた。

「なあ、びっくりするやろ。おい、山村さん、ええ加減なこと言いなや。湊の遺言は有効や。それに基づいて土地の所有は、こいつと今、刑務所に入っている川崎のもんになったんや。言いがかりをつけんといてくれるか」丑松は、険しい顔で迫った。山村は、怖がることもなく、微笑んでいる。

「丑松の言うとおりや。言いがかりをつけんといてくれ。俺たち、この食堂を日本一の食堂にすんねやから」菅原も怒った。食堂の中から、弥生とキッコと寅雄と千代丸が出てきた。なにやら丑松たちが揉めているのを察して出てきたのだ。

「どないしたん？」キッコが訊いた。

「こ、こいつが……」菅原は興奮して言葉にならない。

「落ち着かんかい。菅原」丑松がぽんと菅原の背中を叩いた。

「ちょうどよかった。皆さん、お揃いですね。難波金融被害者弁護団の山村一太と申します。端的に申し上げます。この食堂の土地は、湊が財産隠匿の目的で、菅原さんと川崎さんに譲渡したものです。不正な取得でありますので私たち被害者にお返しください」

「エーッ」キッコたちが一斉に声を発した。

「おかしいこと、言うな。オッサン。この土地は、湊さんがオムレツ対決で勝った川崎さんに譲ったんやで」千代丸が言った。

「あほ、オムライスや」寅雄が、こつんと千代丸の頭を殴った。「いてっ」と千代丸が顔をしかめた。

「もうどっちでもええけど、その土地を川崎さんが、公平さんと二人で食堂をやろうと言うて、共同所有になったんや。なあ、寅やん？」千代丸が、確かめるように寅雄の顔を窺う。

「千代丸、よう説明できた。こいつの言うとおりやで」

寅雄は山村を睨んだ。千代丸は寅雄に褒《ほ》められて、得意そうな顔をしている。

「あんた、なにが目的や。それ次第では承知、せえへんで」キッコが山村に迫った。

「目的は、この土地を被害者のために取り戻すだけです」

山村は微笑んだ。こういう場面に慣れているのだろう。余裕がある。

「帰れ！　あほんだら」菅原が、山村に拳を振り上げた。

「兄ちゃん、やめて」と弥生が声を上げ、「この土地のことで揉めたら、湊さんが悲しむやないの」と言った。山村は、弥生を見て「やっとまともな人がおられましたな」と言った。

「こっちもよく話が見えん。考えさせてくれ」丑松が言った。

「今日は、帰ります。湊の被害者は大勢います。早う被害を、一円でも多く取り戻してやりたいと思っています。もしご理解いただけへんなら、裁判に訴えまっさかい、覚悟しといてください」

「裁判？　訴える？　俺たちをか？」丑松は、人差し指で自らを差した。

「ええ、裁判で決着をつけることになるでしょう」

山村は、「よろしく」と言い残して、さっさと帰った。

丑松は、「難儀なことになったな……」と一人ごちた。

3

山村は、しつこくやってきた。次に来た時は、被害者だという女性を連れてきた。女性は、難波金融に投資したお金が戻ってこなかったら、子供を学校に行かせられないと泣いた。本当か、嘘か、丑松には判断のしようがなかったが、面倒なことになったと心が重くなった。丑松は、難波金融破綻の記事を掲載した朝毎新聞に勤務する佐郷を訪ねた。

「被害者の会の山村という弁護士が訪ねてきて、土地を返せと言うんや」

丑松は、山村とのこれまでの経緯を説明した。佐郷は「ちょっと待ってくれ」と言い、席を立った。しばらくして若い記者を連れて戻ってきた。

「こいつが難波金融の記事を書いた里谷《さとや》だ」

「はじめまして」と里谷は頭を下げた。まだ若く、顔つきも初々《ういうい》しい。入社後、あまり年数は経っていないのだろう。里谷は、山村一太のことを説明してくれた。詐欺などの被害者から依頼を受けて、彼らを助けることにかけてはなかなか評判の弁護士らしい。

「山村が言うように、私らが、あの食堂の土地を取得したのは、違法なんですか？」

これが丑松のもっとも訊きたかったことだ。里谷は眉根を寄せて、難しい顔になり
「一概に違法だとは言えないでしょうね」と答えた。丑松の顔が少し明るくなった。

「丑松さん」自分を呼ぶ声に振り向くと、弥生がいた。

「来たんか」

「うん。そこに座っててええ？」

「ええよ。お座り。こちらは里谷さんや。難波金融の被害の記事を書かはった人や。今、お話を聞き始めたとこや」丑松は、弥生を佐郷の新聞社に呼んだ。

湊と付き合っていた弥生に、湊の真実を、新聞記者に少しでも伝えてほしいと思ったからだ。

「違法ではないんですね」丑松は、ぐいっと身を乗り出した。

「佐郷さんから話を聞いて、遺言も拝見させていただきましたが、ちゃんとした公正証書ですし、どこにもおかしいところはありません」

「ほな、なんで山村弁護士は、あの土地を返せと言いはるんですか？」

「山村さんに正義がありますからね」

「どういうことですか、正義があるやなんて……」

「湊は、庶民の大事なお金を騙し取った悪魔やと思われています。山村さんは、その悪魔と戦って、庶民のお金を取り戻す正義の味方というわけです。私たち新聞記者も正義の味方を主人公に記事を書きます。その方が喜ばれますからね」

「湊が悪魔で山村弁護士が正義の味方か……」丑松は、湊の端整な顔立ちと山村の傲慢な態度を思い浮かべると、里谷が言うのは逆のような気がした。

「正義の味方がお金を取り戻すというわけですか」

「湊が、どこかに隠したお金を暴き出して、それを回収して、被害者に返すわけです。山村さんに言わせれば、あの食堂の土地は湊が財産を隠そうとして遺言したということになるんでしょうね。裁判でしか決着はつかないと思いますが」里谷は淡々と言った。

「湊さんは、財産を隠そうなんて考えたことはないと思います」弥生が強い調子で反論した。

「私も、あの食堂に関しては、そうだと思います。佐郷さんからお話を伺いましたが、あなた方の優しさに応えようとする人間的な気持ちから、譲渡したのだと思います。しかし山村さんは、そんなふうには考えない。あくまで財産を隠匿しようとしたのであり、皆さんはそれに協力したという考えです」

「そんなんいいがかりや……」弥生は両手を合わせ、拝むような態度をした。

「丑松さんの方も弁護士を頼んで争いますか？」

佐郷が心配そうに言った。丑松は考え込んだ。湊は、財産を隠そうなどとは考えていなかったはずだ。菅原と弥生の兄妹から食堂経営の夢を奪った。川崎を菅原への恨みを晴らすだけの人間にしてしまった。それも全て金だけが真実だという考えに囚われていたからだ。しかし徐々に変わった。そして金と心を一致させたいと考えるようになった。その結果が、食堂を川崎に戻し、菅原と一緒に経営させるということだった。湊自身の贖罪《しょくざい》だったのだ。それなのに財産隠匿などと疑われては、草葉の陰で泣いていることだろう。

「湊さんは、争いを好まれないと思います」弥生が、里谷をまっすぐ見つめて言った。

「あのう……。山村弁護士と里谷さんは仲が良いですか」丑松は里谷に訊いた。

「ええ、とても。だって私は、あの人の味方ですからね」里谷は笑みを浮かべた。

「だったらなにか良い方法を見つけ出してください。あなたが味方してるんやったら、山村弁護士もそないに悪い奴でもなさそうや。これだけは言うときますけど、湊は、絶対に財産なんか隠そうとしてません。しかし争えば、そんな風に見られるやろね。それは、あいつにとっても本意やないでしょう。せっかく人間の優しさを取り戻したのに……」丑松は、悔しそうに唇を嚙んだ。

「丑松さんの言うとおりやと思います。争わない方法を教えてください」弥生は里谷に頭を下げた。

「どうかね。里谷君」佐郷が里谷に期待をかける視線を送った。

「わかりました。お互いが良くなる方法を山村さんと考えてみましょう。お任せください」

里谷は、胸を軽く叩いた。

4

里谷が仲介に入り、金銭で解決することになった。山村にしてみれば、とにかく金になればいいのだ。土地を奪っても仕方がない。そもそもダメもとで丑松たちのところに、交渉というか、いちゃもんをつけにきた。回収できなくて元々、できたら御《おん》の字という思いだった。それが図らずも丑松側から和解をしたいと言ってきたのだから、山村は大喜びだったに違いない。すぐに里谷を通じて話し合いたいと言ってきた。

「けっこう現金な奴やったな」

山村の提示してきた条件は、被害者たちが約五十坪の土地の権利を放棄する代償として示談金五百万円を払えというものだった。坪あたり十万円だ。銀座の真ん中で坪十五万円ほどしているから、大阪の銀座というべき梅田なら、坪十万円だというのだ。大卒銀行員の初任給が三千円足らずの時代に五百万円というのは、法外だった。

「今は、インフレがすごいから、すぐに一千万円になりますよ」

山村は不敵に笑った。このやろうと丑松は怒りが爆発しそうになった。下手《したで》に出れば、すぐに付け上がってくる。正義の味方というから、悪い奴ではないと思っていたが、相当、したたかだ。

「ええ加減にせえや。お前、湊のこと、悪魔のように言うけど、お前の方がえげつないやないか」

丑松は、怒りをぶつけた。

「私には、困っている人を助けるという使命がありますから。そのためやったら悪魔に魂を売ることだってしまっせ」山村は平気だ。

「これじゃあ話にならへん。裁判にでもなんにでも訴えてくれ。こっちはこっちで勝手にやる」

丑松は、交渉を打ち切って立ち上がった。

「まあ、丑松さん、待ってくださいよ」里谷が丑松を宥《なだ》めた。

「何が待ってくださいや。里谷さん、あんたが山村弁護士は正義の味方やと言うから、こうして話し合いの場を設けさせてもろたんでっせ。何が正義の味方や。俺たち貧乏人から法外な金を毟《むし》りとって、一緒に夢まで潰してしまおうとする悪魔やないか」

丑松は、思いのたけをぶつけた。里谷は、苦い顔をして、丑松の話に耳を傾けた。

「まあまあ、交渉ごとですから。これも……」里谷が苦しそうに呟き、山村を見た。

「なにが交渉ごとや。俺たちは、一分、一秒でも早く食堂を再開したいんや。交渉なんかに時間をかけられへん。湊がどんな悪いことをしたのかは知らん。せやけど湊に預ける金があったもんと、俺たちのように戦争で親を失い、家族を失い、家を失ったもんが、力を合わせて生きていこうとしているもんと、どっちに味方すんねん。湊は、俺たちが助け合って必死に生きている姿に感じるところがあって、俺たちを助けてやろうとしてくれたんやろ。あんたらにとって湊は悪魔かもしれんが、俺たちにとっては神様みたいなもんや。俺たちの神様を悪魔呼ばわりして、その上、俺たちから毟れるだけ毟ろうとする、そんな強欲なあんたらを許すわけにはいかん」

丑松は、山村を指差した。山村は、静かに微笑んでいる。

「山村さん、丑松さんの言い分にも一理あります。なんとか決裂しないようになりませんか」

里谷が困惑した顔で山村に頼んだ。

「ようく、わかりました。湊さんもなかなかの人だったようですね。丑松さんの話を伺っていると、すっかりこっちが本物の悪魔になってしまった。弱者が弱者を苛める構図は私の最も懸念するところです。さりとて私も、少しでも金が欲しい。早く被害者に配当してあげたいですからね」

「当たり前や。あんたの話では、被害者という連中は、明日の食いもんにもこと欠いとるみたいやないか」

「そのとおりです。そういう厳しい現実に向き合っている人もいます。それでいくらやったら話に乗ってくれますか？」山村の問いに、丑松は、じっと考えた。

じつは、金がない。パリ商会の商権を売れば、少しぐらいなんとかなるかもしれないが……。

「金と心がひとつになる……」丑松は呟いた。

「なにか言いましたか？」山村が訊いた。

「湊の夢や。金と心がひとつになるような社会を作りたかったんや。あいつは……」

「へえ、そんな殊勝なことをね」

「せやからほんまはあんたと揉めたくないんや。あいつが金で揉めることを嫌うと思ってな」と言ったとき、ふいに「五十万でどや」と口をついてでた。

「五十万？　十分の一ですか。えらい値切りますね」山村は、苦笑した。

「でも大金や。これかて用意できるかわからん」

「わかりました。あなた方は、善意の取得者だと考えることもできます。それで手を打ちましょう」

「なにが善意の取得者と考えられますや。善意、そのものやないか。その俺たちから金を奪って行く、あんたこそゴロツキ同然やで。俺は、湊の心を汚したくないだけなんや」

丑松は、腹立たしい思いをぶつけた。山村は、丑松を無視して「いつ受け渡ししましょうか」と里谷へ向き直り、「あなたが立会人になってください。難波金融被害者と丑松さんたちの間には、一切揉め事はないと書面を取り交わします。そのための五十万円だと書面には記載します」と言った。山村にしてみれば、丑松との交渉は、ダメもとというものだった。長い裁判を闘っても、一銭も取れないかもしれない。だから法外な金額をふっかけてみただけのことだったのだ。

「わかりました。私でよければ立会人になります」里谷は了解した。

丑松は、五十万円の調達のことに思いを巡らしていた。えらいこっちゃ……。

5

「あれからまた一苦労やったな」丑松は、ビルを見上げながら呟いた。

今度は、資金調達の苦労だった。山村との和解条件を菅原やキッコたちに相談した。

「五十万！」菅原が、悲鳴に近い声を上げた。

「そんな金、どこにあんねん」寅雄が頭を抱えた。

「最初は五百万円と言うてきたんやから、値切った方や。勝手にさらせと、交渉を打ち切ろうと思ったけど、山村はしつこい性格や。長い間、揉めるのは、湊の名前を汚すだけやと思ってな」

「私は、丑松さんに賛成や。金は借りるよりしょうがないやろな」キッコが言った。

「石井の親分に相談してくるわ」

丑松は、その場にいるみんなに言い残して石井良三の自宅に向かった。石井は、すでに北陽組を解散して、梅田駅近くの自宅兼事務所で近所の人たちの相談相手になっていた。ヤクザ稼業から足を洗ったのは、自分たちとは考え方の相容れない暴力的な連中がのさばり始めたからだ。それでヤクザが嫌になってしまったのだ。解散するときの言葉は「ヤクザは、役立たずなりに堅気の皆さんの陰に隠れてご迷惑をかけんように生きていくもんやと思うてましたが、最近は堅気の人たちの邪魔になるようになりました。嫌われんうちに足を洗わさせてもらいます」という潔《いさぎよ》いものだった。

丑松は、石井に事情を話し、「金を貸してください」と頭を下げた。石井は、穏やかな笑みを浮かべて「五十万円をあんたに貸すのは簡単や。せやけどな、丑松さん。あんたが商売して、大きくなるためには、全くの他人から借りなあかんのと違うか」と諭《さと》すように言った。

「どういうことでっしゃろ?」丑松は、真剣な目で石井に問い掛けた。

「ワシは、あんたのことを知っている。なかなかの男や。だから五十万円を貸すのは、なんでもない。せやけど、あんたのことを全く知らん人から金を借りるとしたらどうやろ? いろいろ考えるやろ。どういう商売をして、どういう計画で返済するか。相手を説得するために、いっぱい考えるはずや。それがあんたを大きくするんや。五十万円どころやない。五十億円でも五百億円でも、赤の他人があんたに貸そうという人間になる第一歩やと思うて、他人から借りてみなさい。今回のことは、あんたが大きくなるきっかけかも知れんなあ」

石井は言い、梅田信用金庫の理事長を訪ねろと言った。神崎道介《かんざきみちすけ》という男だ。丑松は、早速、梅田信用金庫に向かった。信金に行くなどというのは、全く初めてのことだった。梅田信用金庫は、阪急梅田駅近くの芝田町《しばたちよう》という雑多な店の多い町の中にあった。丑松は、理事長室に通された。簡素な部屋で、絵もなにもない。すっきりはしているが、その何もなさが、緊張感を漂わせていた。

神崎道介は、思いのほか若い男だった。まだ二十歳代前半だろう。すらりとした長身に、上等なダブルボタンのスーツがよく似合っていた。革靴がなめらかに光っていた。黒々とした髪の毛をポマードできっちりとわけ、少し広めの額で、品のある細面《ほそおもて》の顔をしていた。雰囲気が湊に似ている感じがする。二代目だという。

「石井さんのご紹介ですね」神崎は言った。

「会っていただいて恐縮です」丑松は、礼を言い、五十万円が必要な事情を説明した。

「無理ですね」神崎は、ぴくりとも表情を動かさずに言った。

「なぜですか？」丑松は、わずかに頰を引きつらせた。

「いくら石井さんのご紹介でこられても、今まで一切、お取引がない方にお貸しできません。当金庫に預金をし、しばらく取引をして、信用を積み上げてください。それからです」

「それでは間に合いません」

「間に合わないかどうかは、私の問題ではありません。岡本さんの問題でしょう？」

神崎は、もう帰れとばかりにソファから立ち上がった。

「ちょっと待ってほしい。取引がなくて突然、やってきたことをお詫《わ》びします。せやけど、どうしたら私を信用してもらえるんでしょうか」

丑松は、必死の形相で言った。神崎は立ったまま、「私は合理主義者です。人の情などは信用しません。あなたが考えてください。お引取りください。いい考えがまとまったら、またお越しください」とドアを開けた。丑松は、悔しさで奥歯を嚙み締めた。絶対に、神崎という男から金を借りてみせると誓った。

「どうやった?」キッコが心配そうな様子で訊いてきた。丑松は、何も答えなかった。

「うまくいかんかったん?」弥生が言った。

「大丈夫や。勝負は、これからや」丑松は、必死で神崎を信用させる方法を考え続けた。

そしてもう一度、神崎に面談を申し入れた。

「これを説明したいんやけど」丑松は、数枚の書類を神崎の前に置いた。

「事業計画書ですね」神崎は、関心なさそうに言った。

「神崎さんは、戦争には行きはったのですか?」丑松は、意外な話を始めた。

「戦争ですか? 幸いにも行っていません。理工系の大学に行っておりましたので徴兵を免れたのではないでしょうか」

神崎の言うとおり、学徒動員において理工系学生は徴兵を猶予される場合が多かった。

「そうですか。私は田舎で飯が食えないもので、志願して海兵団に行きました。ところが軍隊でも飯は食えませんでした。毎日、毎日、腹が減ってしかたがありませんでした。戦争が終ったら、腹いっぱいに飯を食うぞということだけが生きる望みでした。平和というのは、飯を腹いっぱい食べ、それもニコニコしながら笑顔で食べることやと思いますが、どうですか？」

神崎は、丑松の話を静かに聞いていたが、「同感です」と答えた。

「戦争が終って、私は、浮浪児たちと商売を始めました。みんな親を無くし、希望を失っていましたが、商売をやるうちにみんなの目が輝きはじめたんです。それは人が喜ぶ顔を見ることに喜びを感じ始めたんです。商売と言うものは人に喜びを与えるものやと思うんです。戦争で、不幸のどん底を見てきました」と丑松は、腰から薬籠を取り外して、神崎の前に置いた。

「この中には戦友の骨が入っています。こいつは幼馴染だったのですが、一緒に軍隊に入って、苛められ、腹をすかしたまま自分で死にました」神崎が顔を歪めた。

「こいつは食堂の社長をやるのが夢やったんです。飯が腹いっぱいに食えるかもしれないと思ったのです。単純な奴でしょう」丑松は笑みを洩らした。

「もうこいつみたいな不幸な人間は作ったらいかんのです。そう思いませんか！」

丑松は、神崎に強く訴えた。

「同感です」神崎は答えた。表情は、固いままだ。

「私は、飲食業を中心とした事業を展開する会社を設立したいと思ってます。その会社は、大阪中、いや日本中から不幸を無くすために一生懸命に働きます。近い将来、今ある土地にビルを建て、一階は喫茶と洋食、二階は寿司、和食、三階は中華、四階はキャバレー、五階は宴会場をやります。とにかくそこに行けば子供から大人まで、男も女もみんなが安い値段で腹いっぱい食べられて、唄って踊って、幸せになる場所にしたい。働いているのは、客の辛い思いや悲しみを理解でき、絆を深めることができる戦災の孤児たちです。彼らを元気にすることが、大阪や日本を元気にすることやと思うからです」

「なかなか大きな夢ですね」神崎が、初めて微笑んだ。

「こんなもんと違います。大阪に一ヵ所だけやないです。時代はどんどん進んで行きます。人は、新しい楽しみを求めてきます。私は大阪に何ヵ所も人を喜ばせる場所を作ります。食べたり、飲んだり、唄ったり、踊ったり。こんな場所を大阪から日本中に広げていきます。世界中に広げていきます。人を喜ばせることが、商売です。客が、喜んで、楽しんで、幸せやなと思ってくれたら、初めて儲けが出るんです。そんな会社を作りたいんです。なんとか応援してください」

　丑松は、食堂の土地に日本一の飲食ビルを造る計画を説明した。

「今回の五十万円が、丑松さんの夢の一歩だということですか」

「これが第一歩です。五十万円を融資してもろうたら、その何倍もの儲けを梅田信金さんにもたらします。必ず約束します」丑松は、強調した。

「あなたはほら吹きではなさそうだ。今、お話になった夢の半分は実現されるでしょう」

「なに言うてはります。半分やなんてことはありません。全部やります」

　丑松は、ぐいっと拳を握り締めた。

「わかりました。では現実論として担保は、今回の五十万円の融資の担保はどうされますか？」

　神崎は冷静に訊いた。

「食堂の土地と共同名義人の菅原と川崎の保証、かつ私が経営していますパリ商会の売上金をこちらに全て預け入れます。またパリ商会の経営権を売るつもりですのでその際は返済に回します。私は、今持っているものを全て、命も含めて、神崎さん、あなたに担保として預けます」

　丑松は、がばりと両手をつき、頭を深く下げた。神崎は黙って天井を見上げていた。丑松は、神崎が口を開くのをじっと待った。

「わかりました。融資しましょう。私もこの大阪を、この日本を元気にしたい。喜びに溢れた国にしたい。そう考えてこの信金を父から引継ぎました。私は、丑松さん、あなたの情熱に賭けます。あなたも私の信頼に応えてください」神崎は強く言った。

丑松は、大きく頷いた。

＊

「あれで大きく変わったな。成長軌道に乗ることができた」

「みなと茶屋」の看板がシートで覆われた。明日二月二十一日の日曜日がいよいよ開店だ。梅田信金からの融資金で山村や被害者たちと和解証書を取り交わした。すっきりとした気分で、丑松たちはパリ商会と食堂経営に邁進《まいしん》した。丑松は、毎月返済日に神崎を訪ね、商売の様子を説明した。神崎は、合理主義者だと言っていたが、なかなか情もあった。丑松に対する信用は日々、増して行った。

丑松は「日本実業株式会社」という会社を設立した。丑松が社長で菅原、川崎、寅雄、千代丸、キッコ、弥生らは役員に名を連ねた。顧問には山内老人に就任してもらった。その際、食堂の土地は現物出資され、会社のものになった。土地はインフレで大きく値を上げた。湊から譲り受けたときから十数倍程になった。資産価値の上昇した土地を担保に差出し、梅田信用金庫から三千万円もの巨額の融資を受け、ビルを造った。神崎に語った夢の実現だった。一階は喫茶、二階、三階は洋食、四階は寿司、五階はとりあえず丑松たちの住居と事務所になっているが、いずれ店舗に変え、神崎に約束したように中華やキャバレーも作るつもりだ。

「日本一の飲食業になったるぞ」丑松は、拳を高く突き上げた。

6

大阪城公園に設営されたステージの前は、多くの人で埋め尽くされていた。空は青く澄み渡り、ステージでのど自慢たちの歌う声が響き渡っていた。

「次やで」千代丸が、興奮した様子でステージを指差した。丑松たちは揃って洋子の応援に来ていた。

「続いては」と司会者がもったいぶる。そして「榊洋子ちゃん、東京ブギウギ。どうぞ！」と大きな声で洋子の名を呼んだ。

「洋子！」千代丸が用意した団扇《うちわ》を振り出した。それを合図に丑松も寅雄も「洋子頑張れ」と書かれた団扇を振った。

「洋子ちゃん、こっちを向いて！」弥生が千切れるほど団扇を振る。

伴奏が流れ、洋子が歌いだす。笠置《かさぎ》シヅ子そのままに表情豊かに歌い、踊る。

「上手いな。絶対、優勝やね」

キッコが興奮して、頬を赤らめる。鐘の音が響いた。キンコンカンコン、キンコンカンコン……。

「合格や！」千代丸が、立ち上がってバンザイ、バンザイと叫んだ。

洋子はステージで両手を大きく上げ、客席の歓声に応えている。

「もうほんまもんの歌手やな」丑松は相好《そうごう》を崩した。

痩せて、悲しそうな顔をして闇市で売られていた女の子が、あんなに立派になったのだと思うと涙が出るほど嬉しくなった。通っている中学校でも人気者で成績もいい。

「おめでとう。合格です。改めてお名前をお聞きしましょう」司会者がマイクを向ける。

「榊洋子です。梅田中学一年です」はっきりとした声で答える。真っ白な歯が綺麗だ。

「歌がお上手だけど、歌手になりたいの？」

「はい。小さい時から歌手になりたいと思っていました」

「あそこで応援しているのは、お父さんやお母さんかな？」

「いいえ。私を育ててくれた大事なお兄さんたちです。父は空襲で亡くなりました。母とは、その際、はぐれたままです。こののど自慢にはどこかで母が聞いていてくれるのではと思って出場いたしました。母は、とても歌が上手で、よく唄ってくれました」司会者が、鼻をぐずらせた。

「お母さんが聞いているといいですね。もしよかったらお母さんになにか呼びかけてもいいですよ。こののど自慢はラジオでも放送されていますからね」司会者が洋子にマイクを近づけた。

「お母さん、元気ですか。洋子は元気で暮らしています。丑松のお兄さんたちと、梅田で『みなと茶屋』という食堂を明日開店します。もし元気なら、来てください。待っています」

洋子の澄んだ声が会場に響いた。

「洋子の奴、ちゃっかり宣伝してくれよったがな」

丑松がぐずぐずと鼻を鳴らし、ハンカチで鼻をつまんだ。

「お母さんに会いたいんやろな」

寅雄も涙ぐんでいる。洋子の兄代わりとしてのこれまでの日々を思い出しているのだろう。

「お母さん、生きているんだったらええね」

弥生が泣いている。姉代わりだった彼女も洋子の成長が嬉しいのだ。丑松は、もしも洋子がいなかったらと思った。幼くて、守ってやらなくてはならないと思わせつつ、それでいて大人たちを唸らせ、納得させる不思議な女の子。みんな洋子が大好きだ。洋子が喜ぶ姿を見たいから、みんなで力を合わせて頑張ってきたのではないか。洋子がいなかったら、ひょっとしたら仲間割れをしていたかもしれない。明日からは、新しい出発だ。みんなでこれからも洋子の喜ぶ顔をひとつひとつ積み上げていこう。洋子は、見事、準優勝に輝いた。明日の開店を前にした「みなと茶屋」のビルの五階では、洋子の準優勝パーティが開かれていた。

「みなさんのご声援のお陰で準優勝することができました。ほんまにおおきに！」

洋子が明るく言い、ぺこりと頭を下げた。

「乾杯！」丑松の音頭で全員のコップが高く掲げられる。洋子と弥生のコップには、大好きなオレンジジュースだ。

「しかし惜しかったな。準優勝やもんな」

千代丸は悔しそうにビールを飲んだ。もう酒を飲んでもいい年になっている。

「なまじ優勝なんかせんほうがええ。いちばんええことが起きると、次のええことが、来んやろ」

丑松が言った。

「どこかレコード会社が歌手にならんかと、言うて来んやろかね」

キッコが丑松のコップにビールを注ぐ。

「そんなんになったらえらいこっちゃな。ほんまに美空ひばりになってしまうがな」

菅原が、嬉しそうにコップのビールを飲み干した。ピンポンと玄関に取り付けたドア・ベルがなった。

「誰か、来たみたいや」

千代丸が立ち上がった。丑松は、壁にかけた時計を見た。午後の七時。外は、真っ暗だ。

「こんな時間にだれやろな」

丑松は呟いた。千代丸が階段を下りて行った。エレベーターを使えば良いのに、電気がもったいないと言い、千代丸は階段ばかりを使う。急に誰も口を利かなくなった。来客のことが気になるのだ。静かに飲み物を飲んだり菅原が作った料理を食べている。

「なんや緊張するな。だれやろ？」菅原がひとりごちた。

「まさかレコード会社の人やないよね」弥生がごくりと唾を飲んだ。

「まさか、お姉ちゃん、考えすぎや」

洋子が言ったが、目は真剣だった。千代丸が、階段を上ってくる。走ってくるのがわかる。開け放ったドアから、荒い息遣いが聞こえてくる。丑松たちの視線が階段に集まった。千代丸が、転がるように部屋に飛び込んできた。

「た、た、たいへ……」千代丸は慌てて言葉にならない。

「どうしたんや。だれが来たんや。税務署か」

「税務署なんかやあらへん」と千代丸はようやく息を整えると、「ちょっと待ってや」とコップのビールを一気に飲み干した。

「そんなもん飲んどらんと早う言わんかい」寅雄が怒った。

「驚きなや。洋子ちゃん」千代丸は目を大きく見開いた。

「なんやのん？　私なん？」洋子の顔が赤くなった。何かいいことを期待している顔だ。本当にレコード会社が来たのかと思っている。

「お母はんや」千代丸が言った。

その瞬間に時間が止まったかのようになった。洋子が、瞬《まば》きもせず顔を引きつらせている。

「もう一回、言うてみ」丑松が千代丸を促した。

「洋子ちゃんのお母はんが来とるんや。今、一階におる。どうする？」

「ほんまにお母さんなの？」弥生が訊いた。

「そんなんわかるかい。向こうが言うたんや。洋子の母です、言うてな」千代丸が、むっと怒った。

「俺が行く。洋子、ここにおれや」丑松が言った。洋子は硬い表情で頷いた。

「千代丸、案内せえ」これはいいことか、悪いことか、丑松には判断のしようがなかった。

7

明日の開店を待つ一階喫茶店に女性が一人うつむき気味に座っている。誰もいない店の中は、明かりが寒々しい。女性の身なりは悪くない。高級そうなベージュのスーツを着て、側の椅子に毛皮のコートを掛けている。

「あの人や」千代丸が指を差した。

「お前、ここにおれ。俺、一人で行くから」と丑松はそっと近づき、「あのう、もし？」と声を掛けた。女性が顔を上げた。整った上品な顔立ちだ。目の辺りが洋子に似ているような気がする。

「岡本丑松といいます」

丑松は、恐る恐る自己紹介した。女性はすっと立ち上がって、深々と頭を下げ、

「皆川佐代子《みながわさよこ》と申します。以前は榊佐代子でした」と名乗った。

「ほんまに洋子のお母さんですか」

佐代子は頷き、「あの子を捨てた人でなしの母親です。空襲で夫をなくし、もう食

うや食わずになり、難波で人ごみの中に捨ててしまいました。ふらふらと当てもなく歩いていて、ふっと手を離してしまったのです。もうこの子を育てられないと思って、私は逃げ出したのです。だれか良い人に育ててもらってほしいと思いましたが、本当に母親として失格な振る舞いでした。もうしわけありません」と目頭を押さえた。

「何か証拠になるもんがありますか？　洋子があなたを覚えておらへんかもしれんから」

「六つでしたから、あまり覚えていないかも知れませんね。でも私は忘れたことは片時もありません。今日、のど自慢のラジオを偶然、聴いておりましたら『榊洋子』と言うじゃありませんか。もう手が震えました。あの子だと思いました。とても歌が上手でしたから。私はいてもたってもいられなくなって駆けつけてきました」と佐代子は財布の中から小さな写真を取り出した。そこには両脇を両親と思《おぼ》しき大人に挟まれてにこやかに笑う幼い少女が写っていた。写真の中の女性は佐代子だ。今も綺麗だが、写真の中の佐代子は若く、華やかだ。少女は、間違いなく洋子だ。丑松が初めて出会ったころの姿をしている。

「隣はご主人ですか？」眼鏡を掛けた真面目そうな男性が洋子の隣でかすかに微笑んでいる。

「はい。小学校の教師をしていました」

「洋子は上にいます」

「ずっと探していました。私は、その後、会社を経営する今の主人と出会いました。皆川は妻を大阪空襲で亡くしていました。二人の子供を抱えて途方に暮れていました。私は、洋子のことを話すことなく結婚しました。とても優しい主人で、事業も順調です。そうであればあるほど、たとえ貧乏に負けたとはいえ、洋子を捨ててしまったことが辛くて、辛くて……。私だけが幸せになったのではないかと……」佐代子は、両手で顔を覆って、その場に泣き崩れた。

「お母さん……」か細い声が、背後から聞こえた。丑松が振り向くと洋子が立っていた。

「洋子……」佐代子が顔を上げた。涙が溢れている。

「洋子、お前、覚えとるんか？」丑松は訊いた。洋子が小さく頷いた。

「洋子、許しとくれ」

佐代子は、床に頭を擦りつけた。洋子の目から涙がとめどなく溢れた。顔は怒っているのか、喜んでいるのかわからない。血が出るのではないかと思うほど、唇を嚙んでいる。

「洋子……。お母さん、ずっと探しておられたんやて」

丑松は言った。洋子が、言葉にならない声で唸った。佐代子が、顔を上げた。洋子の顔から複雑な表情は消え、喜びで満たされた。

「お母さん！」洋子は、佐代子が広げた両腕の中に飛び込んだ。

「ごめんな、ごめんな、洋子、ごめんな」

「お母さんのあほ！　どこに行っとったんや。探したんや」

いつの間にか丑松の背後に菅原、弥生、キッコ、寅雄が立っていた。誰もが涙の流れるままに、号泣する佐代子と洋子を見つめていた。ピンポン。またドア・ベルが鳴った。

「誰か来たようやな。今夜は、千客万来やな。明日、来る客が、今日、来てるんやないやろな」

菅原が、泣きながら、笑えない冗談を言った。弥生が入り口のドアを開けた。

「どちら様ですか」

弥生の目の前にスーツ姿の中年男性が立っていた。

「皆川芳和《よしかず》と申します。うちの佐代子がお邪魔しておりますでしょうか」

男は静かに言い、低頭した。

「は、はい」弥生は、慌てて丑松のところに駆け寄った。

「ご主人が来られたみたいや」弥生は丑松に言った。

「えっ」佐代子は、洋子を抱いたまま強張った顔で入り口を見つめた。

「あなた……」佐代子は目を見張り、呟いた。

8

十一時になった。

「さあ、みなと茶屋の開店です！」

司会の寅雄が大きな声を張り上げた。紅白の幕に囲まれた入り口を塞いでいたテープが丑松と菅原の手によって切り落とされた。一番乗りを目指して並んでいた客たちがぞろぞろとビルの中に吸い込まれていく。どの顔にも喜びが溢れている。ようやく戦争の傷跡も癒え、誰もが未来に希望を託し始めている。列の中には、皆川芳和と佐代子もいた。皆川は、佐代子が昨日、ラジオを聴いてから様子がおかしいのを気に掛けていた。そして昨夜、身なりを整えて出て行くのに気付き、後をつけたのだ。

「なんとなくわかっていた。僕のことは気にしなくてもええ。もし洋子さんさえよければ、僕の家族として迎え入れるさかい」

皆川は、佐代子に優しく言った。洋子が、丑松の下を離れて、佐代子と暮らすかどうかは、全て洋子自身の判断に任されることになった。

「明日、開店のときに来て」昨夜、洋子は佐代子に明るく言っていた。

「今夜、お母さんのところに行かなくてもええんか」

丑松は訊いた。洋子は、涙を振り払って、「うん。いつでも会えることがわかったから。またゆっくり考えるわ」と気丈に答えた。今日は、洋子も、店を手伝うことになっている。佐代子のテーブルにかかりっきりにさせてやろうと丑松は考えていた。

「立派な店ですね」佐郷が、カメラのシャッターを押している。

「いい記事を書いてや」丑松は言った。

「まかしてくれ。大阪に新しい観光スポットの誕生！　と大きく採り上げるから」

佐郷は、ファインダーを覗きながら答えた。

「石井の親分、ありがとうございます」

「北村先生、いっぱい食べていってください」丑松は、次々やってくる客に頭を下げ続けた。

「来たわよ」キッコが指を差した。店の前にタクシーが止まった。ドアが開いた。千代丸が鞄を抱えて出てきた。

「お連れしました」千代丸が、華やいだ顔で言った。

「お勤め、ご苦労さんやったな」丑松が言った。

「ほんまに待っててくれたんやな」タクシーの中から姿を現したのは、川崎だった。

丑松は、一瞬、その後ろに湊の姿を見た気がした。湊は、笑っていた。

「あんたに美味しいオムライスつくってもらわなあかんからな。今日から早速、気張って働いてや」

丑松は、川崎の手を力いっぱい握った。

「お帰り。早速頼むで」

菅原が、顔中を笑顔にして、白い料理人用の服とコック帽を川崎に差し出した。

「人使い荒いな」川崎が笑いながら、涙を流している。

丑松は、空を見上げた。どこまでも青く澄んだ空が広がっている。風は暖かで気持ちがいい。

「もうすぐ浪速の春やなあ」

丑松は、今日が出発だと心に誓った。俺たちは、あの暑い夏の日にすべてを失った。辛いことも、悲しい別れもあった。だけどたくさんの仲間がいたから、瓦礫の山を乗り越え、ここまでやってこれた。

「いらっしゃーい」丑松は列をなす客に大きな声を張り上げた。

そのとき、腰につけた薬籠がコロンと鳴った。茂一の骨が薬籠の中で喜んでいるのだ。――そうだ、お前もずっと一緒だったな、茂一。

「なあ、茂一、お前がこの食堂の社長や。ほんまの社長やで。姿が見えへんのが残念やけどな。お前がなりたかった食堂の社長や。お前が守ってくれたからここまでやれたんや。まだまだこれからや。しっかり見守ってや」丑松は薬籠を腰から外し、レジ・カウンターの上にそっと置いた。

商売は人を喜ばして、なんぼや。

皆がいれば、仲間の笑顔があれば、俺たちはどんな瓦礫の中からだって、ゼロから再び立ち上がれる。

「今日の賑いをここで見といてくれ。後で、ビールでも持ってくるわ。今日は、お祝いや。お前も腹いっぱい食べてもええぞ」

その時、丑松の目には、茂一の笑顔がはっきりと見えた。

JASRAC出1313032-301

本書は、二〇一〇年一月に小社より刊行された『ごっつい奴
——浪花の夢の繁盛記』を改題して文庫化したものです。

|著者| 江上 剛　1954年、兵庫県生まれ。早稲田大学政治経済学部政治学科卒業後、第一勧業銀行（現・みずほ銀行）に入行。人事部、広報部や各支店長を歴任。銀行業務の傍ら、2002年には『非情銀行』（新潮文庫）で作家デビュー。その後、2003年に銀行を辞め、執筆に専念。他の著書に、『不当買収』『小説 金融庁』『絆』『再起』『企業戦士』『起死回生』（すべて講談社文庫）などがある。銀行出身の経験を活かしたリアルな企業小説が人気。

瓦礫《がれき》の中《なか》のレストラン

江上《えがみ》 剛《ごう》

講談社文庫

定価はカバーに
表示してあります

2013年11月15日第1刷発行

発行者――鈴木　哲

発行所――株式会社　講談社

東京都文京区音羽2-12-21　〒112-8001

電話 出版部（03）5395-3510
販売部（03）5395-5817
業務部（03）5395-3615

Printed in Japan

デザイン―菊地信義

本文データ制作―講談社デジタル製作部

印刷―――豊国印刷株式会社

製本―――加藤製本株式会社

落丁本・乱丁本は購入書店名を明記のうえ、小社業務部あてにお送りください。送料は小社負担にてお取替えします。なお、この本の内容についてのお問い合わせは講談社文庫出版部あてにお願いいたします。

ISBN978-4-06-277707-0

講談社文庫刊行の辞

二十一世紀の到来を目睫に望みながら、われわれはいま、人類史上かつて例を見ない巨大な転換期をむかえようとしている。

世界も、日本も、激動の予兆に対する期待とおののきを内に蔵して、未知の時代に歩み入ろうとしている。このときにあたり、創業の人野間清治の「ナショナル・エデュケイター」への志を現代に甦らせようと意図して、われわれはここに古今の文芸作品はいうまでもなく、ひろく人文・社会・自然の諸科学から東西の名著を網羅する、新しい綜合文庫の発刊を決意した。

激動の転換期はまた断絶の時代である。われわれは戦後二十五年間の出版文化のありかたへの深い反省をこめて、この断絶の時代にあえて人間的な持続を求めようとする。いたずらに浮薄な商業主義のあだ花を追い求めることなく、長期にわたって良書に生命をあたえようとつとめるところにしか、今後の出版文化の真の繁栄はあり得ないと信じるからである。

同時にわれわれはこの綜合文庫の刊行を通じて、人文・社会・自然の諸科学が、結局人間の学にほかならないことを立証しようと願っている。かつて知識とは、「汝自身を知る」ことにつきていた。現代社会の瑣末な情報の氾濫のなかから、力強い知識の源泉を掘り起し、技術文明のただなかに、生きた人間の姿を復活させること。それこそわれわれの切なる希求である。

われわれは権威に盲従せず、俗流に媚びることなく、渾然一体となって日本の「草の根」をかたちづくる若く新しい世代の人々に、心をこめてこの新しい綜合文庫をおくり届けたい。それは知識の泉であるとともに感受性のふるさとであり、もっとも有機的に組織され、社会に開かれた万人のための大学をめざしている。大方の支援と協力を衷心より切望してやまない。

一九七一年七月

野間省一